The Greatest Spiritual Secret of the Century

叡知の学校

トム・ハートマン　谷口雅宣［訳］
Thom Hartmann

日本教文社

叡知の学校——目次

本作品は、雑誌『理想世界』二〇〇〇年六月号から二〇〇二年二月号迄に連載したものに加筆訂正を加えた。

叡知の学校

The Greatest Spiritual Secret of the Century

「私は、私の秘密に値する者にのみそれを語る」

――イエス、『トマスによる福音書』より

「あなたがこの秘密をあらわすことができたのを見ると、まことに、あなたがたの神は神々の神、王たちの主であって、秘密をあらわされるかただ」

――『ダニエル書』第二章四七節

第一章　飛ぶのは恐い

首切り。

言葉だけでも汚い響きがする。まるで自分が死刑を執行されたかのようだ。

もしかしたら本当にそうなのかもしれない——黒い厚手のコートのポケットに両手を突っ込み、マディソン街を早足で歩きながら、ポール・アブラーはそう思った。辺りに漲《みなぎ》っているニューヨークの街の喧騒や異臭をまるで感じないほど、彼は十分前に起った出来事に心を奪われていた。それは、通りから五十階上の高層ビルの一室にある、日刊タブロイド紙の編集長の事務所で起こったことだ。彼自身、五年以内にはその部屋を自分のものにしようともくろんでいた。

明るい四角形の光が、彼の注意をある店の窓に引きつけた。そこに自分の姿が一瞬映った。一八〇センチの上背《うわぜい》のある彼の姿が、その四角形の上下いっぱいに映っていた。ほとんど黒

といっていい濃い髪は、ちょうど襟に触れるほどの長さまで伸び、そのうち何本かが、反抗的な感じで襟に被さっていた。濃い焦げ茶色の目は、その光の反射を突き透すように鋭い。最近、仲間の記者が何人も、彼の目の厳しさについて言葉を漏らした。彼は、毎日三キロほど歩くように決めていたことを、よかったと思った。おかげで、強健さが自然なものに感じられた。仕事仲間のうち何人かは、いわゆる〝正しい〟場所で汗水たらして膨らんだ筋肉を造り上げるのだが、それよりよほど自然だった。

実際に使われた言葉は「一時帰休」だったが、ジャーナリストとしての信頼性と、自分の出世にとっての意味を考えると、ポールはそれが名実ともに「解雇」であると考える方を選んだ。

ポールはその時、書類で覆われたマック・ケスラーの巨大なデスクに向かって立っていたのだ。ケスラーは、『ニューヨーク・デイリー・トリビューン』紙の編集長だ。そのデスクと直角方向にあるもう一つのデスクには、社内ネットにつながったコンピューターが何台も置いてある。マックは、新聞がニュースのためにあり、編集デスクは葉巻を吸って口角泡を飛ばしていた時代に、今も生きている振りをするのが好きだった。事実、彼は上背のあるイェール大学出の三十六歳の活動家タイプで、二百ドルのネクタイを締め、インターネットをサーフし、リーボック社の経営するスポーツクラブで週三回、体を鍛えていた。このクラブの入会金は、ポールが前に乗っていた車の代金より高かった。

それに、マックは二十九歳のポールより年上だった。ポールは五年前にジャーナリズムの修士号を取り、一年をただ働き同然の見習いとして暮らし、もう一年を編集助手として働き、二年前にやっとニューヨーク州北部の本当の地方紙の本当の記者となり、そして十一ヵ月前に「ビッグ・アップル」と呼ばれるニューヨークの街の、この『トリビューン』紙の仕事の上に舞い下りたのだった。ついに、ニューヨーク市の新聞記者になったのだ。多分もう数年働いて——もし大きな特ダネをいくつかものにすれば——彼は『ニューヨーク・タイムズ』の仕事につけるかもしれなかった。彼は、ジャーナリズムの世界での素晴らしい未来を心に描き、そしてその道を歩いていたのだった。

今日という日が来るまでは、確かにそうだった。

しかし、そこにはマックが立ちはだかっていた。綿密な調査によるジャーナリズムの仕事が、自由社会にとっていかに重要であるかという話をするのが大好きなマックが今、ポールに、他の十四人とひっくるめた一時帰休を言い渡しているのだ。

「つまり本当の理由は、僕が広告主を怒らせたということですね」とポールは言った。

「そうじゃないよ、ポール」とマックは答えた。それは、ポールと十四人が会議室に呼ばれ、短い会合をもった後でのことだった。この一団の中で記者をしていたのは、ポール唯一人だった。その他の十四人は皆、補助スタッフか事務員だった。「理由は、新聞のオーナーたちが、少ない要員でもっと効率的に仕事ができると思ったからだ」

「もっと利益を上げられるという意味ですね」

「株主たちはきっと大賛成だろうし、アメリカ国民もね。これはスキャンダルなんかじゃないよ、ポール。一時帰休というものは毎日、世界中で起こっているんだ」

「でも、僕よりできない記者が社内にいることはよくご存知じゃありませんか」とポールは言った。「僕はあのロンドンの記事を書いたから、標的にされたんだ」

「本当は……」とマックは言った。彼の指はデスクの上を神経質に叩いていた。まるで今にも部屋から飛び出して行きそうだ。「そのできない記者のうち何人かが、君がやりすぎると思ったからかもしれない。あのロンドンの話は、君の病気の症状の一つにすぎない。君は情熱に動かされすぎるんだ、ポール。あらゆる手段で成功をものにする。次には、あのピューリッツァー賞を取ろうというわけだ。だからきっと、上の誰かの肝を冷やしたんだ。それに、同僚記者を敵に回した。彼らにとって君は気の荒いカウボーイ同然だった」

ポールは前につんのめり、声を震わせて言った。「あんたは、僕がやめさせられるのは優秀すぎるからだと言ってるんだ」

「情熱もほどほどがいいんだ、ポール。君は一日に十五時間働き、それが週七日間つづく。君は仕事に自分のすべてを投入するから、後には何も残らない。君のためにも、誰のためにもだ。友人として言わせてもらえば、そんなのは健康的じゃない」

ポールは首を横に振った。これまでマックが友人であったことはなく、今後も友人でありえないことが分かっていたからだ。「優秀すぎて、仕事をしすぎて、無難にやろうという連中の肝を冷やしたから、やめさせられる！」無難な連中とは、例えばマックのような人間だ。彼は、僕がちゃんと仕事をしたら、一、二年で自分の仕事が取られることを知ってるんだ。「もちろん、そんな理由であるはずがない」とマックは否定した。「しかし、みんな知ってるからな。一時帰休というやつは、政治的に得点を上げ、自分の王国を立て直すための機会だってことを。君は私の上司を脅かしたんだ。あのロンドンの記事に突進していく前に、誰にも相談さえしなかった」こう言ってから、彼の声は和らいだ。「君が退職時に恩典をもらえるほど、ここに長くいなかったのは残念だ。しかし、会社のためにはこの方がいいのかもしれない。今週中に給与の支払いはするつもりだが、君は今、デスクの中身を片づけて出ていってほしい」

「そんな不当な」とポールは言った。が、そう言いながら、自分の記事の問題に気づいていた。マックは――というよりは、『トリビューン』紙のオーナーである多国籍企業は、ロンドンのどこかの会社が税金を逃れたり仕事をとるために、ニューヨークの政治家たちに賄賂を渡していたなどという、彼が追っていたその話に興味をもつはずがなかった。そのロンドンの会社の一部門は、ニューヨーク市のいくつもの新聞に沢山《たくさん》広告を出していた。そして、彼が気がついたのは、まだ新聞記事になってもいない段階で、単に調査をしているだけの彼が関係者を怒らせたからといって、『トリビューン』紙が彼を擁護してくれることはないということだった。新聞に何か違いがあるとしても、それはマックがかつて指摘したように、紙面にはちっとも反映されていなかった。新聞というものは、仕事を続けていくつもりならば、大企業経営者たちを敵に回さないものだ。少なくともここ二十年くらいは、そんな挑戦をしたためしがない。新聞記者は、まず法律家や企業のオーナーが安全だと言わない領域に踏み込んで、隅を嗅ぎ回ったりしないものだ。そして記者は、決して上司を出し抜こうとしてはいけないのだ。

マックは、自分のデスクの上にデンと載っているビック社の安物ライターがいっぱい入った容器に、手を伸ばした。彼はタバコを吸い、頻繁にライターをなくすので、予備を沢山もっていた。そのうち赤い色のを一個取り上げると、それをポールの方に投げて、話を終わらせようとした。「ほら、世界に火をつけろよ。そして出て行く時に、受付のシンシアに君の身分証明書を返していけ」

こうして失業し、一人になったポール・アブラーは、冷たい二月のマンハッタンの街中に出ていった。風が、彼の豊かな茶色の髪の間に、埃《ほこり》と車の排気ガスを舞い上げた。空低く灰色の雲が漂い、気温は氷点下を一、二度下回っており、今にも雪が降りそうだった。

何かの仕事を見つけるまで、ざっと二週間ある。ポールはそう思い、着ているオーバーコートにちらりと目をやった。それを買うのに、高級百貨店の「サックス・フィフス・アベニュー」で千八百ドルも払ったのだった。

彼は、この『トリビューン』紙の仕事を得た時、すぐに出かけていって四千ドル近くを費やして衣服をそろえた。ところが、すぐに気がついたのは、今着ているジーンズとワイシャツがあれば十分だということだった。それでも彼は、その時は上等な格好をする必要があったと自分自身に言い聞かせた。そして事実、彼はあのロンドンの会社の怪しげな取引を調べていた時、買った二着のスーツを上手に利用したのだ。このスーツのおかげで、彼は取材対象の秘書や部下たちに丁寧な応待を受け、一人の男などには、彼のことをニューヨーク選出の上院議員の片腕に違いないと信じさせた。

が、このスーツはずいぶん高価だった。そして、その支払いのため、家賃を払うのが一ヵ月遅れた。その遅れた分の支払いが、昼食代やタクシー代に加わった。そして彼が気がつく前に、未払い額が限界を越えて、彼はもうクレジットカードでの現金前借りができない状態になっており、しかも今は家賃も二ヵ月分滞納していた。「今支払わねば出ていってもらう」と書いた警告の紙が、ドアの下から滑り込んだのは三日前だった。

解雇され、破産し、借金を抱えた彼は、一週間か二週間のうちに家賃の滞納分を都合しなければ、町中に放り出されるはずだった。そして、仕事の紹介状もなしに『トリビューン』を解雇された人間を、この業界の誰が雇ってくれるというのだろうか？　もし彼が『トリビューン』のような中程度のタブロイド紙でうまくいかないとしたら、『ニューヨーク・タイムズ』や『ワシントントン・ポスト』紙への道は絶たれたことを意味する。大学の教授たちは、嘘をついたのだ。彼らは、もう何年もこの業界で仕事をしていないか、もっと可能性があるのは、居心地のいい象牙の塔から出たことなどないのだ。新聞記者が第一にすべきことは、真実の追求でも、読者の立場に立つことでも、公共の利益を優先することでもない。それは、金を払ってくれる企業を重んじることだ。戦争でもないかぎり、記者の立入り禁止領域があまりにも広がってしまったから、もはや本物の特ダネを得るチャンスはない。そして、戦争は防衛関連企業に利益をもたらし、その企業の中には、アメリカ最大のニュース会社のオーナーも含まれているのだ。なぜあの教授たちは、彼が大学一年の時、そのことを教えてくれなかったのだ。教えてくれれば、彼はジャーナリズムなどやめて、出世や金儲けが正直にできるどこか別の、例えば証券業などの分野に進むことができたものを。にもかかわらず、彼はニクソン大統領を辞任に追い込んだウッドワードやバーンスタイン記者の神話を信じてしまった。この神話は、もし頑張って真実を報道すれば、結果を恐れることはない、世界がどんなに揺らいでも、最後に金が転がり込み、君は有名になるというものだ。

この嘘つきめ。

彼は、次の曲がり角のすぐ手前にある公衆電話を見つけて、そこで立ち止まった。そして、必要なだけの小銭を入れ、スーザンの仕事場の直通電話の番号をダイヤルした。彼とスーザンはここ八ヵ月ほど、結構定期的にデートしていた。そして最近数ヵ月は、ほとんどの週末、ポールが彼女のアパートに泊まったり、彼女が彼の部屋に泊まったりしていた。ポールはそのことを、彼女が二人の関係を真面目に考えている証拠だと受け取っていたが、彼女の方は、二人の将来について話すこと、あるいは〝過度に分析しすぎる〟ことを嫌っていた。

「スーザン・ゴードンです」と彼女は答えた。その声は、あのビジネスライクな響きで、世界有数の広告会社にいるコピーライターに電話がつながったことを告げていた。ポールはかつてそのことを「大企業の衣を借りている」と言ってひどくスーザンを傷つけ、二日間、謝り続けねばならない事態になったことがある。その時は、ポールが彼女の事務所に花を贈って、やっと赦《ゆる》してもらった。

「やあ、スーザン」とポールは言った。「どんな調子？」

「くだらないわよ、いつものように」と疲れた声で彼女は答えた。「時々、化粧品業界の人は皆、気がふれてると思うことがあるわ。みんな誇大妄想に取りつかれているのよ」

「あの香水の広告キャンペーンのこと？」

「あなたにも信じられないと思うわ」と彼女は言った。「車の音が聞こえるわ。通りから電話してるの？」

「そう」とポールは答えた。「マディソン街にいる、四十四丁目の北側だ。ちょっとマックと喧嘩した」

「喧嘩？」彼女の声に、微妙だが確かな変化があった。それは非難を暗示していた。

「やつは、僕が仕事をしすぎて敵をつくったと言うんだ。会社の事業縮小のせいにしようとしたんだが、その次には、あのロンドンの話のためだと言う。本当のところは、やつは僕が自分のポストを狙っていると考えてるからだ。あの話さえ記事にできたら、僕はこの二年間、ニューヨークで一番有能な記者だと認められたのに」

「それで？」と、彼女は話を続けさせた。

「それで、僕は自分の時間を使ってその話を追い続け、そしてやつは僕を首にした」

「冗談でしょ？」

「まあ、一時帰休になったと言うこともできるけど、やつらが僕を首にしたという方が真実だ。そんな大した変化だと思わないけど」

「とんでもない変化じゃないの、ポール」と彼女は言った。その声は優しく、子供に向かって話しているようだった。

「何か別の仕事を見つけるさ」と彼は言った。

「これって、あなたの人生のパターンになるの？」と彼女は言った。「仕事を一年やって、すぐやめさせられて？」

「そうじゃない。これは本当に深刻な問題なんだ。編集長というものは、自ら進んで妥協すべきではなく……」

「ポール、あなたは現実世界にいるのよ！」彼女の声はかすれて太かった。「これは商売でしょ。商売は妥協の連続だわ。無理したけりゃすればいいわ。高く昇りたきゃ昇れるだけ昇ればいいわ。あなたにとってそれがどんなに重要かは知ってるわ。でも、怒らせる人を間違えてはだめ」

「そうじゃない。これは商売じゃなくて、ジャーナリズムだ。まったく別のことだ」

「なんですって？　新聞は真実追究の仕事だとでもいうの？　そんなことのために仕事が続けられると思うの？　ポール、あなたは夢に目が眩《くら》んで、自分の給料を払っているのは広告主だってこと忘れてるわ。あなたは頂点に上ることを急ぎすぎて、全体を見れなくなってるのよ。今は昔とは違うの。企業がすべてを支配してるのよ」

　サイレンを鳴らした救急車がマディソン街を蛇行しながら近づいてきた。彼は、電話の声が聞こえるように、左耳の上を手で覆った。「僕がちょっとがんばりすぎて、仕事をやりすぎたからだと思う。ほかの記者連中の脅威だったんだ。マックにさえ脅威だったんだ。なぜって、やつらが怠け者に見えるから……」

「ポール」彼女の声が大きくなり、サイレンの音の上に被さった。ポールは心が沈んでいくのを感じた。「もっと考えてよ！」と彼女は大声で言った。「あなたの同僚はちゃんとした生活がしたかっただけかもしれないわ。それなのに、あなたは次のボブ・ウッドワードになるためだけに、あらゆることを限界まで追い込んだんじゃない」

「もしかしたら、ニュース雑誌の仕事をもらえるかもしれない……」

「そして、もしかしたら、チームワークや、二十一世紀の企業社会での協力という現実を理解できない人には、ニュース雑誌もまったく興味がないかもしれないわ。仕事病の人のことを、この世界では何と呼ぶか知ってるでしょ？」

「力があって、金があるとでも……」彼はまるで面識のない人に向かって話をしているように感じた。彼女の声の変わり方は、それほど早かった。

「〝独《ひと》りぼっち〟って言うのよ」と彼女の声は冷たく響く。そして、大きく息を継いでこう言った。「ポール、あなたは頂点で独りぼっちになる必要はないの。あなたはすごく才能がある。でも、もっとゆっくり、人と一緒に仕事をするようにならなくちゃ」

「でも、ピューリッツァー賞はチームに与えられるんじゃなくて、記者個人に……」

サイレンの音は遠くに消えていき、彼女の声は、ポールが耳元に握っている冷たい黒いプラスチックを通して、再びはっきり、明瞭に響いてきた。「そうね」彼女の声は和らいだ。「あなたにとって、それがどんなに重要か分かったわ」

「今晩、会えないかな？」

しばらく沈黙があり、彼女の呼吸が彼には聞こえた。そして、彼女は言った。「今晩は家に持って帰らなきゃならない仕事がいっぱいあるのよ、ポール。ごめんなさい」

「明日は？」

「明日は金曜日で、女友だちとブロードウェイから少し外れた劇場で、劇を見る約束があるわ。妹さんが出るんだって」

「週末は？」

「私には、いい週末にならないと思うわ」と彼女は言った。

「そうか」と彼は言った。顔に冷たい風が当たって視界が霞んだ。「来週電話するよ」

「そうしてちょうだい」と彼女は言った。そして「いい週末をね」という彼女の声の中に、彼は無理な明るさを感じた。

電話がカチャッと鳴り、彼の入れたコインが電話機の中に落ち、ダイヤルトーンが耳いっぱいに広がった。ポールは、受話器を生まれて初めて見るように茫然と眺めていた。彼は、腹を殴られたような苦しさを感じながら、ゆっくりと受話器を置いた。

「さようなら、君も元気で……」

受話器が受話器受けの上に落ちるのを見ながら、彼は静かに言った。そして、体を翻すと、午後の街の雑踏の流れの中に踏み込んだ。

「彼女は単なる友だちだった」という言葉が、彼の心の中に繰り返し、繰り返し現われては消えた。そして彼はこう思った――「僕がもっと求めたとしても、あれはただの気安い関係だった。彼女は僕の仕事の助けにはならなかっただろうし、大体、僕の将来にあまり関心がなかった。自分の仕事の方が気がかりなんだ」

マディソン街を一ブロックほど歩き、四十三丁目と四十二丁目の間に来た時、彼は大きな体の男の脇を歩き始めた。その男は、黒い髪をきちんと刈って、濃い黒髭《ひげ》を顎《あご》にたくわえ、赤と黒の格子縞の入った冬の狩用コートを着て、緑色の軍用ズボンに黒いブーツを履いていた。と、男は、彼の前に一歩踏み込んで、いきなり目と目を合わせた。ポールは、本能的に目を逸《そ》らそうとした。マンハッタンで人と目を合わせることは危険だということを、彼はそこに三年間住んでよく知っていた。しかし、その男は彼の右の二の腕を掴んで、大きな声で言った――

「兄弟、天国へ行くか？」

「何だって？」とポールは言った。目を合わせてはいけないというマンハッタンでの暗黙の規則に加え、決して相手になってはいけないという、もう一つの規則も破っていた。それにすぐ気がついた彼は、男の手から自分の腕を引き離そうとした。

が、彼をしっかりとつかまえていた男の手は、ポールの抵抗によって益々強く締まる。

「俺が聞きたいのは、あんたは救われてるかってことだ。あんたはイエス・キリストを主として、救い主として受け入れるかね？」

ポールは、わずか十分ほど前にマックの事務所で経験した怒りと敵意が、心に駆けもどってくるのを感じた。マックは自分を何様だと思っているんだ。記者は、大企業を困らせるようなニュースを書いてはいけないだって！　そして、俺が救われたかどうか聞いているこの男は、いったい自分を何様だと思っているんだ。

「天国へ行くためには、そうしなきゃいけないのか？」とポールは男に言った。その声は怒りで震えていた。まるで、目の前の男が、今しがた自分の人生をぶちこわした、あの欺瞞的なマックの代役であるように感じていた。

「受け入れよ、信じよ、赦されよ、そして悔い改めよ！」男は、ポールの腕を握っていない方の、右手の人差し指を立てて声高に宣言した。「そうすれば、あんたは永遠に天国で暮らすだろう！」

「これだけはハッキリさせよう」とポールは言った。「もし俺がそういうことをしたら、死んだ時に天国へ行けるんだな？」

「その通り！　永遠の楽園だ！」

「そして、あんたもそこへ行くんだな？」

「もちろん！」と男は咆えるように言った。

ポールは声高に、皮肉を込めて笑った。そして言った。「もしあんたが行くところが天国だったら、俺は違うところへ行きたいね」

彼は、驚いた男の手から自分を引き離し、再びマディソン街を歩き始めた。

「あんたは、地獄で永遠に焼かれるぞ！」と男は彼の背中に向かって叫んだ。「あんたはこわくて逃げていく。そうだせいぜいこわがればいい。なぜって、あんたは罪の中で死に、地獄で焼かれるからだ！　アブラハム、イサク、ヤコブの神があんたを捕まえるだろう。怒りの神、妬みの神だからだ。そうだ、走って逃げろ。逃げることはできても、隠れることはできないぞ！」男のその怒鳴り声は、ポールが早足でマディソン街を歩き続けるにしたがって小さくなり、通りの騒音の中に消えていく。ポールの横を流れる人波は、背後から脅し声で叫ぶその男には、まったく関心がないようなそぶりをしているのだった。

ポールは歩いているうちに、自分の十代の頃を思い出していた。宣教師のビリー・グラハムの説教をシェア・スタジアムに聞きにいった時、聖餐台《せいさん》まで歩いていって信仰を告白したこと。その後、少しの間、通った教会のこと。そこでの牧師の好きなテーマは、原罪と地獄に落ちる話だったこと。彼は結局、その教会に通うのをやめ、やめたことにずっと罪の意識を感じていたこと。

いったい、これは皆、どんな意味があるのか――と、歩きながら彼は考えた。人間は皆、もう何千年も前に死んでしまった女の犯した間違いのために、悪者として生まれ、神に憎まれるというのか？　そんなことがありえるだろうか？　自分の怒りから人間を救うために、自分の息子であるキリストを拷問にかけて殺す父親など、一体いるのだろうか？　それが「天の父」だなどということが、本当にありえるのだろうか？　その創り主の怒りを逃れることが、人生の目的だなどということがあるのだろうか？　それとも、もっと深い意味が、もっと納得のいく説明が、もっと慈悲にあふれたことが、もしかしたらその聖書に書かれているのだろうか？

「この答えを知るためには、何でもしてみよう」とポールは心で思い、半分言葉に出した。

そして心の片隅では、これは記者たるものの書くべき究極の記事だとも思った。彼はハッと気がつき、誰か周りの人間が、自分の独り言を聞いただろうかと訝《いぶか》った。彼は、四十一丁目の赤信号のところで、人波とともに立ち止まり、注意深く周囲を見た。しかし、彼の失策に気づいた人はいないようだった。あるいは、仮に気づいたとしても、ニューヨークでの生活の第一則――目を合わせるな――に従っていたのかもしれない。

そんなふうに人ごみを眺めていた彼は、その時、道路の向かい側を見て、体が凍るようなショックを感じた。たぶん五歳くらいだろうが、小さな女の子が、ほんの一瞬だが、母親の手を振りきって、向かいの歩道から横断歩道の上に跳び出したのだ。その車道では、大型トラックが一台、唸り声を上げて走ってくる。アクセルを踏み込んで、青信号の間に交差点を通過しようとしているのだ。

女の子の母親が叫び声を上げ、周りの人たちは息を呑んだ。ポールは茫然自失の状態から目を覚ました。何かしなければ、あの子は死んでしまう。それは分かった。が、誰も動かない。その情景は異様なスローモーションとして感じられた。彼はその子を見つめながら、息を止めて交差点の真ん中に突進した。

三歩行った時、「お前は死ぬぞ」という声が頭の中で叫んでいた。が、彼は止まらなかった。あと五歩で、その小さい女の子を歩道の上に押しもどすことができるかもしれない。女の子は今、トラックを見たまま恐怖で動けない。トラックのブレーキは金切り声を出している。その子を強く押して車道から出さねばならない。一歩、そしてまた一歩、前に向かって、両手を突き出しながら、そこへ早く到達して、女の子を危険から突き飛ばす確率を計算しつつ、彼の頭はフル回転していた。もしそれに成功すれば、彼自身はトラックの前に来ているから、命を失うかもしれない。しかし、今からもどろうとしても、もう行動は起こされ、体は前に進み過ぎていた。

と、気がつくと、彼は宙を飛んでいた。

誰かが、後ろからものすごい力で押したに違いない、と彼は思った。空中での動きは定かでない。まるで、強い腕が、彼を胸と太股のところから持ち上げたように感じられた。それは、彼がサマー・キャンプのプールで子供たちに水泳を教えた時のように、誰かが彼を持ち上げたようだった。そして彼の体は、スーパーマンが空を飛ぶ時のように、腕を前方に伸ばして突進した。両足が地面から浮いているのは、押す力がよほど大きかったからだろう。彼は、その小さな女の子をつかむと、体ごとトラックの前を通過した。車のバンパーが右足の靴の踵《かかと》を掠《かす》めるのを感じながら。

押す力が消えると、彼は地面に塊となって落ちた。彼の頬と指の皮は剥《は》がれたが、泣き叫ぶ女の子は足から着地して、母親の腕の中に転がり込んだ。

「こりゃすごい救助だ!」と、黄褐色のトレンチコートを着た五十歳ぐらいの男が言った。彼はポールを助け起こしながら、その声は感動で震えていた。「何かの映画のメル・ギブソンみたいだ！」

ポールは擦れて傷ついた自分の右手を見、汚れをそこから掃《はら》い、着ているコートを揺さぶって形を整えた。そして「誰が私を押したか、見てました？」と喘《あえ》ぎながら周囲の人に聞いた。

何人もの人が、関わりをもちたくないという様子で、彼から身を遠ざけた。小さい女の子の母親は、すすり泣きながらポールに走り寄り、感謝の気持で彼の腕を強く握りながら言った。「娘の命を助けて下さってありがとうございます。あなたは本当にいい人です！」

「どういたしまして」とポールは言った。「しかし、誰かもう一人、助けてくれたと思います。私を押した人、分かりますか？」

母親は首を横に振った。「私は娘を見つめて叫ぶことしかできなかったんです。あなたは娘に命をかけて下さった」

「助けることができてよかった」とポールは言った。

彼女は彼の頬に軽くキスをすると、恥ずかしそうな顔をし、くるりと体を回して、女の子の手を引いて歩いていった。

一件落着となって、集まっていた群衆は川の流れのように退《ひ》いていった。黄褐色のコートの男は、薄い髪を上方に櫛でなでつけていたが、その頭を横に振りながらこう言った。「君のやったあのジャンプは、すごかったな。あんなに飛ぶなんて。プロの選手かい？」

「僕は飛んだわけじゃない」とポールは言った。「誰かが押したんだ」

男は肩をすくめて立ち去った。その後にはポール一人が、寒風の中に佇《たたず》んで震えていた。

第二章　雨の準備はいいか？

　ポール・アブラーが住んでいたのは、マディソン・スクウェア・ガーデン近くの、マンハッタンでは「チェルシー」と呼ばれる地域だった。そこに建つレンガ造りの二十一階建て共同住宅の最上階が、彼の家だった。それは、一九五〇年代後半にガーメント労働組合が共同組合方式で建てた住宅だ。

　ポールは、子供を助けた場所からそこへ帰るのにゆっくり時間をかけた。約二キロの道のりを、途中でピザを一切れ買い、通りの店の窓を覗《のぞ》きながら帰った。彼は歩きながら、自分の財政状態や人間関係、仕事に対して絶望感に襲われる一方、この三つのすべての面で、これから新しい人生が始まるのだと自分に言い聞かせていた。彼の心のどこかに、そんなことは気休めだと考える自分がいたが、また別のところには、そういう考えにも一理があると感じる自分がいた。多国籍企業の働きバチとして、〝ニュース〟と呼ばれる偽りの世界に生きるよりも、多分もっといい生き方が自分を待っているのだろう。もしかしたら、スーザンよりも愛が深く、人を裁かない女性に出会えるかもしれない。もしかしたら、これから運命を好転できるかもしれないし、実際に好転するかもしれない。

彼は鍵を使って、共同住宅の正面玄関を開け、ロビーへ入り、ビリーに向かって頷《うなず》いた。ビリーは、警備と建物の保守管理をするためにこの共同住宅に雇われている元警察官だ。ビリーは、ポールの擦り剥けた顔と手にチラリと目を走らせると、灰色の目を窓の外の八番街に向けた。ニューヨークの住人は、あまり人にものを尋ねない方がいいと知っているのだ。

帰宅する途中、ポールの心の中に一つの計画が生まれた。短期的な計画ではあったが、少なくとも立ち退き状が来るのを引き延ばし、クレジットカードが無効になるのを防ぐ効果はあるかもしれない。そう考えて、彼はわざと家に帰るのを遅らせ、ちょうど午後五時を過ぎたところで帰宅したのだ。

ポールの家とバルコニーを共有した隣の住居には、リッチ・ホワイトヘッドという変わり者の法律家が住んでいた。そのバルコニーは、八番街に面していて、この法律家の家のバルコニーとはパーティションで分れていた。リッチはポール同様に、「ビッグ・アップル」と呼ばれるこのニューヨーク市でビッグなことをしたいと考えていたが、ポールが思うには、彼は欲が深すぎたため、その目的を達していなかった。リッチはそれをもちろん「欲」とは呼ばずに、「人生への愛」とか「征服」とか、あるいはもっと元気でウォッカをいっぱい飲んだ時には「この世界をもっと良い、愛すべき場所にするための貢献だ！」などと言った。

もっと具体的に言うと、リッチはコロンビア大学の法律学校を出て、ニューヨーク市の中では最も大きい部類の企業向け法律事務所に入ることができたため、十分な収入と名誉が得られると思っていた。そして、女性というものは、そういう彼の注目を集めようとして長蛇の列を作ると考えているふしがあった。彼が公言している目標とは、その法律事務所の中で出世して、年収百万ドルを越えるようになれば、『プレイボーイ』誌社主のヒュー・ヘフナー並みの生活ができるというものだった。企業の顧問弁護士になるのももちろんよかったが、それにはまだ最低で二十年はかかることをリッチは知っていた。しかし、企業の合併と買収を手がければ、法律家には大変な利益が入った。特に、合併される側の企業の汚点を見つけて公表すれば、買収費用を下げることができるので、儲けは増えるのだった。そして、時には、買収する側の企業は、間に入った法律家に、増えた分を丸ごとくれることもあった。リッチがする自慢話は——特に、その週に出会った一番お気に入りの女性がそばにいる時には——驚くべき内容のものだった。が、彼がまだこんな建物に住んでいることを考えると、収入が目標に達していないことは明らかだった。

その法律事務所で働いて五年で、リッチの権限はかなり拡大し、今では後輩弁護士二人と、法律助手一人、事務員一人、秘書二人を抱える王国に君臨していた。彼は毎週何千ドルもの支払小切手を切り、ポールには「今に大金をものにする」と何回も言っていた。

もしかしたら――とポールは思った――リッチだったら腕のいい書き手を雇えるかもしれない。そうすれば、自分が全国の新聞や雑誌に履歴書を送り、『タイム』や『ニューズウィーク』の仕事を得るまでのつなぎになるかもしれない。

ポールはエレベーターの前へ歩いていき、二十一階まで上り、自分の家の隣のドアを叩いた。まもなく、ドアの覗き穴の向こう側がチラリと動き、それから三つの鍵を内側から開ける音が聞こえた。ドアが開くと、その向こうには、紺色のタオル地のバスローブを着たリッチが立っていた。手には透明な液体と氷の入ったグラスを握っている。彼はポールより十五センチほど背が高く、二メートル近い長身で、樽のように膨らんだ大きな図体をしていた。顔には金縁の眼鏡をかけ、その奥の青い二つの目は分厚いレンズのおかげで強調されて見えた。髪は短く、いかにも会社人間風だったが、その明るい茶色の髪は不規則なウェーブがかかり、まだ豊かだった。

「やあ、ポール」とリッチは言った。その声には少し抑えた感じがあったので、何かの最中に邪魔したのかもしれないとポールは思った。

「どうしてる？」彼はポールの顔の傷ついた側をチラリと見て「何があったんだ？」と付け加えた。

「いや、何でもない」とポールは言った。「道路で倒れたんだ、マディソン街で。トラックに轢《ひ》かれそうな子供を助けただけさ」

「英雄を演じたわけだ」と言うとリッチは笑顔をつくり「運転手を訴えてやるかい」と言った。
ポールは笑って肩をすくめた。「いや、本当に大したことじゃない。ちょっと時間あるか
い？　長くかからないから」
リッチは、後ずさりしながら手で部屋の中を示した。「入れよ」
ポールはリッチの家の居間に入った。その居間は、黒いレザーとガラス、金ピカのメッキ
で飾り立てられていて、マリファナとシャンプーと皮の匂いがした。壁には署名入りのダリ
のリトグラフが何枚も掛けられ、床のカーペットは卵の殻のように真っ白だった。大画面の
テレビが居間の向こう側の隅――つまり、バルコニーの見える窓の近くを占領していて、そ
の隣にある椅子には、驚くほど美しい金髪の女性が腰かけていた。彼女は、大きな竜の模様
を刺繍《ししゅう》した絹のバスローブを一枚着ているだけだった。髪は濡れていて、見たところ二十歳
そこそこの年齢だ。彼女はポールを上から下まで素早く見ると、歯と目をしっかり使ってプ
ロの笑みを浮かべた。「ハーイ」
ポールはあわてて「ハイ」と言ってリッチの方を見た。「お客さんがいるなんて、知らな
かったから……」
「大丈夫」とリッチはポールの声をさえぎった。「ポール、こちらはシェリルだ。シェリル、
こちらがポールだ。ポールは隣の住人で、トリビューンの特ダネ記者だ」彼はポールに向き

直った。「シェリルはモデルで、ＦＩＴの学生だ」ＦＩＴというのは、ファッション技術研究所（Fashion Institute of Technology）の略だということをポールは知っていた。その学校は、すぐ先の二十七丁目の通りの、七番街と八番街の中間にあり、世界中から美人を吸い寄せる磁石のような役割をしていた。そして、この美人が多いということが、リッチがマンハッタンのどこに住むかを決める時の一つのポイントになった。それに加え、この近辺は最近、トレンディーなレストランやバー、クラブや商店が次々とオープンし、なかなかの活況を見せていた。つまりこの近辺は、ＦＩＴの女性と出会うには絶好の場所だった。

リッチは、シェリルの隣の椅子に腰を下ろし、窓に面した黒皮のソファーをポールに示して言った。「何か飲むかい？」

「いや、やめといた方がいいと思う」とポールは言った。「お二人の邪魔をしたくないし……」

「僕らはシャワーを浴びただけさ」と、リッチは片目をつぶりながら言った。「僕は二、三時間したら事務所にもどらなきゃいけないから、これを飲んだあと、クルーア・タイのレストランで食事をするつもりだ」こう言って、リッチはポールの使える時間の長さを指定した。つまり、時間はあまりないというわけだ。

「ええと」とポールは言った。「僕は今日、トリビューンを辞めた」

「何と」とリッチは言い、立ち上がって祝杯を上げるようにグラスを差し上げた。「おめでとう！」

●――訳者から一言

ご存知の読者も多いと思うが、ニューヨーク市のマンハッタン区は、その南端部分を除いて、ほとんどの地域がきれいな碁盤目状に区画整理されている。五番街などの「街」のつく道路は南北に走り、二十七丁目などの「通り」は東西に走る。この区画の最小単位を「ブロック」と呼ぶが、一ブロックは南北が約八〇メートル、東西が約二五〇メートルになる。

ポールがスーザンに電話をかけた付近は、マンハッタンの玄関口といわれるグランド・セントラル駅があり、有名ブランド店が軒を連ねる市の中心部だ。その喧噪と混雑の中でドラマが始まった。

主人公のポールが住んでいる「チェルシー」は、南北に長いマンハッタン島の、半分よりやや南寄りの西側地区を指す。かつては古風な様式の建物が並ぶ高級住宅地だったが、近年は公営住宅や工場などもでき、さらに芸術家なども多く住むようになった。七番街と八番街の間の二十三丁目の通り沿いにあるチェルシー・ホテルは、マーク・トウェイン、ユージン・オニール、テネシー・ウィリアムズなどの作家が愛用したという。市の中心部と比べるとまだ古いものの残る地区である。

本文にもあるように、チェルシーの北側には有名なマディソン・スクウェア・ガーデンがあるが、これとは別に、マディソン・スクウェア（マディソン広場）が約一キロ南に離れてある。当初はこの広場にあった建物が、その後何回も移築されたもので、現在の建物は四代目。ポールが少女を助けるマディソン街は、この広場の東側に接した道路だ。一方、「八番街に面している」というポールやリッチの住むアパートは、マディソン・スクウェア・ガーデンより南へ数ブロック行ったところだろう。ＦＩＴは、彼らの住居の近くだから、二十八～二十九丁目あたりが二人のアパートの位置になる（二三五頁参照）。ＦＩＴは、カルバン・クラインを生んだ名門美術大学で、ファッションやテキスタイル・デザインを展示する美術館をもっている。

彼はグラスから一口すすり、シェリルはシャム猫のような顔つきでそれを眺めた。ポールは、リッチと連れの女性を見ていると、どっちが利用して、どっちが利用されているのか分からなくなることがよくあった。リッチがつかまえてくる女性は、彼自身よりよほど知性的か、少なくとも利巧そうに見えることが多いからだ。

「うん、これは、自分でそうしたかったわけじゃないんだ。〝働く倫理〟とは何かということで、意見が合わなくなった」

リッチは右の眉を上げた。「週七十時間じゃ足りないってわけか？」

「いや、多すぎるというんだ。僕が他の連中を不安にさせると考えてるんだ」

「ああ、そうか。法律稼業でも同じだ。まず同盟関係を築き、仲間を増やせ。自分の王国を確立せよ。それから、仕事にとりかかれ、だ」リッチは椅子の背に寄りかかり、何でも知っている賢い老人のように頷いた。「それで君は良い教訓を得たわけだ。そして、新しい出発を前にして、今や自由の身だ」

「そうかもしれない。真実を追う本物の記者を雇ってくれる新聞社が、まだどこかにあるんだろう。でも、それまでの間、僕にはちょっときつい。金銭的な意味でだ。だから、あんたの事務所で何かアルバイトでもないか聞いてみようと思って……。僕は、言葉の使い手としては自信がある」

リッチはシェリルを横目で見、彼女は彼に微笑みを返した。そして、リッチは自分のグラスからゆっくりと一口飲んだ。「知ってのとおり、ロシア人はウォッカを造らせたら世界一だ」と彼は言った。「そして最悪のウォッカも造る。その秘訣はもちろん、どっちがどっちかを知ってることだ」

ポールは頷いた。仕事でロシア行きを命じられたリッチが、ウォッカとロシア人の女性についてすべてを学んだという話を、彼からさんざん聞かされていたからだ。

「とにかく」と、リッチは続けた。「よく分からないから、聞いてみよう。事務所では時々、臨時のアルバイトやフリーのライターを使うから……といっても、その場合は法律家かその助手が内職でやることが多いけど……意味は分かるだろう？」

「分かると思う……」

「でも、調べてみよう！」とリッチは声を強めて言い、再び立ち上がった。「ちゃんと確認してから返事しよう」

ポールは、それを時間切れの合図として受け取り、立ち上がった。そして、リッチが肩に腕をかけて、ドアの方向に自分を連れていくのに任せた。リッチは、口の中で「大丈夫だ」という言葉を小声で何回もつぶやきながら、ポールを玄関まで送り、ドアはそこで閉まった。

ポールは体の向きを変え、自分の部屋の玄関まで歩くと、一本の鍵で、ドアの金具に仕込まれた大きい錠を開け、もう一本で取っ手の鍵を開けて扉を押し、中に入った。

住み慣れている部屋だったが、リッチの家との違いを感じずにはいられなかった。自分の部屋は相当見劣りがした。質素な薄茶色のカーペットの上に、黄褐色の布製のソファーが二つ、一つは長く、もう一つは短い。休憩用の安楽椅子が一つ、そしてチーク材に似せた合板製で、もう十年もたった壁面家具に、テレビとステレオ装置と本が収まっている。彼は居間を通り抜けて台所へ行き、冷蔵庫から取り出した白ワインをグラスに注ぎ、また居間にもどった。そして、自分が少し片足を引きずっていることに気がついた。筋肉痛がした。ニュースを見ようと思ってテレビのリモコンの方に手を伸ばしかけた時、玄関でノックの音がした。ドンドンドンドンという、気の急《せ》いた大きな音だった。彼は伸ばしかけた手を引っ込めて、ワイングラスを手に持ったままドアの前まで行った。覗き穴のカバーを横へずらすと、茶色のツイードのジャケットを着た老人の姿が見えた。七十代の男のようだった。短く刈った白髪に髭《ひげ》を生やしていて、ネクタイを締め、その上からジャケットの真ん中のボタンをきちんと掛け、手にはメモ用紙を紙挟みで留めた板を持っていた。そして満面で笑っていた。

ポールはドアを開けた。「何ですか？」

「やあ、お若い人」とその紳士は言った。「あなたはポール・アブラーさんだね。ちょっと聞きたいことがあるんですが、もし迷惑でなければ……。調査をしているもんで」その男の英語にはわずかな訛《なま》りがあった。中東の人やスラブ人が使うような、喉の奥を使う発音だ。

「今日はひどい一日だったんだ」とポールは言い、この男は一階の郵便受けで彼の名前を知ったに違いないと考えた。そして、正面玄関をすり抜けるために、多分、誰かの後について入ってきたんだろうと思った。「あとにしてくれないかなあ」

「強制はいやなんですが、もし質問に答えてもらえたら、最後にいい賞品があるんですよ。信じてほしいんですが、これはあなたが〝いらない〟とは言えないものです。想像できないほど大きな賞品です」その男はポールの顔の傷と、ワイシャツの襟の裂け目と汚れに気づいた。そして、恐らく同情からだろう、小さな笑みが男の顔に浮かぶのが見えた。「賞品は、きっとお役に立つと思いますが……」

ポールは、これは戸別訪問によるセールスだと気づき、「僕は大丈夫だ……」と口を開き、男の目の前でドアを閉めようと思った。しかし、その男の笑顔は、ポールが大学一年の夏休みに、アルバイトで雑誌を売るために戸別訪問をした時のことを思い出させた。報酬は歩合制だったが、彼は訪問先でことごとく門前払いを食わされたのだ。相手は、二年間の購読申し込みをしてくれれば最初の一年の購読料はタダになるというポールの話を聞こうともしないで、怖《こわ》がったり、怒ったり、気のない顔をする。そういう相手を目の前にして、にこやかな笑顔を作り続けることの難しさ。それは、散々な仕事だった。だから夏休みが終わった時、彼はホッとして大学へもどったのだ。これは彼にとって、人間というものは見知らぬ人に対しては、これほど冷たく、無関心に振る舞うものだということを教えてくれた最初の実体験だった。彼はそれを思い出しながら、自分の手の中にあるドアの取っ手を冷たく感じた。それを手前に引いて、ドアをぐっと開けた。今日は自分が仕事を失ったのだから、せめて他人の仕事をやりにくくしないようにしようと思いながら……。「いったい何ですか？」とポールは言った。「中へ入ってください」

男はポールのあとに続いて居間まで入ってきた。彼は、玄関の扉を後ろ手に閉め、八番街の見える窓の近くの一人用のソファーまで歩いていった。そして「ちょっと座ってもいいですか？」と言った。

「どうぞ」とポールは答えて、男と直角方向に並んだ長い方のソファーに腰を下ろした。食べたピザのせいで、腹の具合いがよくなかった。彼は、アスピリンを何錠か飲んで、リモコン装置を片手に持ち、グラス入りのワインをもう一方に持って、テレビ漬けになってしまおうかと考えた。そんなことは滅多にしないのだが、このセールスマンがいなくなったらやってやろうと思った。「では、早く切り上げてくださいよ。いいですね？」

「もちろん」と男は言って、メモ用紙を挟んだ板に目を落とした。「最初の質問は、〝あなたは神を信じますか？〟です」

ポールは、少し前に通りで会った宣教者風の男のことを思い出して、怒りが湧いてくるのを感じた。「あんたはどこかの教会か、カルト教団の人？」

「とんでもない」と男は言った。その茶色の目は輝き、その周りに笑い皺《じわ》が刻まれていた。

「これは〝叡知の学校〟のためのものです」

その笑顔が、ポールの心を和らげた。「何ですか、それ？」

男は少しの間、遠くを見るような目つきをしてから、ポールの方を見た。「だいたい百年ぐらいの周期で、秘密が忘れ去られたと思われる頃、ある種の人々が現われて、その秘密を再び世に語り継ぐのです。それが私たちの仕事です」

「やっぱりカルト教団のように聞こえるけど……」とポールは言った。

男は肩をすくめた。「あなたを入信させるために来たんじゃありません。あなたが私を呼んだのです」

「冗談でしょう」

「いいや」と男は言った。「真面目な話です。あなたは今朝、あの宣教者をまるで無視したその直後に、私を呼んだじゃありませんか？」

ポールは記憶をたどり、自分が半分言葉に出してつぶやいたことを思い出し、ちょっとの間、方向感覚を失った気分になった。あの時、彼は少年時代から自分の心を悩ませていた宗教的疑問に対して、ぜひ答えを得たいと思ったのだ。彼は目の前の男を見て口を開いたが、その声はだんだん小さくなっていった。「あんたは通りで、僕の近くに・い・た・ん・で・す・か……？」

「そう言うこともできます」と男は言って微笑んだ。その笑顔は、本心から出た偽りのないもののように見えた。ポールがもし子供だったら、サンタクロースならこんな笑顔をすると思っただろう。

「どういう意味だか分からない」とポールは言った。「これはずいぶん気味の悪い話だ。戸別訪問のセールスがどんなに大変か分かってても、僕はあんたを中へ入れるべきじゃなかった。あんたはここまで私を追《つ》けて来たんだ」

「まあ、そうとも言えます。でも、ちょっとあなたの手助けをしてあげたわけですから」

「手助けだって？」

「あの女の子の命を救うのに……」と言って、男の顔は真面目になった。「あれは素晴らしい決断でしたね、ポール。でも、私はあなたが助からないことが分かった。そして、あなたが自分の命を棄てる気なのも分かった。しかし、そうさせるわけにはいかなかった。だから、あなたの体を運んであげることにしたんです」

ポールは、急いで手元のワインを一口飲んだ。すると、あの交差点での記憶が蘇ってきた。

「あなたが僕を押した人ですか？」

「そうじゃない」と男は首を横に振って言った。「あなたを押したんじゃない」

「じゃあ、どうやって助けたんですか？」

「あなたを持ち上げて運んだんです」

「何ですって？」

「あなたの胸と脚の下に、私の腕を感じなかったですか？」

ポールは息が詰まって黙った。頑丈な腕が自分を支えながら、あの交差点の上を体を浮かせて運んでいった感覚が蘇ってきたからだ。「でも、僕には何も見えなかった」

突然、目の前のソファーには誰もいないことに気がつき、ポールはまた息を止めた。男が座っていたところには、小さく窪んだあとがあった。「今だって何も見えないでしょう？」男の声が中空から聞こえてきた。

ポールは人のいないソファーを見ながら、恐ろしい可能性を考えていた。それは、自分が仕事のしすぎで、ひどい睡眠不足で、そのうえ解雇されたことで、精神が極限まで追いつめられ、ついに発狂したのかもしれないということだった。これはまさにそんな感じだ、と彼は思った。まず最初に、幻聴を聞く。そういう連中が頭の中で声を聞くのと同じだ。それから、その声がああしろ、こうしろと命令するから、大変なことをすることになる。

「これは、頭の中の出来事ではないですよ」男はこう言いながら、ゆっくり姿を現わした。見ると、その彼は灰色の髪を肩まで垂らしており、髭はさっきよりずっと多く、古代ローマ人が着ていたような白いゆるやかな衣を着て、素足の上から使い古した革のサンダルを履《は》いていた。「これは本物の現実です。あなたはあの少女の命を救ってあげたし、私はあなたを救った」

ポールは、グラスのワインをごくりと大きく飲み込んだ。腹の中が最初は冷たく、やがて暖かくなるのが感じられる。彼は、幻覚が消えることを半ば期待しながら目を強くしばたたいたが、男は相変わらずそこにいた。その顔をよく見ると、今度は日焼けしていて、加齢による皺が何本も刻まれていた。目は深い焦げ茶色で、ほとんど黒といってよかった。そして、腕や脚は、何十年も筋肉労働をしてきた人のように、筋張って頑強な感じだった。

「あなたは一体、誰ですか？」とポールは言った。

男は頷いて「大切な質問です」と言った。「少なくとも、あなたのいる時間と場所にあっては大切なことです」その声は優しく、人を安心させる響きがあった。それは低く、轟《とどろ》くような声で、まるで深い水底から響いて来るようだった。「しかし、まず最初に、あの交差点であなたは事実、私に運ばれていくのを感じた、ということを確認してほしいですね。それが真実だということ、私の言っていることが本当だということを……」

ポールは、自分の持っているグラスに目をやり、それを唇の高さまで持ち上げ、再び大きく一口飲み込んだ。お腹を掻《か》き回される感じがし、顔と手の擦り傷に痛みが加わった。外を往来する車の音が微《かす》かに聞こえる。台所の冷蔵庫がカチッと鳴り、モーターが回る音がする。男の座っているソファーの後ろで、暖房装置を流れる熱湯がラジエターの管を膨張させ、甲高い音をたてた。壁からは、隣のリッチの家のステレオが低い音を伝えてくるのがわずかに聞こえた。空中を飛んで道路を渡った時のことを思い出して、ポールは「ええ」と言った。

「たぶん、何かを感じました。あれは、あなただったんですか？」

「そうです。私の名前はノアといいます」

ポールは眉を上げて言った。「箱船の話に出てくるあのノアですか？」

「そう、まったく同じ名前です」

「どうして僕の名前を知ってるんです？　今日の午後、僕にはあんたが見えなかったのに、どうやって僕を持ち上げたんです？　あんたは一体、誰なんですか？」

ノアは、節くれだった両腕を横へ延ばしてソファーの背もたれの裏側へかけた。「私は、あなたの最初の教師です。あなたは〝叡知の学校〟に入学したんです」

「何ですか、それ？」

ノアは、両手で耳の上の髪を掻き上げた。「〝叡知の学校〟の伝統は古代にまで遡《さかのぼ》ります。それは、世界の〝古い文化〟に属する人たちの間では、今でも聖職者やシャーマンたちの教育の基礎として続いています。この学校が生まれたのは、今日〝王〟と呼ばれる覇権者たちが、都市や国をつくった時です。叡知の学校は、〝古い文化〟の知恵を、この王たちの〝新しい文化〟の攻撃から守り、維持していくためにつくられたのです。この伝統は、いろいろの形で生き延びてきました。初期のキリスト教もその一つでした。しかし、その中の一派がローマ帝国に乗っ取られ、やがてローマの国教に定められた時、この学校は中断しました。秘密は地下に潜り、混乱の中に埋もれてしまったのです。それ以降、キリスト教では、イエスが言ったこと、またイエス以前のユダヤ人預言者が伝えようとしたことは、この秘密ではなく、もっと別のことだと教えられるようになりました。その秘密とは、本当はちょっと気の利いた、耳に心地のいい幾つかの教えなんだ、ということになったのです」

「〝叡知の学校〟では、何を教えるんです？」

「あなたは聖フランシスや十字架の聖ヨハネ、マルティン・ブーバー、エックハルト師、ルーミーなどが、当時の主流派の教会からどんな侮蔑を受けたかご存知でしょう？　異端者とか、もっとひどい言葉で呼ばれたことを？」

「そういうことを、大学で習ったのを憶えてます。世界宗教史を勉強した時に……」

「この人たちは皆、神秘家でした。世界の偉大な宗教の教祖たちも皆そうでした」とノアは言った。「こういう人たちは神秘というものを理解し、秘密に従って生きていました。その中には、生前世に認められた人もいたし、死後しばらくして認められた人もいますが、大抵は永遠に無名のままです。でも皆、素晴らしい力と知識と洞察力をもってこの地上の、それぞれの時代を生き抜きました。その素晴らしさは、ほとんど普通人の理解を超えていました。この知識を今、あなたに伝えようというのです。私がここにいるのは、あなたの訓練を始めるためです」

「あんたは伝道師か何かですか？」

ノアは首を横に振った。「私が誰で何者であるかについては、人によって、また文化によって呼び方が違います。北アメリカ先住の人たちは我々を〝変化師《へんげし》〟と呼びました。古代ギリシャやローマの人たちは〝神〟とか〝女神〟と呼び、ユダヤ人のセム部族はこれを〝預言者〟と呼び、現代のヨーロッパ人やアメリカ人は〝幽霊〟とか〝霊〟とか〝天使〟と呼びま

●——訳者から一言

第二章では、ノアという老人がポールの家に突然やってきて、奇妙な説教をするが、この中に出てくる「古い文化」「新しい文化」という言葉は、著者・ハートマン氏のユニークな考え方にもとづいている。

普通の世界史の教科書では、「東洋文化」とか「西洋文化」などの言葉を使って、人類の文化を地域的に分ける方法をとっているが、著者は「地域」というよりは「時代」と「考え方」を文化の分類の基準にしているようだ。著者の前著『The Last Hours of Ancient Sunlight』（邦訳『ウエティコ　神の目を見よ』太陽出版）には、この二つの文化のことが詳しく説明されている。それによると、「新しい文化」は、その言葉から連想される「近代」とか「現代」などのものではなく、「五千年から六千年前」に生まれた考え方にもとづいており、「古い文化」とはそれ以前の考え方にもとづいているという。この定義によると、「新しい文化」はメソポタミア文明に始まり、ギリシャやローマの文化も、中世のキリスト教の考え方も全部含んでしまう。

二つの文化の違いは、前者が自然と人間とを「離れたもの」と見、自然を征服することを人間の運命と考え、他人を支配することで自らが幸福になると考えるのに対し、後者は、人間を自然の一部と見、人間の運命は人間以外の自然との協力と調和であると考え、人間を含めた自然のすべてを「聖なるもの」として捉えるのだという。この区別によると、仏教や日本の神道、アメリカ・インディアンの思想などは〝古い文化〟に属することになる。

ここでは、ノアは〝叡知の学校〟のことを「〝古い文化〟の知恵を〝新しい文化〟の攻撃から守り、維持していくため」のものだと言っているが、これに「東洋」「西洋」という言葉を敢えて当てはめれば、東洋を西洋より優位に置いているとも解釈できる。今日、西洋文化の頂点にあるアメリカに於て、このような考え方が生まれていることは興味深いことだ。また、読者はお気づきのことと思うが、様々な世界宗教の教祖が本当に伝えたかったメッセージの内容は、すべて同じだとするノアの言葉は、生長の家の「万教帰一」の考え方と同じである。

す。でも、あなたは私を〝友だち〟と呼んでくれて結構です」

ポールは喉で呼吸しながら、あの時の体の下の腕の感触を思い出し、次に髭の男がソファーから消え、また姿を現わしたことを思い出していた。「あなたが天使だって……」

ノアは笑いながら、その言葉を遮《さえぎ》った。「私は幽霊でいい。その方が、少なくとも英語では私の本質をよく表わしています。〝天使〟という言葉には、私が何か特定の宗教や信仰と関係しているようなニュアンスがあります。〝幽霊〟はもっと一般的です。世界のどんな文化にも、幽霊はいますから」

「あなたはノアの幽霊ですか？　あの箱船の？」

ノアは肩をすくめた。「私はこの体と名前が気に入ってる。この名前を最初に使ったのは、前回の氷河期の終りごろで、地上の海洋のかさが上がって、たくさんの仲間が溺れ死んだ時です。私の話はもう何回も何回も語り継がれて、結局、私はまたこの世界に呼び戻されたんです」

ポールはソファーから跳ね起きて、さらに一口ワインを飲んだ。「こんなのはおかしい」と彼は言った。「僕は、この種の超自然現象を信じたことなんかない。ストレスにさらされ過ぎて、頭がどうかしたんだ」

ノアはまた姿を消した。ポールはあたりを見回したが、部屋には誰もおらず、今度は、ソファーの黄褐色のビロード風の生地の上には、以前あった微かな窪みも残っていなかった。

「何なんだ！」

「これは本当の出来事だよ、ポール。私はまだここにいる」とノアの声が言った。その一瞬後、ノアの姿は台所へ通じるドアの横に現われた。「もちろん、私はこんなふうに簡単に香港にいることもできます。今、ここにいるのと同時に、あっちにいることさえできる」

「それは不可能だ」

「でも、あなたは日曜学校へ行ったでしょう」

「まあ、行ったことはあるけれど……」

「イエスが〝私のなしたことはあなた方も行うことができるし、それ以上のこともできる〟と言った時、イエスは真実を語ったとは考えられませんか？　新約聖書にも旧約聖書にも、私と同じようなことをする人の話が出てきます。それにウパニシャッドやヴェーダの教典やコーランにも、また、世界中の民族の伝説の中にも、人類の歴史の中にも、そういう話はあります。これを偶然だとか何かの間違いだと思いますか？」

「しかし、あなたは幽霊とか天使とか、そういった種類の人で……」

「そんなことは問題じゃあない。このことは後で話しましょう。私はこの秘密を学び、一度世界を――つまり、私の世界を救いました。そして今は、あなたがその機会を握っている」

　ポールはドサッと音をたててソファーの上に腰を下ろし、自分の顔の左側――つまり傷のついていない方をこすった。「僕が？」と彼は言った。その声は気が抜けたようで、自分自身にも不自然に聞こえた。

「からかってるんですね」

「いいや、私は真面目です。あなたはすでに〝叡知の学校〟の中にいるんです。実のところ、あなたは生まれる前からこの学校にいるんです。それがあなたがこの人生を、この体を、この時代を選んだ理由です。すべては、ここへあなたを導くためです。そして今日、あなたが声を上げて呼んだので、私がここにいる。だから、これはあなたにとって大いなる機会です」

「僕は単なる新聞記者だ。ネタを探し回ってニュースを流すだけ。そんな人間に世界を救う資格があるとは思えない」

「人には皆、可能性というものがあります。私はあなたにそれを知らせ、それを見せるためにここに来たのです。あなたはこれまでの人生を通じて、ずっと感じていたはずだ。自分の運命は偉大であり、重要だということを。違いますか？」

ポールはしばらく沈黙し、そして言った。「そうです。しかし、そんなものは自己本位の考え方だと否定してきました。でも、ピューリッツァー賞が取りたかった」

「あなたをジャーナリズムの世界に引き込んだものが、それです。また、いろんな人たちをそれぞれの仕事に引きつけるものも、それです。一介の会社員でも、建設作業員でも、一人ずつ、その時において、世界を救うことはできる。どんな人にもできるんです。そして、あなたは生まれる前に、この仕事をとても大がかりに実行することを選んだ」

「僕が運命を選んだ？」

「運命を自分で選ぶ人はたくさんいます。あなたの運命は、世界を救うメッセージに従って生き、そのメッセージを人に伝えることです」

「どうやって？」

「まずは、今世紀最大の霊的秘密を学ばねばなりません。それから、あなたがこれまでの人生で磨いてきた才能や技術を使って、それを世界に伝えるのです。そうすれば、物事は必ず変わります。それを、あなたの人生最大のスクープだと考えたらいい」

「今世紀最大の霊的秘密だって？」そう言う自分の声の調子が上がっていくのが、ポールには分かった。ワインのおかげで落ち着いてきてはいたが、自分にはもっと冷静な頭が必要であることが彼には分かっていた。今起こっていることがすべて幻覚であっても、あるいは現実であっても、冷静さが必要だった。ポールは椅子の前のコーヒー・テーブルの上に、グラスを置いた。「百年間のうちの最大の秘密ということですか？」

ノアは、その椅子のところへ歩いて来て、再び腰掛けた。「実際は、あらゆる時代を通じて最大の秘密だと言えます。でもそれは、そんなに驚くほどの内容ではない。世界にいるどのシャーマンに聞いても教えてくれるし、預言者は皆、それを語ったし、イエスもそれを教えました。その秘密は、森やジャングルや平原で生活する数少ない部族民たちが、今も毎日叫んでいるものです。あなた方の文化は、彼らの住処《すみか》を壊し、酸素の供給源を破壊しているわけです。六千年、七千年前に、ヒンズー教の創始者もそれについて書いています。五千年から四千年前には、ヘブル人の預言者がそのことを語り、ブッダは約三千年前に、イエスは二千年前に、そしてムハンマドは一千年前にこれを語り、そして今、あなたはこれを学ぶ機会を目の前にしている。そしてまた、これが繰り返されます。数百年ごとに、それはやって来ます。メッセージの内容は同じですが、言葉の上ではしばしば違うように聞こえたり、違う喩《たと》えで語られます。が、奇妙なことに、大抵の人はそんなことはありえないと考えるか、聞く耳をもちません。あるいは、組織化された宗教の中では、実権を握る管理機構が、そのメッセージの上に馬鹿げた教えをたくさん積み上げて、中身を見えなくしてしまいます」

その話を聞いているうちに、ポールは、大学時代に友人のトーマスと語り合ったことを思い出した。それは、人生の意味とは何かということだった。霊性と宗教との違いは何か？信仰とは何か？　誰がこの世界を創ったのか？　何のために、どうやって創ったのか？　そして、なぜ我々はここにいるのか？――こういう疑問は、彼が特ダネ記者になることに熱中しているうちに、皆どこかへ行ってしまった。

「それでは」と、ポールは記者の口調になって言った。「その今世紀最大の秘密というのは何ですか？」

ノアは微笑んだ。「それは一言で表現できますが、もしそれをやれば、わずか四語で終わってしまうので、今のあなたには理解できないでしょう。それは事実上、あなた方の文化全体が、あなたの世界全体がそれを理解しないのと同じです。だから、私は〝叡知の学校〟の三人の教師の一番手として、あなたがまず知るべきことを教えるために派遣されました。こうしてあなたは最後には、その秘密の本当の意味を理解し、あなた自身が〝叡知の学校〟の教師になることができるのです」ノアはちょっと黙った後、語を継いでこう言った。「あなたには現在と未来を知るために、理解しなければならない過去を見せましょう。この課程の中には、あなたにとって非常に厳しく、つらいものがあるかもしれません。だからもちろん、いつでも〝いやだ〟と言っていいのです。そうすれば私はいなくなります」

ポールは自分のアパートの中を見回した。いつもと同じように、薄茶色のカーペットが敷かれ、友だちや家族の写真を飾った本棚があり、テレビとステレオ装置があり、五つの本棚いっぱいの本が並んでいる。「こんなやりとりは皆、頭の中の出来事に違いない」と彼は言った。そう言ってから、恥ずかしくなって、自分のはいているジーンズとつっかけ靴に目を落とした。

ノアは立ち上がり、左腕を持ち上げ、床から一八〇センチぐらいの高さで手の平を水平にかざした。すると、その下の空気が、ドアのような四角形に輝き始めた。ポールは、心臓の鼓動が速まるのを感じながら、驚きと恐怖の思いでそれを見つめた。やがてその入口の向こう側に、砂地と灌木の茂みのある風景が見え、遠くに立つ一本のヤシの木と、ギラギラ輝く太陽を宿した深く、青い空が見えた。

ノアは体を後退させたが、その四角形の風景は、まだそこにあった。彼はそれを指差して言った。「私と一緒に来ませんか？」

「僕は、別の仕事を見つけなきゃいけないから」思わずポールはこう口に出したが、言ったことの愚かしさにすぐ気がついた。

「私は今、あなたに仕事をあげているんです」ノアは穏やかに言った。その手は、四角形の入口を支えている。「世界は今、災害が起こる寸前で、あなたを必要としている」

「もどって来れるのですか？」

「もちろん」とノアは言った。「数分間で、もどって来れます」

「じゃあ、なぜ行くんですか？」

「時間とは相対的なものです。向こうには数時間いることになるでしょう」

ポールは再び自分のアパートの部屋を見回し、現実の証拠となるものを捜した。窓から外を見て、そこに八番街があり、建物がいくつも並び、自動車が走り、人々がいて、一つのまったく普通の世界の中で、一つの普通の場所から次の普通の場所へと人々は急いでいる。彼は、壁に掛かった全く普通の時計を見た。それは、一つの普通の時間――夕方の五時二十五分を指していた。それから、彼はその入口を振り返った。

第三章　人の造った神々

別の世界へ続くその入口は、開いたまま音もたてずにキラキラ光っていた。その脇で、ノアが亡霊のようにまばたきもせず、二つの眉を縫いつけたように動かさずに、口を真一文字に結んで立っていた。その表情は怒っているのか、批判的なのか、何かを期待しているのか、それとも別の理解しがたい感情を表わしているのか、ポールには分からなかった。彼は再び入口を見、その向こう側の世界を見、それが自分の居間の窓から見える高層ビル群よりも、ずっと遠くまで広がっているのを知った。

「私と一緒に来ないかね？」とノアは言った。その声の調子は、そうしなければ重大な過ちを犯すことになると、ポールに暗示しているように聞こえた。

「ＯＫ」とポールは言った。そう決めたことを、彼は心の一部で「後悔することになるかもしれない」と恐れていたが、心の残りの部分ではそれが正しい選択だと直観的に感じていた。

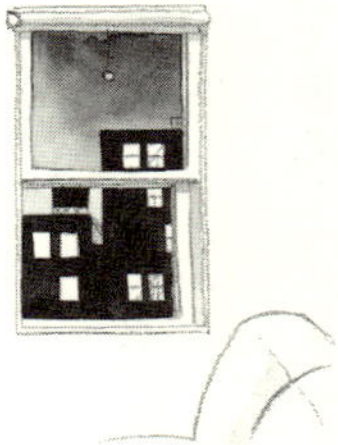

仮に最悪の事態になったとしても、すごい記事が書けるかもしれないのだ。その決定を下した時、彼は頭が少しくらくらしていたが、腹の具合いはもう落ち着いていた。心臓はしっかり鼓動し、腕や手や肩の筋肉はリラックスしていた。ポールは立ち上がった。

ノアはその入口をくぐり抜け、その先に広がる砂地の上を数歩進み、そして立ち止まった。そこからポールの方へ振り返って、手で後についてくるように合図した。ポールも入口をくぐった。その時、耳の中に一瞬、湯が沸くようなシューシューという音が広がった。砂地に足を踏み入れた彼は、それがしっかりと自分の体重を受け止め、確かな存在感をもっていることに驚いた。彼はノアの立っている所まで歩いていく間、ノアの背後に続く砂漠を見回すと、それは周り三六〇度の地平線いっぱいに広がっており、空は限りなく大きく、その青は深く、その世界には、まるで深さと広大さが響き渡っているようだった。

空気は新鮮で、純度の高い酸素のもつ金属的な味わいがあった。と同時に、遠くで木を燃やしているような匂いと、ポールの知らないスパイスの香りが微《かす》かに混じっていた。その空気はとても乾燥していたので、彼の鼻と喉の裏側が痛くなり、この湿度と光の急激な変化のために、一時的にだが、ポールの目には涙が溜まった。日差しはジリジリと照りつけていたから、日陰をすぐに見つけなければ、自分の皮膚が焼けてしまうとポールは思った。彼の周りにあるものは岩と、砂ばかりであり、その中に、アリゾナで見たメスキートによく似た灌木の茂みが散在していた。遠くの地平線上に何か黒い影が見え、よく目を凝らして見ると、それは七、八人の人間が、荷物をいっぱい背負ったラクダの一隊を街道沿いに引いていく姿のようだった。そして、彼の右手の遠い地平線上には、大きな森の始まりのような影が見えた。彼のいる場所からずっと左手には、水が光っているような所があり、よく見ると、それは灌漑用の運河と緑の田畑で、沢山《たくさん》の人々が作物の世話をしているのが見えた。ポールは歩いてきた方を振り返って、入口の向こうのニューヨークの自宅を見た。するとゆっくりとした速度で、その入口は霞んでいき、やがて消えてしまった。ポールの心臓の鼓動が激しくなった。

「どうやって戻れるんです？」狼狽《ろうばい》したポールは、自分でも分かる声の震えを抑えようとしながら言った。

「入口が必要な時は、私がまた開けます」とノアは答えた。

ポールはそれを信じて安心した。そして「ここはどこです？」と尋ねた。入口があった空間の向こう側には、城壁で囲まれた町があり、その壁の内側に木や石で造った建物群が見える。人々がせわしく活動し、町の中心部には背の高い木の柱で組まれた四角形の要塞があり、その上から巨大な石の建物が顔を覗《のぞ》かせている。町の城壁の上では男たちが弓を背負い、槍《やり》を手に持って、何をすることもなく立っている。

「これはニップールの町です」とノアは言った。「町の反対側には、ユーフラテス河から我々のいる西側に水を引いてくるための大きな運河があります。それから我々のいる所から遠い南方にはウルの町があります。北西にはバビロンがあり、東へ行くと、カスピ海の近くにノドの地があり、そこは聖書によると、カインが妻を捜しに行った所です」

「しかし、そうするとアダムとイブ以外にも人間がいたことになる」とポールは言った。

「もちろんいました」とノアは言った。「アダムとイブの話は、人類全体の始まりの話ではない。あれは、特定の部族の始まりの物語です。地上のすべての部族は、それぞれ天地創造の神話をもっています。それは、先祖が〝太陽から来た〟というものでも、〝神から生まれた〟というのでも、〝木から果実のように落ちた〟という話でも、その特定の部族の始まりを意味しているのです」

「今まで、そんなふうに考えたことがなかった」とポールは言った。「でも、意味は通じる。聖書では、アダムとイブは六千年前ぐらいにいたことになっているが、考古学者の話によると、人類は二十万年前ぐらいから地上にいることになっている。だから、この話は、現在我々がユダヤ人とかヘブル民族と呼んでいる部族の始まりの話なんだ」

ノアは、そんなことは自明だと言わんばかりに肩をすくめ、そして話を続けた。「ノドの地はここから東にあり、かつてエデンと呼ばれた地はこの地より南西にある。今我々がいるこの土地は、現在あなた方が古代メソポタミアと呼んでいる土地で、古代シュメールの一部であり、あなた方の時代で言えばイラクという国の一部です。今、我々がここに立っている時点は、チグリス河とユーフラテス河の合流地点に住んでいた人々が、洪水のため上流に移動してから千年たっています。クルガン人の侵入からは五百年たっています」

「クルガン人？」

「彼らは、ここから北方のコーカサス山脈の麓《ふもと》に住んでいた遊牧民です。気候が変化して洪水がこの地を襲った時、クルガン人たちの土地は旱魃《かんばつ》に見舞われました。飢饉《ききん》に直面した彼らは、武器を手に取り、食糧を求めて、住み慣れた土地から出ていきました。そして、この地に侵入し、インドまで行き、東は中国へ、さらに西と北に広がるヨーロッパまで進んでいきました。彼らは国というものを持たないので、移住先のどこでも、その土地の人々と同化していきました。今この時点でも——つまり、あなた方が生まれるより五千年前のこの時点でも、クルガン人はすでにその特徴をほとんど失っています。なぜなら、彼らは土地の人間になったからです。インド人や、アジア人や、ヨーロッパ人になってしまったからです。言語も、生き方も、崇拝する神々も、土地の人々のものと混じり合っています。彼らは、アルファベットを持ち込みました。それによって、人間の文化に一大変化が起こり、新しい生き方が生まれました。人々の脳の〝配線〟が変わってしまったと言うことができるでしょう。人々は冷酷になり、文字を覚え、抽象概念を獲得し、支配欲が生まれました。男性的脳と言われる左脳が支配的になりました。なぜなら、左脳こそ読み書きをする時に使われる脳だからです」

「つまり、我々は今、人類史上のある転換点にいるということですか？　過去にかつてあった転換点に？」

「その通り。百年ぐらいの誤差を見ても、紀元前三千年ごろの地点です。あなたのアパートにいた時から数えると、五千年前ということになります」

「どうしてこの時点に来たんです？」とポールは尋ねた。

「ここに、あなたの最初の叡知の勉強があるからです。秘密を知るための……」

ノアはこう言うと、町に向かって大股で歩きはじめた。ポールは、それに遅れないように走ったり、躓《つまず》いたりしながらついていった。

二人は黙って歩いた。ポールは話などすべきでないと本能的に感じていたし、ノアは自分の方から話しかけなかった。あたりの空気は熱いほどだったが、乾燥していたため、ポールは自分がちっとも汗をかいていないことに気がついた。彼は、着ていたワイシャツのボタンを外して、下のVネックのTシャツが見えるほど襟元を広げたが、太陽から腕を護るために、袖は下ろしたままにしておいた。その城壁で囲まれた町につくまでに、十五分ほどかかった。二人は、石壁の崩れた場所から町の中へ入った。そこは、白い石のサイコロでゲームに興じる兵士たちが護っていたが、その兵士たちは、ノアとポールを好奇の目で見たものの、何も言わなかった。

「ここはウル方面への門だ」ノアは背の高いレンガ造りの柱の間を通る時、こう言った。町はずれであるこの付近では、家々は小さく簡素で、陽で乾かして造ったレンガと、どこか遠くの森から切り出してきた材木とでできていた。

人々は、ノアとポールを不審そうに見たが、何も言わなかった。ポールは、その雰囲気の中に恐怖心を感じた。そして、警備兵の一人が立ち上がって、町の中心部に向かって走っていくのに気がついた。その男は、二人をチラッと盗み見た。ポールは恐くなった。それは、この町の恐怖心が自分にも伝染したかのようだった。そして、あの男が、ポールやノアにとって決して善くないことをするか、言うかするに違いないと感じた。もしかしたら、見知らぬ訪問者のことを知らせれば、金がもらえるのかもしれない。それとも、あの男は仲間を呼んで、二人をどこかで待ち伏せして物を盗《と》るか、襲うつもりなのかもしれない。

ポールはノアとともに、埃《ほこり》っぽい通りを町の中心部にある要塞に向かって歩きながら、その男――きっとスパイに違いないと思ったその男のことを、頭の中から追い出そうとした。歩きながら、ポールは鼻の奥に湿り気を感じた。高みに上がるにつれて、要塞の上から樹木が盛り上がるようにして見えてきた。そして、町の中心部の高台に近づくにつれて、辺りには緑がひろがってきた。

この町に入ってくる人も、町中を歩いている人も皆、生き生きと目的をもって動いていた。その中には長い髪で、美しいローブを身にまとい、何か凛《りん》とした雰囲気で大股で歩いている人もいた。しかし、多くの人たちは髪を短くつめ、ボロ切れをまとい、荷物用の車を引いたり、あるいは荷物を頭や肩や背に載せて運んでいた。ポールはそれを見て、古代ローマ人や、それ以前の奴隷を使った人たちが、識別のために奴隷の髪を短く刈ったという話を思い出した。ボロを着た子供たちは、大人たちに監視されながら、土ぼこりの中で走ったり、遊んだりしている。また、棒きれの束や、大麦のようなものの入った荷籠を運ぶ子供もいた。ポールはその時、これまで見た人々は皆、男だけだということに気がついた。人目につく場所には、どこにも女はいないのだった。

二人は、一軒の空き家の前を通った。と、ノアは、急に逆戻りして、開いているドアからその家の中に入った。ポールはそれに続いた。日陰に入れることが嬉しかった。二人は、家の中の広間を抜け、短い廊下を通り、片側の壁の窓が開いている、少し狭い奥の部屋へ入った。窓の反対側のレンガの壁には、六〇センチ四方で、奥行きが一五センチぐらいの小さな窪んだ空間があった。それは、窓の高さよりはやや低く、その部屋で最も目立つ場所にあった。部屋に入れば、その空間に直接相対するような構造になっていた。壁をくり貫いたその空間には、一二、三センチの高さの、赤茶色の陶製の女性像が座っていた。腹は丸く、腿は太く、豊かな胸は、座っている脚にまで届きそうな大きさだった。

「家の守り神だ」とノアは言った。「クルガン人がやって来る前は、ここの人たちは家や畑や寺院や森の中で、女の神々を拝んでいた。この人たちは、女は命を生み出すが、男にはそれができないことを知っていた。神々は作物や雨や、その他世界中のあらゆるものを生み出すのだから、その中で最も偉大な神は、女性でなければならないと信じていた。しかし、クルガン人は、征服したり、殺したり、他の部族に溶け込むことで生き延びることを学んできた連中だから、命を与える神ではなく、命を奪う神々を崇拝したのだ。戦う神、男の神々だ。そして、彼らが温厚な女神崇拝の人々と対峙《たいじ》した時、その男の神のおかげであらゆる部族に勝利したので、彼らは自分たちの男の神が最も偉大で、最も強い神だと考えるようになった。だから、クルガン人と接触したほとんどの人々は今、男の神を拝んでいるか、少なくとも男の神を最も高い地位に置いている。しかし、ニップールやバビロンの農民たちや、その他の世界では、まだほとんど女の神を拝んでいる。この習慣は、これから四百年のうちに消滅してしまうのだが……」

ポールは、その異様な形の神像を見て言った。「でも、これは単なる像ですよ」

「いや、そうじゃない。これは女神だ」とノアは言った。「少なくとも、この家に住む人にとっては女神だし、この町に住む大半の人たちにとっても、女神そのものだ」

「これが女の神？」

「その通り。ここの人たちは女神に語りかけ、供物を捧げ、豊作や安産や健康を願って祈る。しかし、戦いに勝つことを祈ったりしない。なぜなら、女性は命をもたらすものであり、命を奪うものではないからだ。今はまだ気づいていないが、この町の人口が増え、木や土地や食糧をもっと得るために戦争をするようになると、人々は男の戦いの神に乗り換え、男の神は女の神に取って代わることになるのだ」

「しかし、これは土くれに過ぎないじゃないですか？」とポールは言った。頭の中では、女神像の前で頭を下げるとか、跪《ひざまず》くとか、何かすべきか戸惑っているのだった。

「そうじゃない。これは女神だ」とノアは言った。「女神の像ではなく、女神そのものだ。名前はアルルと言い、エンリルとともに最初の七人の男女の人間を生んだ母だ。ウルクの王ギルガメシュを創造した神であり、このシュメールという部族を生んだ女神でもある。この町にある神像は皆、一つ一つがアルル神なのだ。クルガン人が来るまでは、この女神は町の主神殿の中にも祀《まつ》られていたのだ」

「意味がよく分からない」とポールは言った。その時彼の頭に浮かんでいたのは、昔、彼の疑問に、あるカトリック教徒の友人が答えたことだった。その疑問とは、カトリックの教会ではなぜ聖母マリアなどの像の前で祈ったり、十字架にかかった金のイエス像を首に懸けるのかというものだった。「神像というのは、像それ自体よりも何か大きなものを表象しているはずです」

「いや、違う」とノアは言った。「彼女は女神なんだ。ここの人たちはそう確信している。女神は具体的な力と能力をもっている。祈る時は、そういう彼女に祈るんだ」と彼は言って、神像を指差した。「あの粘土の塊自身に。その背後にあるものとか、それ以上のものに対して祈るんじゃない」

「しかし、女神なんて人間の造ったものだ！」

ノアは、少し頭をかしげてこう言った。

「で、人間を造ったのは誰だ？」

ポールは一瞬、恐怖心のようなものを覚えた。現実が揺り動かされたように感じたのだ。

「この神像が本物の女神だって？　つまり、雨を降らせたりする力のある？」

「そうじゃないし、そうでもある」とノアは言った。「あなたや私にとって、これは単なる粘土細工だ。しかし、ここの人たちにとっては、それ以上のものであることも、同じように真実なのだ」

ポールは頷《うなず》いた。頭が混乱していて、何を言われたのかよく分からなかった。何か居心地の悪い気持だった。心の中には、モーセの十戒の最初の戒律が浮かんでいた。それは、聖書に出てくる神は嫉妬深い神であって「あなたはわたしのほかに、なにものをも神としてはならない」と命じるのだ。しかし、もしこの神以外に神が存在しなかったならば、存在しないものをどうやって神とすることができるのか？　もし、ほかの神が存在しないならば、なぜ聖書の神はそれに嫉妬するのか？

「ここが叡知の学校なんですか？」

「叡知の学校には、決まった場所などありません」とノアは言った。「その教えは、あなたの外にも内にもあります。この学校を修了した時、叡知の学校の教えはあなたの内部に入り、あなたの行く所どこへでもついて行くでしょう」

家の外から騒がしい物音が聞こえてくるのに、ポールは気づいた。振り向くと、四人の兵士が部屋になだれ込んで来た。そのうち前方にいる二人は鉄の短剣を持ち、後方の二人は槍を構えている。皆、黒い髪の筋骨たくましい男達で、青銅のメダルと赤布で飾られ、細長い革切れでできた裾のある軍服を着ていた。前方の二人は、ポールに向かって武器で脅す仕草をしたので、ポールは後ずさりして両手を上げた。

「待ってくれ、僕は単なる旅行者だ」と彼は言い、できるだけ親し気に、誠実に振る舞おうとした。

ノアの近くにいた兵士は、攻撃のためではなく、脅しのために剣を揺り動かし、その口から、喉の奥を鳴らす発声音が機関銃のように迸《ほとばし》った。

「こういう神を冒涜《ぼうとく》する場所にいることは、エンリルの法に違反すると言っている」とノアは説明した。「この家に住んでいた家族は、この女神を壊すことを拒否したため、殺された。我々がここから出なければ、同じように殺されると言っている」そして、ノアはポールの方に手を振った。「さあ、あなたはもうここの言葉が分かり、話せるようになった。自分が話すことは英語のように聞こえるだろうが、相手には相手の言葉で聞こえる」

その兵士はノアをにらみつけて言った。「ここに入って、アルルを拝むことは禁じられてるんだ。お前らは冒涜の罪を犯した！」

ノアは穏やかに答えた。「私たちはこの国の外から来た地位ある者です。ここへ入ったの

●——訳者から一言

物語は突然、古代メソポタミアに舞台を移した。現代の国名で言えばイラク東部である。

人類の文明発祥の地とも言われる所だが、ここでは、物語の舞台となっている紀元前三千年頃よりも、さらに七千年も前に農耕が始まったと考えられている。この狩猟採集から農耕牧畜への移行は、人類の生活に根本的な変革をもたらした。支配者層が生まれ、神殿をもった都市が造られ、文字が発明され、金属器が製作され、王朝や帝国が生まれた。

この時代の「国」とは、城壁で囲まれた「町」を中心に、その周囲の農村地帯を含めた領域である。町の建物は、ほとんどが水に弱い日干しレンガで組まれていたから、家が崩れた後は、その瓦礫の上に新しい家を建てるという方式が続き、長い時間の経過とともに、町自体が周囲より高く盛り上がっていった。ポールとノアが町の中心部に向かって歩く時の描写は、そのことを表わしている。

都市国家の中心部には、石やレンガで組み上げられた「ジッグラト」と呼ばれる構造物が建っていて、多くの場合、神殿がその一部を構成していた。本文で「要塞」と表現されているのは、そのジッグラトを擁する構造全体のことを指すのだろう。聖書にもある「バベルの塔」の物語の元になったのは、前十八世紀にバビロンに建てられたマルドゥク神のジッグラトだと言われている。

各都市にはそれぞれ守護神がいて主神殿で祀《まつ》られていた。ここに出てくるニップールは、シュメール人の宗教の中心地のうち最も重要な土地で、エンリル神の主聖堂があった。エンリルは町の守護神というよりは「大気の神」である。ニップールにはこのほか、性愛の女神・イナンナの神殿もあった。シュメール人の神の中には、天の神、月の神を初め、人間界の制度や工芸品の神々もおり、レンガにさえ固有の神がいた。こういう神たちは、ギリシャの神々と同じように人間の姿をして、人間と同じような感情をもち、怒ったり嫉妬したりした。

そういう「人の造った神々」に対する原始的な信仰と、現代人の神への信仰の違いが、本章では描かれている。

は、この国の習慣に興味があったからです」

前方の二人の兵士たちは、ノアの言葉を否定するように頭を激しく横に振った。後方の二人は注意深く、このやり取りを見て立っていたが、前方の兵士の部下であることは明らかだった。最初に口を開いた兵士は、大きな体で目は黒く、髪も黒く縮れており、筋肉は皮膚の下から岩のように盛り上がっていた。その男がノアをにらむと、ノアは微笑みを返した。男は叫んだ。「嘘だ！」

ノアは体を前に乗りだし、拳を上げて叫び返した。「本当のことだ！」そしてポールの方を示し「私と一緒の男はヌスク、またの名をポールと言い、かつてエンリルの祭司長だった男で、今はアヌの祭司長だ。知っての通り、アヌはエンリルに対してとても怒っている。だから、ポールを遣わしてエンリルと話をさせようとしているのだ」

兵士たちは少し後退し、早口でコソコソと何かを相談しだした。

ポールはノアに聞いた。「エンリルって誰？」

「今の時点では」とノアは説明を始めた。「エンリルは神々の上に立つ神で、人間や嵐の創造主だ。しかし、あと数十年すれば、エンリルの地位はアヌに取って代わられる。アヌは、エンリルが殺した地下界の神、エンメシャーラの父に当たる。この兵士たちは、アヌがエンリルをどんなに怒っているか知っているから、エンリルの問題に関わろうとしないだろう。エンリルは怒りっぽいことで有名だから。例えば、ここの人は、エンリルがあの大洪水を起こしたと信じている。この洪水を生き延びた者は箱船に入った一家族だけだ」

「ノアの箱船のこと？」

「いや、この箱船はウトナピシュティムという品行正しい男が造ったものだ。しかし、話の筋は同じだ」

「この人たちはユダヤ人？」

「そうじゃない。この土地は、あなた方が〝初期シュメール〟と呼んでる所だから、ここの人はシュメール人とか前バビロン人にあたる。ユダヤ人の先祖は、ここから何百キロも離れたところに住んでいるが、シュメール人とはこれから何度も、何度もぶつかることになる」

先頭の兵士は前に進み出た。今にも攻撃しそうな表情で、筋肉は奮えている。「このポールという男は、アヌの遣いであるはずがない。髪が短いのは誰かの所有である印だ。こいつは奴隷だ。多分、お前の奴隷だ」

「この方の髪が短いのは、アヌの国の貴族の習慣です。着ているものを見て下さい。何と立派なものか。この方自身が人間以上の存在である証拠です」

「じゃあ、お前は？」と兵士は聞いた。

「私は、この方の召使いです」

「イヤァ！」と男は叫び、持っていた剣をノアの腹に突き立てた。ポールは目を見開き、恐怖に震えながら、ノアの両眼が膨れ上がり、息が止まって口が開き、着ていた上衣が赤く染まっていくのを見た。兵士はノアの腹から剣を引き抜き、満足げな表情をして後ろにさがった。もう一人の男は、ポールの腹を剣先でねらったまま、動かなかった。

ポールは震えていた。吐き気が押し寄せて、今にももどしそうになった。心臓が高鳴っていく。部屋がいちだんと明るくなったように思え、二人の兵士の息が荒くなってくるのが聞こえた。ノアは、腹の内容物を押え込むかのように、両手で腹を押さえ、後ろに下がった。顔面蒼白である。彼は口を開け、また閉じた。何かを言おうとしたのを、やめたようだった。

ポールの近くにいる兵士は、ポールに向けて剣を突き出し、彼を後ろの壁際まで追いつめた。その兵士はさらに前に出たので、剣先はポールの腹に当たった。兵士は言った。「さあ、本当のことを言え。お前は誰なんだ！」ポールは両手にじっとり汗をかいているのを感じた。呼吸が速くなる。もう逃げ場はなかった。部屋から出るためには、四人の兵士の前を通る以外に方法はない。

「ノア！」ポールは、パニック状態の自分を隠そうとしながら、低い声で言った。「どうなってるんだ？」彼は兵士の握る鋭い剣が、自分のシャツに強く当たるのを感じた。その力は、今にも剣先がシャツの生地を破り、皮膚を突き通し、その下の筋肉に刺さらんばかりだった。

ノアは咳き込んだ後、音をたてて深く息を吸い、そして床に倒れた。彼はそこで動かず、息もなく横たわっており、地面は彼の血を吸い込んでいた。

ポールの腹に剣を突き立てている兵士は、再び言った。「お前は誰だ！」

ポールは、トリビューン紙に出なかったあのボツ原稿を書くために、ニューヨーク選出の上院議員のアシスタントを装った時のことを思い出した。その役にもう一歩踏み込め、と彼は自分に言い聞かせた。自分の演じる役になりきるのだ。

彼は姿勢を正し、背筋を伸ばした。「私はポールだ。そして、エンリルに会うためにここに来た。尋ねたいことがあるからだ。アヌの依頼によるものだ」

ノアを刺した男が言った。「それを証明してみろ」

いったいアヌの使いだったら何を言うだろうか、とポールは考えた。と、ある考えが浮かんだ。

「それはエンリルの前で証明しよう。あなたがたはもうすでに大いなる危険、アヌの怒りに直面している。なぜなら、私の仲間を殺したからだ」彼は自分の声の動揺を抑えて、言葉を続けた。「あなたがたが私を殺せば、もっと大きな破壊があなたがたや、あなたがたの国にもたらされるだろう」

ポールの腹に剣先を突き立てている兵士は、体の筋肉に力を入れた。ポールには、彼が致命的な一突きをしようと身構えているのが分かった。しかし、ノアを刺したリーダー格の兵士は、今は自信なさげな顔になっていて、仲間にこう言った。「待て。こいつは妙な服装をして髭《ひげ》を剃っている。ほかの国の人間であることは明らかだ。祭司たちのところへ連れていって、エンリルにこの男の運命を決めてもらおう」

ポールは、安堵《あんど》の思いが体中を走るのを感じたが、自分の役に徹せねばならないと思い、「そして、あなたの運命も決めてもらおう」と付け加えた。その言葉に、兵士たちがたじろぐのを見て、ポールはうまくいったと思った。

兵士たちは、ポールに剣を突きつけたまま、曲がりくねった道や狭い道を歩かせた。道ゆく子供たちはポールの服や髪、髭のない顔を驚いたように見て、クスクス笑った。大人たちのうち髪の短い男たちは、ほとんどがポールを注視することを避けたが、髪を伸ばした男たちは、兵士たちにうなずいて見せるだけで、ポールにはまったく目もくれなかった。一行はやがて、町の中心部を囲む防御柵の内側にある門までやってきた。そして、リーダー格の兵士は、そこにいた槍を持った番兵たちに何か小声で手短かに言った。すると番兵たちは、後ろに下がって整列し、敬意を表するように槍を脇に持ち、五人を中に通した。

ポールは、頭を真正面に向けて歩いた。自分は〝神の使い〟だからだ。それが兵士に導かれて、巨大な石の建築物に向かって進む。その建築物の表面は、磨きぬかれた大理石と花崗《かこう》岩《がん》で覆われ、ていねいに削られた杉の丸太で囲まれている。中心部の大きな門の両側には、男たちが色彩豊かな厚手の敷物の上に座っており、そこへ長い髪の貴族風の男たちが列をつくって、ゆっくりと、しかし切れ目ない水の流れのように進んでいく。そして、おのおのが供物として食べ物や、彫刻をほどこした石や金属片を置き、多分その受取りの印としてだろう、浮き彫り細工を施した陶片を手に取り、おじぎをして退《さ》がっていく。

ポールと兵士たちは、その門の下を歩いて通った。と、供物を受けていた聖職者たちは驚いて一行を見た。そのうちの一人が何か文句を言いはじめたが、四人の兵士のうちの一人がそこへ駆け寄り、しきりに言葉を交わしだした。少し話すと、その聖職者はポールを見つめるのをやめ、目を伏せて静かになった。そして、兵士はポールたちの所へもどった。

一行は巨大な部屋の中に入っていった。天井も壁も、金と磨きあげられた木材と、色とりどりの石のモザイクで飾られていた。床には、磨いて油をひいた灰白色の花崗岩が敷きつめられ、建物のあちこちで、人が会話する穏やかな声が響いていた。一番奥の部屋に入る扉の脇に、木製の長椅子が置かれ、そこには赤や緑の複雑な刺繍《ししゅう》のついた黄色のローブを着た聖職者が座っていた。リーダー格の兵士は、その聖職者と少し話した。長椅子の両端には、九〇センチほどの高さの犬のような姿をした石像が置かれている。部屋の隅の方には、それより小型の犬の像がいくつも散らして置いてあった。それらの像は、大型の像より本物っぽく彩色され、口は赤く、眼は緑色で、体の各所に黄褐色、茶、黒、黄色を使って、点や縞や染みのような模様が描かれていた。その聖職者は、ポールを注意深く上から下まで眺め、体を震わせ、頭を上下に振った。ポールはその仕草を入場許可の合図だと受け取った。そして、二人の兵士に続いて次の間へ入った。残りの二人の兵士は、入口を守っていた聖職者とともに、そこに残った。

その部屋の天井の高さは一二メートルもあったろうか。壁は明るい茶色の大きな石ででき、精密な絵画や牛と人の絵、金属製の鳥や犬の彫像、そして地図のように見えるものなどが壁面を飾っていた。その中の一つの大きな羽目板の上部には、古代エジプトの絵文字のようなものが刻まれ、その下に縦書きで、もっと新しいアルファベット文字が刻まれていた。部屋の周りには、何十個もの陶器と、石でできた犬と人の像が並んでいて、人の像の多くは、自分の首を押えて痛がるような格好をしていた。そして、あたりには、杉材を焼く匂いと乳香、それに人の体臭が漂っていた。

部屋の中心には、ピラミッド型の石の構造物がそびえ、その頂上までは六メートル以上の高さがあった。ポールはそれを見て、大学の歴史の授業で習った「ジッグラト」であることが分かった。それはよく磨かれた黄色の石でできており、高さ三〇センチ、奥行き三〇センチほどの階段が、幅広い基底部から頂上まで続いていた。彼はそれを見て、かつて休暇中の旅行で登った、メキシコのカンクンの北にある小型ピラミッドのことを思い出した。その最上段の約一メートル四方の空間には、三メートルほどの高さの石像が立っていて、片手に紫色の織物のローブを持ち、もう一方の手には輝くばかりの金色の槍を握っていた。その肩甲骨からは二葉の翼が生えていて、それは肩の後方六〇センチほどまで伸びていた。そして、新鮮な果物や生花が、この像の足元一帯に供えられていた。

ポールは、そこにいる人々の行動から判断して、この像こそエンリルだと考え、それに向かって尊敬と親しみを込めてうなずいた。これは試験なのだった。彼は、自分の運命がこの

●——訳者から一言

物語は、ニップールにある壮大なエンリル神殿の中で展開する。

前にも触れたが、ここに出てくるジッグラトという施設は、全体の形態は小型のピラミッドのような四角錘をしているものが多いが、用途は王の墓ではなく、神を拝む礼拝施設である。この中にいる聖職者には、様々な役職や階級があり、管理者クラスの者、呪文を唱えて厄払いをする者、予言や占いをする者などに分れていた。そういう聖職者のもとに、「長い髪の貴族風の男たち」が延々と列をつくって供物を運ぶ様子が描かれているが、この供物の中には、恐らく人の形をした彫像も多く含まれていたに違いない。

というのは、このエンリル神殿の隣にあったイナンナ神殿や、それより北のエシュヌンナ、アッシュールの神殿などからは、数多くの人型の彫像が発掘されているからだ。これらの彫像は、白い石製で、両腕を胸の位置に組んで立ち、丸い目を見開いて、正面よりやや上方を見ているものが多い。中には、夫婦と思われる男女が肩を抱き合って上方に目を凝らしている像も発見されている。研究者によると、これらの像は、「いつも自分たちの代わりに神々に祈りを捧げてくれる」という信仰の表われなのだという。そういう自分自身の彫像を神殿の中に立てることが、支配階級や一般人の間にも、一種の流行のように行われていたらしい。

そういう観点から考えてみると、彫像そのものには、「象徴」としての意味以上の力が宿っているという、この時代の人々の考え方が何となく理解できる。昔から日本でも、仏像や教祖の木像などに触れることで、病気の治癒が起こるという信仰がある。これも、彫像は単なる「象徴」ではなく、仏や教祖の分身であるとの考え方を示しているのだろう。だから、エンリル神の彫像はそのまま、エンリル神なのだ。

そういう時代には、神は観念ではなく、目で見え、肌に触れられる〝実在〟だった。現代人は、そんな神は人の創造物だと考えがちだが、「そういう神を拝む人間がなぜ出現したのか？」という問いが、この章では発せられている。

あとの数分間の行動にかかっていることを知っていた。

黄色のローブを着た二人の男が、赤や黄や金色で織られた精巧な敷物の上に座り、エンリルの像に向かっていた。二人の前には、開いた巻物が置かれ、それは厚手の紙か、あるいは白い動物の皮のようにポールには見えた。そして、男はそれぞれ、黒いインクの入った小さな壺と細い筆を巻物の脇に置いていた。二人とも髪と顎《あご》ヒゲは黒く、浅黒い肌と黒い目をしており、中東系の血筋を表わしていた。指の爪は紫色に塗られ、金や銀の指輪が、指が隠れるほど多くはまっていた。一人は大きくてがっしりした体格をしていたが、もう一人は細身の体で、審美家のような雰囲気をもっていた。

二人の祭司は一回の滑らかな動作で立ち上がり、ポールと兵士たちのところへ歩いてきた。やせた男の方が最初に口を開き、リーダー格の兵士に向かって尋ねた。「この最も聖なる神殿に、あなたが連れてきたこの男は、いったい誰だね?」

その兵士は言った。「彼は、自分のことをアヌに仕えるヌスクだと言ってます。連れの男は暴れそうだったので、私が殺《や》りました。でもこの男は、エンリルに訴えて、自分の運命を決めると言いました。だから、連れてきました」

男は頷いた。「それはよい選択だ。この者の格好や服装は実に奇妙だ」

「私もそう思います」と兵士は言った。「昨今は物騒な時代です。この男は、自分で言っている通りの人物かもしれないが、スパイかもしれません」

がっしりした体格の方の男はポールに近づいてきて、顔を間近に寄せたので、ポールは男の吐息がニンニク臭いのが分かった。「それで、あなたは自分を誰だと言っているのかね？」その声は、侮蔑の調子に満ちていた。

「私はポール。またの名はヌスクという。アヌからの問いをエンリルに伝えるために来た」

「そんなお告げを我々は聞いたことがないし、予言もあったためしがない。エンリルはそんな訪問者のことに触れたこともない」

ポールは肩をすくめた。「私がここにいる。それが十分な証拠ではないか？」

すると、やせた方の祭司が前に進み出た。「違う。おまえはスパイだ」

兵士たちは前進してきた。ポールは左脇の腎臓の位置あたりに鋭い槍の先を感じ、もう一つの剣先が首筋に当たるのを感じた。彼は、こんな状況でノアが腕を振るったため、殺されてしまったことを思い出した。そこで両手をジーンズのポケットに入れた。すると左手に、その日の朝、編集長のマックが投げてよこしたビック社のライターが当たった。

「いや、そうじゃない。私は神からの使いだから、独自の力を与えられている」ポールはこう言って、両手をポケットからゆっくりと抜き出した。ライターは左手の中に隠したままだ。

「私こそ、自然の力を操る者だ」

二人の兵士は声を出して笑ったが、祭司たちは驚いたような表情になった。

「御命令とあらば、こいつを外へ連れ出して始末します」と、体の大きい方の兵士が言った。

「それとも、エンリルがお望みならば、ここで殺《や》りましょうか？」ポールの背中に槍を突き立てている男が、こう付け加えた。

「その証拠を見せましょうか？」と、ポールはやせた方の祭司に向かって言った。この祭司は、目の前の四人の中でいちばん権威があるに違いないと思ったからだった。

「何の証拠を見せるというのだ？」と、その祭司は、片方の眉を上げて言った。

「もし貴方《あなた》がお望みならば、この兵士を光で輝かせてみせましょう」とポールは言った。

祭司は兵士の方をチラリと見た。兵士は「私はこいつを信じません」と言った。

「どうやってするのだ？」と祭司はポールに聞いた。

「とても簡単なことです」とポールは言って、静かに左手を上げて回し、それがちょうど兵士の顎ヒゲのすぐ下に来るようにした。彼がビック社のライターをつけると、兵士の顎ヒゲは炎に包まれた。

兵士は叫び声を上げ、持っていた槍は音をたてて床に落ちた。燃えた顎ヒゲを兵士がつかんだからだ。彼は、火を消そうとして部屋中を跳び回り、手負いの獣のように怒り狂った声を上げた。

もう一人の兵士は、部屋の入口のところまで後退し、目を真ん丸に見開いて両手で槍をつかんでいた。祭司たちは、二人ともポールの前から一メートルほど後ずさりした。が、その目は、注意深く彼を見つめ、表情には好奇心と驚きが満ちていた。

「おまえは、手の中に火を持ち運ぶのか?」と、やせた方の年長の祭司が言った。リーダー格の兵士は、槍の代わりに剣を手にして身構えた。

「おまえを殺してやる!」と、火傷を負ったその兵士は言った。しかし、その目には深い恐怖心が宿っていた。

「私は、アヌから授けられた魔法の護符をもっているだけです」とポールは言い、赤いビック社のライターを見せた。「これは、様々な自然力を動かすことができます。お望みなら、地震を起こす力、あるいは人を倒す稲妻を呼び、大嵐を起こす力をご覧にいれましょうか?」

「いや、その必要はない」と年長の祭司は言い、もう一人の方も急いでうなずいた。

祭司は、兵士の方を向いた。「もう下がっていい。部下も連れていってくれ」

「しかし、その兵士たちは私の友人を殺した」とポールは言った。今やその場の主導権を握った彼の心には、兵士たちがいかにも無造作にノアを殺したことへの怒りが込み上げてきた。その怒りには、自分のいた時代と場所には、もうもどれないかもしれないという恐怖の念も入り交じっていた。

「あなたの召使いの価値は、いかほどのものか?」と、若い方の祭司は言った。「彼らにつぐないをさせよう」

ポールが、いちばん近くにいる兵士に向かってライターを振りかざすと、その男はたじろいで首をすくませた。ポールは、もう一人の兵士にも同じことをした。「わが友の価値は、はかりしれない。だから、私はこいつらを懲らしめる。こいつらは、すぐに罰を受けるだろう」

二人の男は驚いて顔面蒼白となり、そしてライオンに追われるかのように、部屋から一目散に逃げ出した。

「さて」と年長の祭司は言った。その目はライターを欲しそうに見つめている。「エンリルへの言葉とは、どういうものだろう?」

「言葉というより、それは質問です」とポールは言った。

「で、その質問は?」二人の祭司はポールの方を興味深げに見つめている。ブルージーンズとオックスフォード地の白い木綿シャツ、そしてコードバン革の安物のつっかけ靴が、彼らには怪しげなものに見えるのだ。ポールはその時、自分以外でズボンや靴をはいている人間に、今まで一人も会っていないことに気がついた。

ポールは深く息を吸った。「もし人が時間の旅をするとしたら、どうやって自分の時代にもどれるだろうか?」

「時間の旅?」と、年長の祭司は言った。「それは、年とった人間がどうやって再び若返るかという意味かね?」

「そうではない」とポールは言った。「私が聞きたいのは、もし私がこの時間をさかのぼって、あなたの父親のそのまた父親が最初に生まれた時にまで旅したとしたら、この今の瞬間にどうやって戻るかということだ」

「そういう旅は不可能だ」と、がっしりした方の祭司は言った。「そんなふうに旅ができる馬などいない」

「もしかしたら、別の時間へ行けるドアがあるのでは？」とポールは言った。

「それなら、そのドアからまた戻ればいい」と年長の祭司は言った。

「しかし、そのドアはもう閉じてしまった」とポールは言った。

「それで、そのドアは最初、アヌが造ったか開けたものなのか？」と年長の祭司は言った。

「そして、アヌはそれをまた見つけるのに手を貸してほしいというのか？」

「ドアは人間が造ったものかもしれない」とポールは言った。「アヌには、それがよく分からない」

「それでは」と若い方の祭司は言った。「あなたの質問とは、人間が過去世や未来世の中を動くにはどうしたらいいか。また、あなたが言うそのドアは神が造ったのか、それとも人が造ったのか。そして、それを見つけるにはどうしたらいいのか。そういうことだね？」

「その通りです」とポールは言った。

「エンリルにお伺いを立ててみよう」と年長の祭司は言った。「ところで、あなたはもう、その護符の力を証明しようとしないでいただきたい」

「分かりました」とポールは言い、ビック社のライターをポケットにしまい込んだ。「ありがとうございます」

二人の祭司は、それぞれの敷物のところにもどり、小さい木箱を開け、そこから乾燥した緑の草を一つまみ取り出した。それは、ポールにはオレガノの葉のように見えた。二人はそれを口に入れ、頬と歯茎《はぐき》の間に詰め、その草が唾液で湿るまでちょっとの間、立っていた。やせた方の祭司は、それからこはくの小片のようなものを口に入れ、遠い方の壁面に造りつけてある四角いレンガの箱の前まで歩いていった。ポールが注意して見ていると、その箱の上方の空気が揺らいで見えたから、そこに何かの熱源があることが分かった。杉を燃やす煙の臭いは、そこから来るのだった。祭司が、その燃えた石炭に向かってゴム片のようなものを振りかけると、乳香の煙が立ち昇った。彼ともう一人の祭司は、その熱源の上に顔をかざして、煙を深く吸引した。

そして、ゆっくりと、まるで恍惚状態にあるかのように、二人の男はジッグラトの前、一・五メートルほどのところに進み出ていった。ポールには聞こえない行進曲のリズムに合わせるように、彼らはジッグラトの階段を登っていく。二人は、石段に上げる足も、下げる足もぴったり一致しており、その様子は、まるで二人の神経系が一つに合わさってしまったように見える。こうしてゆっくりとジッグラトの頂上まで登った二人は、今はそこで手を合わせてシュメールの神、エンリルの前に立っている。やせた方の男が、何か歌った。その次に、がっしりした方の男が歌った。それからまた、やせた方が歌い、がっしりした方がそれに続く――こういう歌のやりとりが三、四分続いた。そして二人は深く額ずいた。それから、やせた方の男が、彫像の顔に向かって直接何かを言った。その声の調子は、明らかに質問だった。

ジッグラトの最上段にいる二人の男は、凍りついたように動かなかった。その数分間が、長く感じられた。建物の外からは、人々の話し声、犬の吠え声、子供の叫び声がポールには聞こえた。石炭は静かな音を立てて燃えていた。乳香の匂いが彼の鼻をくすぐり、喉の奥に濃厚で苦い味を残した。

祭司の一人は、やがてうなずく動作を始め、鼻から静かな音を出して同意を表わした。もう一人の男も、まもなく頭を縦に振って同意の声を出しはじめた。二人とも、固く合掌したまま両腕を上げ、短い詠唱を唱え、おじぎをしてから、ゆっくりと一緒にジッグラトから降りてきた。

二人はポールの方に近づいてきた。やせた方の男は、口の左端から緑っぽい唾液を一筋、顎ヒゲに垂らしていたが、柔らかい調子で鼻歌を歌った。

ポールも鼻歌を返した。それは、『漕げ、漕げボート』という歌の最初の何小節かだった。

二人の祭司はそろって頷いた。それはまるで、ポールが何か深い意味のある言葉を話したと言わんばかりだった。二人の動作は、奇妙なほどゆっくりしており、ポールはもしかしたら、彼らが口に入れた草は幻覚剤ではないかと思った。彼はまた、カトリックの学校にいた頃、乳香は大量に吸引すれば、弱い幻覚を引き起こすことがあると友だちが言っていたのを思い出した。

「エンリルの御告げを聞いたのですか？」とポールは言った。

「そうです」

「で、何と？」

年長の祭司は、柔らかい声で感嘆して言った。

「エンリル神の御告げは、〝宇宙の創造者は人を造ったのだから、人は神々を造ることができる〟というものです」

「それだけですか？」

「衝撃的です」と若い方の祭司は言った。「記録に残しておかねばなりません」

「これは、理解を超えた深い教えです」とやせた方の年長の祭司は言った。「新しい神啓です。この中に、貴方の疑問への答えがあるはずです。これこそエンリルの御告げです」

第四章　塩の味

ポールは、ユーフラテス河の水をニップールとその周辺地域に運ぶ運河の岸辺にすわっていた。目の前の水は、百メートルほどの幅でゆっくりと流れており、植物と下水の臭いがした。河面は部厚い茶色の浮き泡と、緑の藻類で覆われ、青や茶色のミズグモがその上で踊っていた。水面から下を見ると、黒い甲虫が、長い後ろ足でボートを漕ぐような動きをしながら泳いでいるのが、ポールには見えた。太陽は地平線近くにあり、その太古の紅い円と、その上に広がる藍一色の空の下で大地がこれから冷えていくことを思うと、ポールは寒気を感じた。ニップールの町は夜に入ろうとしていた。そして、木の焼ける匂いが、風のない平原を越えて、町から漂ってくるのだった。

ポールは、エンリルとその祭司たちと別れた後、黙ってここまで歩いてきた。彼は、二十一世紀のニューヨークへ帰るため、この付近百メートル四方を、失われたドアを探して歩き

回った。しかし、それは無駄だった。その過程で出会ったニップールの全兵士と市民たちは、彼を避けた。ここでは、噂が速く伝わるようだった。彼は、あの空き家の中を探してみたが、ノアの死体はどこにもなかった。ただ、血痕のついた床が、その日の午後の出来事を暗示していた。

ポールはまだ、エンリルの言った言葉を理解しようと考えていた。その言葉を忘れてしまわないように、シャツのポケットから螺線《らせん》式留め金のついた手帳を取り出して、それを書き留めた――「宇宙の創造者は人を造ったのだから、人は神々を造ることができる」。これはどんな意味だろうと、彼は思った。文字通りの意味ではありえないが、何かもっと深い意味をもった比喩に違いない。彼にとってもっと重要だったのは、あの二人の祭司にとって、この言葉がなぜ、新しい神啓のように聞こえたかということだった。彼らは、まるであの彫像が実際にしゃべったのを聞いたかのように振る舞った。そして何か新しい、それまで考えたことがないような、何か根源的で、驚くべきことを告げたというのだ。深い太古の真理、不可知の逆説か。それとも、あれは幻覚なのか？　あるいは、よく知られた教えを聞いただけなのに、祭司たちは驚いてみせたのだろうか？　そして、あの言葉は、自分が現代に帰ることに何か役立つのだろうか？

ポールはニューヨークのことを考えた。時間的にも距離的にも、ここは何と隔たっていることか。心のどこかでは、そんな場所は存在しなかったように感じられたが、心の別の部分では、この目の前の場所こそ気味の悪い夢のように感じられた。彼は、水面より三〇センチから一メートルほどの高さに集まって蚊柱を作っているイエカの一群に注目した。その卵型の空中の領域には、多分千匹もの虫がいて、それぞれがランダムに飛び回っているように見えるが、群れの中から飛び出すものはめったにいない。一匹一匹の虫は個として存在するが、全体が一つの動きをしているのだった。

「人間が神々を造るのか」と彼は思い、人の造った彫像のことを思い出していた。ノアは、ギリシャやローマの人間だったら、自分のことを「神」と呼ぶだろうと言っていた。そんなことがあり得るだろうか？

ポールは川縁に立って、かつてあのドアが開いていた場所付近を振り返って見た。「ノア！」と彼は大声を上げた。「僕はあなたを造る！」

あたりの風景は、何も変わらなかった。

「ドアよ開け！」

動いたものと言えば、遠くにいるラクダに乗った男が、ゆっくりと、わずかに位置を変えただけだった。

「さあ」と彼は叫んだ。「お願いだ！」

彼の後方から声が聞こえた。「なぜそんなに騒ぐのかね？」

ポールがくるりと向きを変えると、少し前まで彼が座っていた岸辺のすぐ近くに、ノアが座っていた。

「ノア！　もどってきてくれたんだね！」

「私は、いなくなったことなどない」とノアは言い、ポールに近くに来て座るように合図した。

「でも、僕があなたを造ったんだ」とポールは言い、ノアの隣に脚を組んで座った。「たった今、僕はあなたが存在することを強く願った。エンリルがそうすればできると言った通りにだ」

ノアは、おかしそうに笑った。「ポール、君には悪いけれど、そんなに単純なことではないんだ。君はまだいっぱい学ぶことがある」

「でも、あなたはここにいる！」

「私はずっとここにいるんだ。君はそれが見えなかっただけだ」

「床に倒れて死んだんじゃないという意味ですか？」

「もちろん、そうじゃない」とノアは言った。「だけど、あれは上出来の演技だったろう？」

彼は、目の周りに皺《しわ》をいっぱいよせて顔じゅうで笑った。「あの連中は、私をちゃんと埋葬しようと思って、死体をまだ探し回っとる。やつらは私の棺桶の中いっぱいに埋葬品を入れたら、あんたのビックのライターの呪いが解けると信じてるんだ」彼はクスクス笑った。

「これから五千年後に、誰かがこの事件のことを書いた古代文字の記録を見つけるだろう。

そして、二十一世紀の考古学者を絶望的に混乱させることになるよ」

「エンリルの言ったことは間違いだと言うんですか？」とポールは言った。

「そうじゃない。しかし、すべてが正しいというわけでもない。あれは、この時代の人間が理解できるような形で表現された言葉だ」

「でも、僕は彼らより五千年も進んだ人間だということになってますが、やはり煙に巻かれている。あれはどういう意味ですか？」

ノアは、部厚い皮膚に所々ひびが入った左手の指で顎ヒゲをなでていたが、運河の方を指差した。「あの水はどこから来たのかね？」

「あなたは、ユーフラテス河からだと言いました」

「で、ユーフラテス河の水はどこから？」

ポールは少し考えてから言った。「地面を流れてきた雨水が集まって小川になり、川になるんでしょう？」

「それで、その水はどこから？」

「空から、雨になって降って来ます」

「で、その水はどこから？」

「蒸発したものです」

「どこから蒸発したかな？」

「ええと、世界の五分の四は海です。だから多分、陸からの蒸発もありますが、大部分は海から蒸発したものです」

「だからね」とノアは言って、指を一本立てて空中を指した。「目の前の運河の水は海から来たと言えるかね？」

「確かに」とポールは言った。「そして、その水はまた最後には海に還る」

ノアはうなずいた。「それじゃもし、私があの水を、あるいはどんな水でもコップ一杯に入れて、これは海だと言ったら、君は何と言うかな？」

ポールは笑った。「そりゃ、間違いだと言います」

「しかし、海の一部ではある」

「それはそうですが、海そのものではない」

ノアは再び頷《うなず》いた。そして右手で顎ヒゲをしごき、手でそれをつかみ、まるでそれを引っぱって首を縦に振るかのような仕草をした。「その通りだ」

「あの数多くの神たちは、それぞれもっと大きな神の一部をなしていると言っているのですか？　この運河の水が海の一部であるのと同じように……」

「そうではない」とノアは語を強めて言った。「私が言っていることは、人間がそれをどう呼ぶかということで、それが本当は何なのかということではない」

「分からない」とポールは言った。

「私は、自分の持っているコップ一杯の水を〝海〟と呼ぶことができるだろう。そして恐らく、ある種の人々を説得して本当にそうだと思わせることもできるだろう。特に、まだ海を見たことのない人には……。そうじゃないかな？」

「多分そうでしょう」

「しかし、それ自体は海ではない」

「海じゃありません」

「ではないけれども、千を越える民族は皆、自分たちの考えたそれぞれの神を示して『この水こそ海だ』とか、『この水が唯一の海であって、そのほかのすべての海は存在しない』などと言っている」

「しかし、神は唯一の存在です」とポールは言った。

ノアは頷いて眉を寄せた。その鼻が一瞬輝いて見えた。「その唯一の神について説明してごらん」

ポールは河の水を見た。そして、彼の脇から草を一本引き抜くと、それを縦に裂きはじめた。「その神は、嫉妬深い」

「で、その神の名は？」

「エホバというんだと思います」

「しかし聖書には、彼の名は発音できないと書いてある。その名はたった四つの子音からなるが、母音はない。どうやって読むのか誰にも分からない」

「OK。それじゃ誰も神の名を知らないとします」とポールは言い、トラックに轢《ひ》かれそうな少女を救った時にできた、手の片側の傷跡をこすった。

「モーセが『あなたの名は？』と聞いた時、その唯一の神が何と言ったか覚えているかね？」

「『私は私だ』とか、そんな意味でしたか？」

「神は『私は、私であるものだ』と言った。言い換えれば『あなたに私は分からない』ということだ」

「なぜ分からないんです？」

「コップ一杯に海が入るかね？　つまり、海全体を理解できるかな？」

ポールは、今や深紅に染まっている太陽を見た。その下半分は地平線に隠れ、物の影が長く伸びて大地の上を動いていた。「分かりました」と彼は言った。その時彼は、幼い頃から知っていた神、聖書の神を初めて理解し、知ることができたと感じた。

「それで、神はどんな姿をしていたかね？」とノアは言った。

ポールは、手に持っていた草の葉の一片をクルクル巻いて、目の前の地面に落とした。

「燃え上がる柴、ですか？」

「実際は、モーセが受け取ったメッセージは、神を見て生きてはいられないということだ」

「それは、ちょっと過激ですね」

●――訳者から一言

第四章は短いが、中身の濃い〝禅問答〟のような会話が展開する。ここでは「世界の宗教の説く〝神〟や〝仏〟は、同じ唯一創造神の様々な側面を表わしている」という考え方が、川や海の水の喩《たと》えで語られている。また、「神は人間の表現の及ぶものではない」という考え方も示されている。この時、神の名前について議論されるが、ポールが挙げた「エホバ（Jehovah）」という名前に、ノアは異議を唱えた。なぜだろう？

読者は不思議に思うかもしれないが、旧約聖書には、神をどう呼ぶかは明示されていないのである。例えば、神が初めてモーセの前に「燃えさかる柴」となって姿を現わした時の記述には、こうある――

神はモーセに言われた、「わたしは主である。わたしはアブラハム、イサク、ヤコブには全能の神として現れたが、主という名では、自分を彼らに知らせなかった」（『出エジプト記』第六章二～三節）

ここにはまるで、神は自分を「主」という名前でモーセに知らせたかのように書かれているが、旧約聖書の原典であるヘブライ語の聖書では、アルファベットになおすと「YHWH」に該当するヘブライ文字がここには書かれている。この語は、子音ばかりで構成されているので発音ができない。そこで一時期、英訳聖書ではこの四文字の間に母音を入れて「Jehovah」と記述していた。（ヘブライ文字の「Y」は「J」とも書かれた。）だから、欽定《きんてい》訳の英語聖書では、この「主」に該当する箇所には今でも大文字で「JEHOVAH」と書いてある。この「エホバ」は今では「Yahweh」と記述されることが多いが、いずれにせよ厳密な意味では、原典の正確な翻訳とは言えない。日本語の口語訳の聖書では、この問題を避けるためか、翻訳はせずに「主」という語に置き換えているのである。

ノアは、ヘブライ語の聖書のこの記述の意味を、「神には人間の表現が及ばない」からだと説いているのである。

「文字通りの意味に解せばだ。しかし、私の解釈では、それは『私をすべて見ることはあなたの感覚にはできず、言葉でも表現できないから、そんなことをしようと思うな』という意味だ」

「電波のようなもの……」とポールは言った。一つの理解が次の理解を生み、さらに深い理解へと進んでいくようだった。こういういくつもの聖書の言葉がどのように整合するかが分かり、その意味が明確になり、それが「正しい」と感じられるにつれて、彼の心臓は高鳴っていった。

「電波が、これとどういう関係があるのかね?」とノアは言った。

「つまり、電波は我々とともに永遠にあります。例えば、中性子星がそれを放出しています。だから、いつも我々の周りにありつづけます。しかし、我々にはそれを感じる器官がないから、まるで存在しないように思う。もし、ニップールの人たちに向かって、私が手の中に入るような小さな箱を使って、何千キロも離れている人の声を空気の中から取り出してみせると言ったら、奇人扱いされるでしょう。もしそれを本当にやったら、私は聖者か魔法使いだと言われるでしょう。無線の受信機が発明されて初めて、我々はそこに何かがあることに気がつきました。それが電波です。だから、我々には神を受信する装置がないんだ」

ノアは、肩にかかった髪の毛を数本引っ張った。「そう仮定するのは、まだ早いと思う。電波の受信機と送信機では、どっちが先に発明されたかな?」

「いやあ、そんなことは知らない」とポールは言った。「それは人間が造った送信機のことですね。なかなか面白い質問です」

「では、君がいま理解したことをまとめてみると、一体どうなるかな？」とノアは言った。

ポールは、エンリルのことにもどって考えた。あの家にあった女神のこと、聖書の言葉のこと、神を知ったという自分自身の体験のこと。つまり、神は実在であるにもかかわらず、そのことを言葉に表わすことは全くできないこと。「言ってみれば、『神を表現しようとするたびに、彼の全相は逃げていく』ということです」

「『彼』なのかな？」

「『彼女』でもいい？」

「どちらの言葉も『表現』であることに変わりはない」

「そうだ！」とポールは言った。そして、ポケットから手帳とペンを取り出した。「ほとんどの言語では、代名詞に性別をつけなければならない。そして、神を表現する言葉で我々が最もよく使うものは、男性支配型の文化から来たものだ」

「それはつまり、神は男性であることを意味するのかな。それとも女性かな？」とノアは言った。

「どっちでもないと思います。神は性別を越えている。あるいは、部分としての神々は、それぞれ性別をもっているのかな？」

「エンリルのような神だけがそうだ」とノアは言った。「そうでない場合は、『私は私であるもの』が神だ。だから、『表現することができる神は、宇宙の創造神ではない。なぜなら、創造の神は人間によって表現できるどんなものよりも、強大で広大だから』と言うことができる」

ポールは頷き、手帳にこう書き込んだ——表現可能の神は、宇宙の創造神ではない。なぜなら、創造神は人間に表現できるどんなものより、強大で広大だから。「これなら理解できる。でも、周りは暗くなってきたし、ちょっと寒くなってきた」

ノアが両手を叩いた。すると、二人はニューヨークのポールの家の居間にあるソファーの上に、ゆったりと腰掛けていた。

第五章　犬にさえ当てはまる

「何、これどうやったんです？」ポールは説明を求め、コーヒー・テーブルの上に置いておいたワイングラスを取り上げた。一口すると、よく知っている風味が唾液の分泌を促し、何時間も砂漠にいてカラカラになった彼の喉を潤した。よく知っている太陽が今、マンハッタンの高層ビル群の向こうに沈もうとしており、よく知っている時計は午後五時三十六分を指していた。もしそうなら、二人は十一分しか向こうに行っていなかったことになる。そしてポールは、「よく知っていること」や「普通さ」というものが、自分にとってどんなに大切であるかが分かった。

「手を叩いたことかな？」とノアは言った。

「そうです。あのドアはどうしちゃったんですか？」

ノアは立ち上がり、自分の体をはたいて言った。「これは例の『スタートレック』のやり方だ。君の年代の人にはこうしなきゃならない」

「テレビ番組の『スタートレック』のこと？」

「そう。ほかの次元へ行くためのドアとか出入口があると君が考えたから、それを見せた。それに、君が自分で行くか行かないかを選べる方がいいと思ったから、ドアは都合がよかった。これは、とてもうまくいったよ」

「ドアは、必要というわけではないんですか？」

ノアは台所の方へ歩いて出ていき、居間と台所の間にある壁の向こうに、普通に見えなくなった。「この体だって必要ではないんだ」という彼の声が、冷蔵庫のドアが開く音とともにポールに聞こえた。

ノアは、牛乳の入ったグラスを手に持ってもどってきた。「もし君がアパッチ族の一員だったら、私はこれとまったく違う格好で現われただろう」彼は、牛乳の入ったグラスをコーヒー・テーブルの上に置いたかと思うと、一匹の大きな黄褐色の犬になった。その変わり方があまりにも速かったので、ポールにはそれが継ぎ目のない連続的変化に見えた。「これはコヨーテだ」とその犬は言った。そして、長い赤い舌をグラスの中の牛乳に伸ばした。犬はピチャピチャと音を立てて牛乳を飲み、グラスの脇とテーブルの上に白い飛沫を飛ばした。

「おーっと」と犬は言い、ガラス製のテーブルの上に落ちた牛乳を、きれいになめ取った。

その時、部屋のドアを慌《あわ》ただしく叩く音がして、ポールはびっくりして顔を上げた。その音は再び繰り返され、ポールはその音の中に、隣に住むリッチの癖を聞き取った。彼はコヨーテの方を見て、ドアを見た。そしてまたコヨーテを見た。犬はくしゃみを一つしたが、それがまだ終わらないうちに姿を消し、ポールの前にはノアが立っていた。今度は、肘に革の肘当ての付いた茶色のツイードのジャケットを着て、焦げ茶色のウールのスラックスに履《は》き古した革靴という姿だった。彼は、右手に火のついていない海泡石《メシャム》のパイプを握り、髪の毛と顎《あご》ヒゲを短く刈っていたので、十九世紀の大学教授のような姿だった。

ポールは体が緊張するのを感じた。通りにいた説教者が「地獄の火で焼かれるぞ」と言ったことを、その時突然、思い出したからだ。「気味が悪いな」と彼は言った。「あんたは化け物か何かか？」

「それは言葉の意味によりけりだ」とノアは言った。リッチのドアを叩く音が再び聞こえた。「もし私が、しゃべるコヨーテの姿のままだったら、君の信じる宗教の指導者がキリスト教でも、イスラム教でも、あるいはユダヤ教であっても、いったいどう反応すると思うかね？その人にとっては、私が何を言おうが、何をしようが、それは〝悪い神〟〝低級な神〟の仕業となる。彼らの教えには、とても具体的な、きわめて人間的な神の定義があり、神とともにいる善い人々についても、そういう定義がある。そして、宗教が組織化されたことで、超自然現象の時代は終わったということを、彼らは皆知っているんだ」

「それって、ちょっと矛盾しているんじゃ……」と言いながら、ポールは後ろ向きにドアの方に進んだ。

「そうだ。宇宙の創造者を言葉で定義しようとしたとたん、おかしくなる。電波を手でつかまえようとするようなものだ。聖フランシスが私を見た時、彼にはすぐ私が同志であると分かった。私が宇宙創造者と人類のために働いていることが分かった。ブラザー・ローレンスも、エックハルト師も、十字架の聖ヨハネもそうだった。もちろんテレビ宣教師は、たくさん寄付した時にだけ、私のことをよく思うだろう」ノアは自分のパイプを見て、笑った。

「ドアを開けてあげたらどうかね。私はもうちゃんとした格好だから」

ポールはノアをじっと見た。心の中では、荒々しい矛盾した感情がいくつも錯綜《さくそう》していた。実は、話をするコヨーテを見た衝撃があまりにも大きかったので、ドアを開けてリッチをつかまえ、一緒にアパートから逃げ出すべきかどうか、彼は迷っていた。ノアは、そのポールの表情を見て取り、にっこりと親しげに、安心を与えるような笑顔を見せた。

ポールは、玄関まで行き、ドアを開けた。リッチは、黒いスラックスに高価な黄色い絹のシャツを着て、そこに立っていた。彼は「さっきボブと話をして……」と言いかけて、ポールの向こうにいるノアに気がついた。「あの年寄りは誰？」

「あ、友だちさ」とポールは言った。彼は、いつもそうするのだが、リッチが真っ直ぐ部屋へ入って来ないように、玄関口に立ちふさがっていた。リッチはいつも、ポールが自分のアパートの部屋に来た時には、「入れ」と言われるまで待つように言うくせに、自分がポールの部屋に来た時は、すぐに入って来ようとした。それはまるで、自分は特権階級に属するが、ポールは違うと考えているかのようだった。

「こんにちは」と、ノアが居間から大声で言った。

リッチはポールを押しのけ、片腕を前に伸ばしながらノアのところまで歩いていった。ポールは、リッチの態度に傷つけられた思いで、ドアを閉めた。それは、世界中のすべての人間は、いつか、何かの理由で、弁護士が必要になると考えているような態度だった。

「会えてうれしいです」とリッチはノアに言い、手をぐっと前に差し出した。「リッチ・ホワイトヘッドと言います。弁護士です。ポールの仕事を見つけたんで、ちょっと寄りました」

「どうぞよろしく」とノアは言った。

「で、貴方《あなた》は……？」とリッチは言って、語尾を伸ばした。

「『教授』とでも呼んで下さい」

「教授？　お名前は？　何の教授ですか？」

ノアは少しの間、答えを探すかのように窓から外を見ていたが、「ファウストです。倫理学の」と言った。

リッチは声を出して笑った。「それは結構なお名前ですね」と彼は語を継いでから、ノアが自分と一緒に笑っていないのに気がついて、「本当ですか？」と言った。

ノアはゆっくりと、真面目な声で答えた。「貴方は法律家ですが、そのお仕事につく際、私のことを勉強されませんでしたか？」

リッチはにっこり笑った。「ああ、分かりました。ポールが私が法律家だって言ったんですね……」

「いや、貴方がおっしゃった。ここで魂を売ろうとしてるのですか？　もしそうなら、私は誰か別の人と話をすべきでしょう。私は、いわゆる〝正しい道〟を歩くのが仕事ですから」

リッチはポールの方を振り返り、親指でノアを指差して言った。「この人はスゴイね、知ってたの？　本当にスゴイよ」

「そう、すごい人だ」とポールは言って、もしリッチがあのコヨーテの姿を見たら、どんな反応をしただろうかと思った。もし自分が過去数時間の、いや見方によっては数分間かもしれない、あの過去の出来事を説明しようとしたら、彼は何と言うだろうかと考えた。

「あのね」とリッチはポールに言った。「私はシェリルと出かけるところだ。そのあと事務所にもどらなきゃならない。でも、上司のボブ・ハーレルに電話したら、いい書き手なら自分のところで使ってもいいと言った。君がフリーで働きたいんだったらだ。多分、週に二十から三十時間ぐらいだ。時間当たり四十ドルしか出さんだろう。でも、これは出発点だ」

嬉しさと安堵《あんど》の思いがポールの心を満たした。「一時間四十ドルだって！　トリビューンでもらっていたより、多いじゃないか！」

「そうか。じゃあ、もうどこに儲け口があるか分かったろう？」こう言うリッチの声には、野良犬に骨をくれてやったというような響きが含まれていた。彼は、スラックスの後ろのポケットに手を入れて、名刺を一枚取り出し、それをひっくり返してノアに渡そうとした。

「有能な法律事務所が必要になった時は、何でもしますから……」

ノアは、右手で名刺を受け取り、持っていたパイプと一緒にそれを持って、書かれた文字を見た。そして、左手をワイシャツのポケットの中に入れると、自分の名刺を取り出し、リッチにそれを手渡して言った。「それではもし、悪を決して行うまいと決めた時には、お電話を下さい」

リッチは、大袈裟《おおげさ》な格好をしてそれを受け取ろうとしたが、名刺に指が触れた瞬間、それは青い炎に包まれた。「わぁー！」と彼は叫び、あわてて手を引くと、黒い灰が少し周りに飛び散った。

「どうやらあなたは、私の名刺にさわれるほど純粋な人ではないようです」ノアは、冷ややかに言った。

「冗談じゃないよ！　あんたは私に火傷を負わせるところだった！」

ノアは頷《うなず》いた。「それで、あなたは私を訴える？」

リッチは眉間にしわを寄せて言った。「その通りだ」

「アメリカ人は、自分の医者に対して『先生、どうか命を助けて下さい』と祈る。今や医者は、命の司祭だ。しかし皆、法律家を恐れて生きている。そして『先生、どうか私を破滅させないで、家を取り上げないで下さい』と祈る。あなたは、現代の悪魔の一人だ」

「言葉に気をつけろ」とリッチは言った。「法律の仕事は、名誉ある職業だ」

「貧しい人たちを助けたことがありますか？」と、ノアは言った。その声は、いかにもノアらしい正義感で震えていたので、ポールは息を呑んだ。

「いや」とリッチは冷笑するように言った。「助かりたいなら、私みたいに法律学校へ行けばいい」

「それでよく分かったでしょう？」とノアは言った。

「何を言おうとしているのかね？」

「では聞きますが……」とノアは、ささやくように言った。「お金と権力がお好きですか？」

リッチは、ポールの方をチラリと見た。自分がからかわれているのかどうか、確かめたいようだった。ポールは、大きく息を吐いて肩をすくめた。リッチには早く会話を切り上げて出ていってほしかった。

「そりゃ、もちろんだ」とリッチは言った。そこには、彼の法律家独特の尊大さが込められていた。「好きでない人がいますか？」

「それならば、私とは別の人と話したらいい」ノアはこう言うと、リッチの名刺をポケットにしまい、パイプを口にくわえて、くるりと後ろを向いて窓の外を見た。

リッチはしばらくそこに立っていたが、ノアを無視することにして、ポールの脇を通ってドアへ向かった。「ありゃ、奇妙な友だちを連れ込んだな」外へ出て、ドアを閉める時に、彼はこう言った。

ポールがノアの方を振り向くと、ノアは長髪で、顎ヒゲを伸ばし、丈の短い白いゆるやかな上衣を着た、以前の姿にもどっていた。

「これは一体、どういうことなのか、僕には分からない」とポールは言った。「君を驚かすつもりじゃなかった。君の知らない世界へ踏み込んでしまったのは、悪かった」

「姿を変えなかった方がよかったかもしれない」とノアは言った。

「何かとても奇妙な気分だった」とポールは言いながら、自分が、だんだん落ち着きを取りもどしてきたのが分かった。

「それに、君がもしアパッチ族の一員だったら、あの姿を見れば私が〝本物の精霊〟であるとすぐ分かっただろう。コヨーテの霊は一番人気があるというわけではないが、考えてみたら、大学教授だってそんなに尊敬されているわけでもない」彼は、自分に向かって小声でクックックッと笑った。「クマの方がよかったかも……」

「それは困る」とポールが言葉を遮《さえぎ》った。

「いや、何となく思っただけだ」とノアは言った。「しかし、重要なことは、このすべてが、『叡知の学校』の多くの教えの中で、私の担当する最後の教えを示しているということだ」

「それは、どんな教えです？」

「テレビのリモコン装置はあるかね？」とノアは言った。
「そんなものが、何か教えてくれるようには思えないけど」とポールは言いながら、玄関近くの戸棚と自分との間にある脇テーブルに目をやった。リモコン装置は、その上に載っていた。

ノアはそれを見て頷いた。「そいつを私に投げてよこしてくれ」

ポールは手を伸ばしてそれを取り、ノアに手渡した。するとノアは、それをテレビに向け、電源スイッチを押した。テレビは生き返ったように光を発し、画面には、豊かな髪をした女性二人が、お互いを殴り合っているところが映り、その二人を、男が、折り畳み式の椅子を振り上げて叩こうとしていた。

「今ここでは」とノアは言った。「あのテレビにとってはあの番組が、この宇宙に存在する唯一のものだ。そうだね？」

「たぶん、そういう言い方はできると思う」とポールは言った。

「それ以外に何か見えるかね？」

「いや。でも、あなたにはリモコン装置がある。それに、別の種類のテレビでは、画面の隅に別の番組を小さく表示できるのもある」

「私の言う意味がわかるだろう。今我々はこの周波数に合わせているから、これが存在するただ一つのもののように見える。もし君がこのテレビを、ボルネオのある部族出身の人にあげたとする。しかし、リモコン装置はあげずに、番組を変えるスイッチもテレビから外してしまえば、彼が『存在していた』と言えるのは、このチャンネルの番組だけだ。分かるかな？」

「分かります」とポールは言い、自分のワイングラスから一口飲んで、ノアがこのテレビの喩《たと》え話を使って何を言おうとしているのか考えた。

「それで、宇宙の創造者は、被造物を何から創ったかね？」

「水素ですか？」ポールは、質問が突然予期しない方向に飛んだのに驚いた。

「それは最小の元素だ。最小の原子だ。しかし、それは何からできている？」

「電子とニュートロンとプロトンです」

「で、その素粒子は何から？」

「知りません。原子より小さい何かの粒子です。クォークとかメゾンとかいう種類の」

「で、そういう粒子は、何から？」

「僕は物理学の専攻じゃありません」とポールは言った。「ずっとジャーナリズムをやってました」

ノアは頷いた。「それが、私がここにいる理由の一つだ。君がこの話を書いてくれるからね。しかし、質問にもどるよ。存在が分かっている最小の粒子は、物質とエネルギー双方の性質をもっている。別の言葉で言えば、すべての物質はエネルギーからできている。それで、例えばこのリモコン装置を形づくるのに必要なエネルギーは、この装置の質量に約三五〇億――つまり光速の二乗――を掛けた値になる。E＝MC^{2}だ。だからもし、この装置を構成する物質をエネルギーにもどそうとすれば、そこから発生するエネルギーは、質量に、この三五〇億を掛けた値だ。これは、原子爆弾とかそういう規模の力だ」

「そんなことを高校時代に習ったのを思い出しました」とポールは言った。「そういう物理学について、あなたから講義を受けるなんて、何だか奇妙な感じです」

ノアは吹き出した。「私のような箱船を作る人間は、歴史的には科学の先端にいたんだよ。それが必要だからだ。私は幾何学や三角法を、そういう名前ができる前から知っていた」

「だから、物理学も学んだ？」

「実は、私は人間の知っているものは、何でも知ることができる。それは君も同じだ」

「ええ？」

「これについては、私を信じてもらうしかない。いずれの日か、君もそんな経験をするようになる」ノアは立ち上がり、歩いてテレビに近寄った。「じゃあ、テレビと物理学の話にもどろう。宇宙は、境目のないエネルギーのスペクトルからできている。もっとも精妙なものから始まって、粗いものにいたるスペクトルだ。また、物質からもできているが、物質は、氷が水の中に浮くように、エネルギーの中に浮いている。分かるかな？」

「確かに」とポールは言い、シャルドネ・ワインをもう一口飲んだ。

「そのワインを飲みすぎちゃいけないと思うが……」とノアは言った。「私はパウロが弟子のテモテに水を飲むのをやめて、ワインだけにすべきだと言った時のことを覚えている。しかし、それは一般的にはあまりいい助言とは言えない。とりわけ、世界を救う役に立つことを学ぼうとしている時にはだ」

ポールはグラスをテーブルの上に置いた。時間を旅したり、コヨーテに化けることのできる人を怒らせたくないと思ったからだ。「おっしゃる通りです」

ノアは片側の眉を上げ、しばらく何か言おうとしているように見えた。しかし、またテレビの話にもどった。「ＯＫ。ここには格闘している女たちがいる。おや、今は女一人が正装した変な男と戦っている。とにかく、こういう番組を流している局がある。分かるね？」

「はい」

「それでは、このテレビ局がエネルギーのスペクトルの一部を表しているとしよう」

「ＯＫ」

「実際にも、そういうことなのだ。この局は特定の周波数——一七四メガヘルツをもっている。それぞれのテレビ局が異なるチャンネル、つまり周波数をもっている。それぞれが、別の振動値をもっている。ということは、それぞれが別々のエネルギーだ」

「その通りです」

「同じようにして、我々は感覚によって、ある周波数帯を知ることができる。可視光を見ることができる。熱も感じる。そして、空気の振動のうち、一秒間に大体四十から一万七千の範囲のものを、音として聞くことができる。それ以外に何か知ってるかな？」

ポールはちょっと考えて、言った。「味と匂いですか？」

「そういう場合は実際には、物質の分子構造を分析しているわけだ。味蕾《みらい》と鼻は小さな化学センサーだ」

「それ以外にはどんな感覚があったかなぁ……そう、それは視覚、音、そして触覚だ。我々には五つの感覚しかない」

「もう一つ、医者だったら誰でも教えてくれるが、ほとんどの人が忘れているものがある。それは、内耳にある蝸牛殻《かぎゅうかく》と呼ばれるもので、一種の重力計測器だ。それは重力と呼ばれるエネルギーの一形態を測定する」

「バランス感覚ですか？」

「その通り。このおかげで、我々は前に倒れずまっすぐ座っていることができる。ワインを飲みすぎていなければ、だ」ノアは自分の冗談に表情を崩した。

「で、僕はまだ飲みすぎていません」とポールは答えた。そして、この男には好感がもてると思った。ノアは彼の命を救ってくれ、過去の世界を見せてくれた。そして今は、一見とても奇妙なことを彼に教えようとしているのだ。奇妙ではあるが、それが世界を救うことのできる情報だとしたら、極めて重要なことを……。

「それで、君はいくつかのチャンネルに周波数を合わせることができる。とりあえず四つだとしておこう。つまり光、熱、音、そして重力にだ。この四つのことは皆、知っている。そして皆、それに合意できる。だから、これを喩えて言ってみれば、君は四つのチャンネルしか切り替えられないテレビをもっているようなものだ。でも、番組を提供しているケーブル会社は、二百ものチャンネルを供給することができる」

一匹のコヨーテがこういう話をしているというイメージが一瞬、ポールの頭に浮かんだ。彼は頭を横に振ってそのイメージを追い払ってから、笑いだした。「ああ、分かった。続けてください」と彼は言った。

ノアは、首をかしげた。「大丈夫かな?」

「大丈夫です。あなたの言うことは分かります」

「OK」とノアは言った。そして、リモコン装置をテレビに向けて魔法の杖のように振った。

「だから、君の受信できるチャンネルはほんの三〜四個だが、我々の周りにはもっと沢山《たくさん》の放送がある。なぜなら、エネルギーのスペクトルは範囲が広大で、無段階に変化しているからだ。ということは、君は本当に存在するもののごく一片しか知らないということだ。ところで君は、犬は実際、匂いを見ることができるのを知っていたかね?」

「いや」とポールは言い、ノアがまたコヨーテに化けないでほしいと心で願った。

「真面目な話だ」とノアは言った。「これが人間に起こった場合を『共感覚』と呼び、脳の病気だと考えられている。音を見たり、色を味わったりする人たちのことだ。しかし、犬の場合、視覚処理を行う脳のかなりの領域が、鼻から来る情報の処理に使われている。だから、犬は実際に匂いを見ているんだ。犬は頭の中に匂いの地図を作っているから、目の見えない犬でも、匂いの痕跡が存在する限り、見える犬とほとんど同じように、それをたどることができる」

「それが別のチャンネルですね?」

「まあ、そう言えるだろう。余計な話をして、すまなかった。ちょっと犬が好きなもんで……」

「いや、その気持は分かります」

ノアはうなずいた。その様子を見ていると、彼は「人間が犬になる」とか「本当の世界の性質」などということについて語ることは、ごく普通のことと考えているようだった。そして、次にこう言った。「OK。それでは、この二つの事実をまとめてみよう。一つは、宇宙のすべてのものはエネルギーでできているということ。すべては、ただ一つのエネルギー、最も精妙なエネルギーから造られた。そのエネルギーが次第に粗くなるにつれて、そこからX線が生じ、光が生じ、重力が生まれ、音が現われ、すべてが生じた。それから、このエネルギーは物質の形に凝結し、物質宇宙がビッグ・バンによって存在に入った。これが、物理学、『創世記』、『ヨハネによる福音書』で共通に語られる天地創造の話だ。最初に神があり、神が光を創った。あるいは『初めに言《ことば》があった』ということだ。分かるかね?」

●——訳者から一言

第五章の舞台は、ポールのアパートの中に限定されているが、話の内容は宇宙規模に大きい。その中で、「金儲けの何が悪い？」との態度を示すリッチの人間性に親しみをもった人も、敵意をもった人もいるだろう。

このノアの話の中に「犬が匂いを見る」ことが出てくる。人間である我々には、これが実際どんな感じなのか想像しにくい。が、犬の世界には、人間の世界との共通部分も相当あるようだ。宗教や倫理は、人間の世界にのみあると言われることが多いが、アメリカの科学者、故カール・セーガン博士は、犬の飼い主に対する態度は、人間の神に対する態度と本質的に違わないと述べている。また、『犬たちの隠された生活』（邦訳、草思社）という本の中で、著者のエリザベス・M・トマス女史は、犬に倫理観があると思わせる行動を描いている。

それは、彼女が檻の中に数匹の白ネズミと二羽のインコを飼っていた時、マリアという雌犬がそれに近づき、一羽のインコをめがけて体当たりをしたのだ。驚いたインコは檻の中を飛び回り、ネズミは走り回った。面白がったマリアは、檻の外からインコへの攻撃を執拗に繰り返していたという——

ところが突然、マリアの横腹に何かが強く当たったため、マリアは声を上げてよろめいた。それは雄犬のビンゴだった。彼は、誰にも気づかれずにキッチンに入り、驚いたマリアと檻との間に自分の体を押し入れていた。マリアはすぐに立ち直り、ビンゴを無視して再び檻に向かって突き進んだ。が、ビンゴは、権威ある声で吠えた。大きな一声だった。そして、再びマリアに体当たりを食らわせた。なぜ？という顔をして彼女は動きを止めた。そして、理解できない状況では犬が皆そうするように、やがてその場から離れ、部屋の遠い方の隅へ行って、次に何が起るかを見守った。（拙訳）

ビンゴの心の中で何が起っていたかは想像する以外にないが、「貧しいヤツは法律家になれ」と毒づいたリッチよりは高級な何かが、そこにはあっただろう。

「分かると思います」とポールは言った。「最初、最も精妙な形のエネルギーが、つまり純粋なエネルギーがあった。そして、それが速度を緩めるにつれ、次第に粗くなり、人間の測定できるような様々な形になり、そして、その中のいくつかはさらに速度を落とし――分子の振動の遅い、つまり冷やされた液体の水が固体の氷になるように――それは物質になった。こうして、エネルギーと物質の二つによって、我々が『物質宇宙』と呼ぶものが構成されている」

「そうだ」とノアは言った。「まったくその通りだ。そして、このことは次に、二つの疑問に結びつく。第一は、すべてのものがそこから生まれたという原初のエネルギーとは何だったのか、ということ。第二は、その原初のエネルギーを我々人間の神経系によって捉《とら》えることができるのか。つまり、そのエネルギーは、人間が受信できるチャンネルの一つであるのか、ということだ」ノアがリモコン装置の電源スイッチを押すと、テレビの画面は暗転した。彼はそのリモコンをポールの方に向けた。そうすることで、ポールから答えを引き出そうとしているかのようだった。

ポールは、自分に向けられているリモコン装置を見て、頭がクラクラするのを感じた。原初のエネルギーとは何だろう？　X線か？　ガンマ線か？　どちらも簡単に機械で測れるものだ。だから、宇宙で最も精妙で、最も初めのものではありえない……。

「ヒントを言おう」とノアは言った。「もし君がその原初のエネルギーを測定できたとしたら、その最も精妙なレベルから見れば、物質宇宙のすべてがそのエネルギーで満たされていることに気がつくだろう。物質宇宙の全体が、それでできている。一見、何もないように見える物と物との間の空間でさえ、それで満たされている。なぜなら、その空間も大いなる創造の一部だからだ」

ポールは、座っている椅子から跳び降りそうになった。「それが神だ！」

「その通り」とノアは言った。「あるいは、もっと正確には、宇宙の創造者と呼ぶべきだろう。君たちはテレビ宣教師などのおかげで、『神』という言葉をあまりにもひどく歪めてしまっている。彼らの説く神と、『存在のすべて』ということは違う。顎ヒゲを生やし、長い杖をつき、よその教会へ行ったり、金を沢山寄付しなかった人を追及するような種類の老人と、本当の神との違いを知ることは重要だ」

「しかし、神のことを、そういう何か王位にある老人のように考えている人々は、どうするんですか？　そういう神はいるんですか？」

「もちろんいる。もしそう信じるならばだ」とノアは言った。「そして、そういう全面的な信仰は巨大な力を発揮することができる。より深い理解がなくとも、そういう力は宗教戦争のような問題を引き起こすことができる。このことについて君は、私の次の教師からもっと多くを学ぶことになるだろう」

「すごい」とポールは言った。そして突然、感動で息苦しさを覚えた。それは昔、子供だった頃、友人と一緒にクリスマス・イブの真夜中のミサへ行き、ヘンデルのオラトリオ『メサイア』を聴いた時の感覚と同じだった。ポールは自分の周りの部屋の様子をしばらく見つめながら、「目に見えるすべてのものは神によって、神を実質として作られている」という言葉の意味を考えていた。

「君は、この神の至妙のエネルギーを人間の、あるいは哺乳動物としての神経系で感じることができると思うかね？」

「分かりません」とポールは言った。が、そう言いながら、もしかしたら神の存在を感じることができるかもしれないという直観のようなものがした。かつてそんなことがあり、それを感じたのだった。あの真夜中のミサの時。旅でジェット機に初めて乗り、窓から外を見た時。十六歳で、ウェンディとの恋に落ちた時……。「愛だ！」彼は突然、思考の流れを遮って言った。

「素晴らしい！」とノアは言って、リモコン装置を自分の座っていたソファーの上にポンと落とした。「君が今見え、聞こえ、感じられるように、この大いなる〝秘密〟の解明に役立つ教えでも、本当は秘密ではないんだ。人々はいつもそれを口に出している。にもかかわらず、それを知ることや、それを生きることができない。例えば、聖書の『ヨハネの第一の手紙』第四章の終りの部分がそれを示している。同じことが、例えば『申命記』第六章や、『ヨハネによる福音書』の最初の部分など、聖書の百ヵ所ほどに示されているし、事実上、世界中のあらゆる宗教の聖句の中にある」ノアはポールを指差した。「君はもう仕事を始めている。世界救済の仕事だ。もう後もどりはできない」

「それが今は分かります」とポールは言った。

「だから、私はもう行かなくてはならない。君は別の課題について、別の教師から学ぶのだ。今は地球にとって重大な時だから、私にはほかの仕事がある」

「待ってください」

「私は行かねばならない」と言って、ノアは満面に愛に満ちた笑顔を作った。「でも、面白くなかったとは言わせないよ」

　こうして、ノアの姿は消えた。

　ポールは勢いよく立ち上がって、次に何が現われるのか身構えた。台所からコヨーテが跳び出すか、あるいは天井から声がするのかと、彼は待ち構えた。が、何も起らなかった。部屋は空っぽであり、ポールはなぜか、ノアが自分のもとを離れ、自分は独《ひと》りになったことを感じていた。

「おーい」と彼は言った。が、答えるものといえば、八番街を行くサイレンの音だけだった。

「ノア？」と呼んでも、答えはなかった。

　彼は立ち上がり、部屋の中を歩いた。台所へ行き、バスルームへ行き、寝室へ行ったが、誰もいなかった。廊下へ続くドアを開けてみたが、そこには青白いリノリウムの床と黄色っぽい壁だけが、天井からの蛍光燈に照らされていた。

ポールはドアを閉め、本棚のところへ歩いていき、しばらく本の背を眺めていた。すると気分が高揚し、期待が高まってくるのが分かった。これまでの人生でこれだけの本を集め、まさに目の前に叡知を手にしているというのに、その中身がこれまで理解できなかったのだ。

彼は、本棚の最上段から、母の持っていた聖書を手に取りながら、愛について考えていた。十戒が書かれた旧約聖書の『中命記』を開け、その一節を読んだ――「あなたは心をつくし、精神をつくし、力をつくして、あなたの神、主を愛さなければならない」。

彼はページを繰って『ヨハネによる福音書』まで進み、そこを読んだ――「初めに言《ことば》があった。言《ことば》は神と共にあった。言は神であった。この言は初めに神と共にあった。すべてのものは、これによってできた。できたもののうち、一つとしてこれによらないものはなかった」

ありえるだろうか？　とポールは考えた。自分の目の前にあるすべてのものが、例外なく？　宇宙は、人間が「神」と呼んできたエネルギーによって創られた？　光を放つ恒星から、タクシーから、通りを行く犬にいたるすべてのものが、その同じものでつくられている？　そして、我々が毎秒二千の振動を「音」と呼び、毎秒数百兆の振動を「光」と呼ぶのと同じように、そのエネルギーのことを「神」と呼んできた。しかし、そのエネルギーに与えた名前、我々の創り主の存在は、普通の生活の中で感じられた時は「愛」と呼ばれる。そして、それを感じ、知る能力が、我々の神経系の中に組み込まれている？

●――訳者から一言

「神とは何か」「愛とは何か」という大問題をめぐるポールとノアの問答は続く。

この重要なメッセージを理解するためには、これまでの論理の流れをたどり直した方がいいかもしれない。それにより、ポールとともに〝新しい理解〟に達する人もいるだろう。

著者は、あくまでもキリスト教の文脈と物理学の用語を使いながら、仏教で「悟り」と呼ぶものをここで描こうとしているようだ。

仏典の伝えるところによれば、釈迦は、十二月八日の暁の明星を見ながら悟りを開き、「山川草木《さんせんそうもく》国土《こくど》悉皆《しっかい》成仏《じょうぶつ》」「有情《うじょう》非情《ひじょう》同時《どうじ》成道《じょうどう》」などの言葉を残しているが、この言葉の中の「仏」や「道」を「神」に置き換えれば、ノアの教えとほとんど同じ意味になる。

また、生長の家創始者、谷口雅春先生の次の言葉を読めば、生長の家の考え方もこれと同じであることが分かるだろう――

もっと簡単な誰《たれ》にも出来る修行があるのであります。それは、天地一切のものに感謝するということであります。その感謝の極点は、天地一切のもの、万物がことごとく物質ではない、一切を仏性《ぶっしょう》そのもののあらわれであると観《み》るところにある。すべてのものの実相を仏性と見て礼拝するのであります。（中略）一切の物はことごとく、これは物質ではなくて真空の中にあるところの驚くべき叡智の現れである。仏の智慧の現れである。同時に驚くべき神の愛の現れであり、仏の慈悲の現れである。即《すなわ》ちすべてのものは皆そこに仏の命が現れているということなのであります。此の「観」の転回が悟りであります。

（『新版 真理』第七巻悟入篇、一二六頁、日本教文社刊）

主人公のポールは、こうして一つの〝悟り〟に達したが、それはまだ「知的な理解」の段階にとどまっている。言わば「思弁」による哲学的理解によって「神」や「愛」に一歩近づいたわけだが、これからの物語では、経験や実践によってこの悟りを深める課程が描かれていく。そのために、メアリーという女学生が現われ、次に、地下トンネルで生活する奇妙なホームレスの一団が登場する。だから読者は、難しい議論はしばらく忘れて、物語の中に遊んでほしい。

震える手を動かしながら、彼は聖書の『ヨハネの第一の手紙』の第四章を開いた――「愛する者たちよ。わたしたちは互《たがい》に愛し合おうではないか。愛は、神から出たものなのである。すべて愛する者は、神から生れた者であって、神を知っている。愛さない者は、神を知らない。神は愛である」

彼はもう一度そこを読み、静かに声を出した。「まったくその通りだ。二千年もの間、このことを伝えようとしてきたのだ」ポールはゆっくりと聖書をもとへ戻し、ソファーのところへ行き、腰を下ろした。体を前にかがめ、両手で顔を覆い、無駄にした、考えるのも恐ろしい歳月のことを思った。「皆んな、ずっと間違っていた」と彼は声に出して言った。これが自分の人生の突破口であり、大転換の時であり、まったく新しい理解を得たことが、彼には分かった。

彼はポケットから手帳を出して書いた――「『愛』と呼ばれるエネルギーは、我々の心が神経系を通して、神の心に触れることができる最も純粋で、最も繊細で、最も強力な手段である。これによって我々は神を知る。なぜなら神は愛であるから」彼は、このことを誰かに伝えたいと感じた。それで世界が変わるかもしれない！

そして彼には、これがまだ「叡知の学校」の始まりにすぎないことが分かっていた。

第六章　卵とタバスコ

ポール・アブラーは次の日の朝、万華鏡のように激しく変化する夢の中から、目を覚ました。その夢のほとんどは、古代のいろいろの土地のことだった。シュメールやパレスチナへ行き、ニップールやエルサレムを訪れ、エンリルを祀《まつ》る祭司に会い、イエスが少人数の男女の一行とともに、遠いガリラヤの砂漠地帯をさまよっているのに出会った。訪れたそれぞれの場所で、ポールは偉大な真理を学んだ。その真理は、人類が自ら招く大規模災害によって絶滅しないために、二十一世紀の人々に伝えねばならない重大な知恵だった。しかし、夢から覚めてみると、彼は、数々の偉大な真理をどれも、細かくは憶《おも》い出せないのだった。覚えているのは前日の午後、ノアから学び、自分の手帳に書き止めたことだけだった。

青白い朝の光が彼の寝室いっぱいに広がり、前日の夜に彼が持ち込んだ本の山を照らしていた。これらの本は、彼が何時間もかかって四軒の本屋を探し回った結果だった。彼は、イスラムやヒンズー教、仏教、ユダヤ教、そしてキリスト教の聖典や注解書を買い、変化師《へんげし》や天使、ノアについて書かれた本は、見つけたものは全部買い込んだ。そして午前二時頃、彼は十七世紀のカルメル修道士で食器洗いをしていたブラザー・ローレンスが書いた『神の存在の実践』という本を胸の上に置いたまま、眠りに落ちた。肉体的な疲労が限界に達し、眠りの世界に引きずり込まれるまで、彼は読書をやめられなかった。

彼の傍らにある時計は、午前六時二十五分を指していた。そして、ぐんぐん明るさを増す太陽の光を見ていると、前日の寒く暗い曇天はすでに消え、それが青空の広がった二月の朝だということが分かった。彼はベッドから起き上がるとバスルームへ向かった。ちょうどその時、電話が鳴った。彼はジョッキーのパンツを一枚はいているだけだった。

ポールは、行き先をバスルームから台所に変更し、その壁に掛けてあったコードレス式の電話を取った。「もしもし?」

「ポール、お前ら二人してオレに何をしようというんだ!」聞きなれた声が受話器の向うで叫んでいた。

「何です?」とポールは言った。「どなたです?」

「リッチだよ！　もう三回目だ。昨日の夜はオレが一人でエレベーターに乗っていた時に二回あった。今朝はバスルームであった。ヤツにやめるように言ってくれないと、今日の午後にはお前ら二人とも監獄行きだ！」

「いったい何を言ってるんだ?」

「悪魔だ!」

「何だって?」

「分かってるだろ!」とリッチは電話の向こうで怒鳴った。「赤い服に赤い肌、顎《あご》ヒゲと角を生やし、三つ叉を持って、硫黄みたいな臭いをさせたヤツだ。何のことだか分かるだろ!」

「悪魔を見たというのかい?」

「見ただと? 見たどころじゃない。ヤツはオレに契約書にサインしろと言うんだ!」

「何の契約書?」

「とぼけるな。これはやりすぎというものだ。一回だけなら、多分冗談ですまされる。しかし、これはやりすぎだ。ヤツにやめさせるんだ。お願いだ。さもなけりゃ、オレは君の人生をメチャクチャにしてやる。仕事もない、クレジットカードも使えない、世界のどこを捜しても、あんたにアパートを貸してくれる家主なんか絶対現われないぞ! 分かってるだろうな?」

「リッチ、落ち着いてくれよ……」

「落ち着けとはどういう意味だ! あのヘンな男にあんたの部屋で隠し芸をさせたろう。その時、ヤツはバカなことをオレに言った。そして今度は、ヤツはオレについてきて、ホログラムか何か幻覚みたいなものを見せるんだ」リッチはここで一息入れた。何かを思いついた感じだった。そして、続けて言った。「そうだ、ヤツはオレに何かの幻覚剤を吸わせたんだ。そうに違いない。あの名刺の紙に染み込ませてあったんだ。それが燃えた時、煙の臭いがした。それでオレの体内に薬が入ったんだ。あるいは紙から肌を伝わって入った。それで、ヤツは証拠を消すために名刺を焼いた。ヤツはどんな薬か知る必要があった。だから、オレにどんな種類の幻覚をみたかを聞いたんだ。いいか、友だち。このことをオレは絶対忘れない。そして、あんたも忘れられなくなる！」

「リッチ、僕は本当に何のことだか分からないんだ……」

「ウソつけ！」リッチは鼻を鳴らした。「多分君は楽しんでるんだろう。あの大物法律家のリッチが、震え上がってオカシクなっている。多分あんたは、このことを書くつもりだろう。どっかの新聞が飛びつく特ダネになるだろう。で、また有名な記者になれる。いいだろう。オレは震え上がってオカシクなってやる。まったくいい友だちだぜ。だけど、オレはこの建物の管理委員をしてるんだ。だから、あんたはここから出て行くんだ。分かるな？　ここから出ていけ！」

突然、リッチが受話器を切る音がして、ポールの耳には「ポー」という発信音だけが残った。「一日間に二回か……」彼は独《ひと》り言をいいながら電話を切り、バスルームへ向かった。シャワーを浴びて、今日を新しい出発の日と感じたいと思っていたのだ。居間に沿って歩きながら、彼はノアが座っていたソファーを横目で見た。そして、次に来る天使——というよりは〝霊人〟という言葉の方がずっとピッタリするのだが——は一体誰で、何をし、何を語るのだろうと思った。そんなものが本当に来るのならば……。

それから一時間後の午前七時半、ポールは八番街と二十七丁目の交差点の角にある「ファッション・コーヒーショップ」の店のドアを押した。このレストランは標準的なニューヨーク・タイプで、店内にはフォーマイカの合成樹脂のテーブルと、金属とプラスチック製の椅子が並べられている。料理はおいしく、料理人たちは、明るく素早い動作で仕事をしており、話す英語に強い外国訛《なま》りがあることを考えると、彼らがこの大都会で一旗揚げようとしている移民であることが分かった。

メアリーが給仕をしていて、ポールはその懐かしい顔を見て嬉しかった。東部マンハッタンのハンター・カレッジで心理学を学ぶ二十一歳の彼女は、通常、朝食から昼食の時間帯に働いていたから、毎週一回ここで朝食をとるポールとは、ここ半年の間よく顔を合わせた。

その間の時々の会話などから、ポールは、彼女がセントラル・パークから数ブロック離れたアパートの一室に住み、親から家賃の仕送りを受け、授業料と家賃以外の出費を補うために働いているのを知っていた。彼女には現在、ボーイフレンドがいなかった。それは、彼女の「純潔」についての考え方が、デートをしたがるほとんどの男たちと一致しないからであり、また、大学を終わるまでは〝恒久的な計画〟など立てたくないという彼女の考えによるものだった。彼女は、背丈がポールの目の高さほどで、均整のとれた容姿の、ちょっとお転《てん》婆《ば》風の娘だった。背中に垂れた長い栗毛色の髪は、ピンクのゴムバンドでポニーテールに束ねられ、青みがかった灰色の目は、しばしばポールの心の深部を見つめているように感じられた。彼が自分自身のことや、記者としての目標について語っている時、特にそう感じた。

二人はこの数ヵ月の間に、親し気にふざけたりする仲になっていた。とは言っても、ポールは、スーザンとの関係を重視していたので、一歩下がった態度を守っていた。

「どうしてる、ポール？」お好みの窓ぎわのテーブルに向かう彼に、メアリーは言った。

「元気だよ」とポールは言った。「君はどう、メアリー？」

彼女は彼の横を通り過ぎた。その距離は、彼女の香水の匂い——ほのかな花のような麝香《じゃこう》の香り——がするほど近かった。彼女は言った。「快調よ。でも、もっとよくなるわ」そして、ウインクし、歯を見せて笑い、コーヒーメーカーの所で仕事を続けた。

彼は、彼女の存在に心が暖まるのを感じながら、椅子に腰かけていると、彼女はカップに入れたブラック・コーヒーを彼の前に置いて言った。「そうね。あなたの注文は、ギリシャ風オムレツに全粒粉《ぜんりゅうこ》パンのトースト、タマネギ添えのジャガイモの薄切り炒め、それからタバスコ、じゃないかしら？」

彼は彼女に笑いかけ、彼女の青みがかった灰色の目がキラリと輝くのに気がついたので、こう言った。「その通りだよ」

「きのうも同じものだったけど？」と言ってから、彼女はまるで何か重要なことに気づいたかのように、自分の顔をこすった。「そうだ。この半年間、あなたが一週間に二回もここに来たというのは、今日が初めてだわ。普通は毎週木曜日に時計みたいに正確に来るけど、ほら、今は金曜日の朝でしょう」

「二回食べることに決めたんだ」とポールは言った。「君の笑顔が忘れられなくて」

彼女はにっこり笑い、バレリーナのように大仰な動作で体を回転させ、調理人が聴いているラジオの音楽に合わせて鼻歌を歌いながら、調理場の方へもどっていった。

ポールは、持ってきた二種類の新聞のうちの一つを開き、ページを繰って求人欄を探した。そしてコーヒーをすすりながら、四ページ分の求人欄を目で追っていき、コピーライター、本の編集者、ニュースレター記者の求人を見つけた。しかし、本物の新聞記者のようなジャーナリズムの仕事は、何もなかった。彼はその新聞を脇へ置き、もっといい仕事がないかと、二番目の新聞を開いた。それは『ニューヨーク・デイリー・トリビューン』紙だったから、彼は、かつて働いていた新聞の助けを借りて新しい仕事を探すという、今の自分の置かれた皮肉な状況に気づき、しばし呆然とした。

メアリーは、紙ナプキンに包んだナイフとフォーク、それに彼が注文したトーストの載った皿を彼のテーブルまで運んできた。彼女はブルージーンズに白いTシャツ姿で、そのTシャツには、色とりどりの花を描いた印象派風の絵の上に、「ガーデニングは魂を養う」と英語で印刷してあった。ポールは、広げていた新聞を持ち上げてテーブルを空け、彼女は持ってきたものをそこへ置いた。そして右手を腰に置き、ちょっと腰を傾けて言った。「求人欄なんか見てるの？」——ふざけているつもりのようだった。

ポールは両耳が熱くなるのを感じて、そこが赤くなっているのが分かった。「そう。昨日、暇を出された」

「冗談でしょう？」彼女の声は、心配な調子に変わった。「あなたは記者よ。記者は一時解雇なんかされないわ」

「やつらは、どんな人間だって一時解雇するんだ」

彼女は笑顔を見せ、得意そうな様子で顎をしゃくり上げた。「ウェイトレスはされないわ。食物連鎖の下へいけばいくほど、必要不可欠な存在になるんだから」

彼は笑った。「それ、心理学の授業で習ったの？　それとも、経営学もやってるの？」

「これは厳しい人生学校で学んだの」彼女はこう言って、上流階級の娘を真似てフンと鼻を鳴らし、向こうへ歩いていった。

彼女は調理場へもどり、彼のオムレツを持ってきて、タバスコと一緒にテーブルの上に置いた。彼は新聞を横へ動かして、食べながら読めるようにした。

「ボナペティ（どうぞ、召し上がれ）」と、彼女はフランス語で言った。そして、彼が答える前に、店に入ってきた年配の二人の女性客の方へ歩きだしていた。

ポールはタバスコの蓋を開け、オムレツの上に振りかけ、一口食べ、その酸味がかった辛さと、オムレツの中のフェタ・チーズ、玉ねぎ、トマトの混じりあった風味を味わった。彼は、空いている左手で新聞のページを繰り、漫画のある面を開け、それから、その面の左下の隅を見て、「ドゥーンズベリー」の話がどうなっているか読もうとした。この漫画は、先週から彼が読みだしたシリーズものの続きだった。その欄に熱中していた彼は、男が一人近くを通りかかったのに気がつかず、その男がテーブルを挟んで向かい側の席にすわった時、初めて顔を上げた。

「お元気かね？」と男は言った。それは、喉の奥に砂利でもひっかかっているようなガラガラ声だった。ポールは、その男は五十歳代で多分ホームレスだと思った。男の顔の幅が広く、皺《しわ》が深いのは、アイルランドの血筋のためか、永年の飲酒のせいだろうか。男の顔には、鼻から両頬にかけて、形の崩れた静脈がクモの巣状に延びていた。その指は、何年も雨風に晒《さら》された古い皮革《ひかく》のように、汚れてひびが入り、指の爪は黄ばんで縦縞模様が入っていた。彼はフードのついた、頭から被るトレーナーを二枚重ねて着ていて、内側のフードは赤く、外側は灰色で、長靴下のような形をした黒い帽子が、脂ぎった灰色の乱れ髪をようやく押え込んでいた。彼が腰かけた時、ポールはその男が陸軍式の迷彩模様の入ったズボンを履《は》いているのに気がついた。体臭と尿の臭いと、木の焦げたような臭いが、見えない霧のように男の周りを覆っていた。

「元気だけど」とポールは言いながら、何が起っているのか考えていた。ノアがいなくなった後、何が起ってもいいという気構えはできていた。

「卵はうまかったかな？」と男は言った。「あの辛いソースが好きみたいに見えたけど」

「ああ、おいしかったよ」とポールは言った。「あなたも食べますか？」

「いいや」と男は言った。「わたしゃ朝食を数時間前にとった。ひき割りトウモロコシにチーズを混ぜて料理し、その上に落とし卵を二個のっけて食べた。これにも辛いソースがよく合う。でも、タバスコなんかよりもっと気のきいたやつがいい。わたしゃジョーBのチリパヤ・ソースに目がないが、オーディンのフィーストも、辛口のガーリック・ソースとしてはピカいちだね」

ポールはうなずいて、ホームレス好みのご馳走というものを理解しようとした。「コーヒーでも？」

「ああ、それはいいね」と男は言って、ズボンのあちこちに手を入れて何かを探し回った。そして、折りたたんだ四枚の一ドル紙幣を取り出し、それをていねいに広げ、テーブルの上に一枚置いた。「自分で払うさ。昨日の夜は、空き缶がけっこう集まったからね」

ポールはうなずいてメアリーに手を振り、自分のコーヒーカップを指差し、それから向かい側にすわっている男を指差した。彼女は了解し、コーヒーポットの方へ向かった。

「わたしゃジムっていうんだ」と男は言って、手を差し出した。

ポールはそれを握り、その手があまりに冷たくて固いのに驚いた。「ポールです」

メアリーが来て、コーヒーカップとナプキンとスプーンをジムの前に置いたが、不快な表情を隠そうとしなかった。「何かほかに御用は？」と彼女はポールに聞いたが、ジムの方には目を向けなかった。

「何かほかにどうです、ジム？」ポールは、メアリーの含みのある質問を無視した。彼は、彼女の嫌う仕事の中に――しかし、この仕事を続けるためには、しなければならないことに――ホームレスの人たちに洗面所を使わせないことがあるのを知っていた。だから、ジムに何かおごることで、彼を少し価値ある人間に思わせ、ジムを外へ追い出すという嫌な仕事を彼女にさせまいと考えたのだ。

ジムは首を横に振って彼女に言った。「コーヒーで結構、お嬢さん」。しかしメアリーは、ポールの方だけに顔と目を向けていた。彼女はポールを見つめ、片方の眉を上げた。まるで「この人と本当につき合うの？」と聞いているような表情だった。そこでポールは言った。

「僕もこれでいいよ、メアリー」

「そりゃよかったわ」と彼女は抑揚のない声で言った。ジムが店に再び来ようと思わないような配慮だった。そして、その場から立ち去った。

ジムは、彼女がぎこちない足取りで去っていくその後ろ姿をしばらく見ていたが、やがて言った。「あの娘《こ》には、チップをたくさん置いてく気になれんね。礼儀というものを知らん。わたしゃベトナムで祖国のためにつくした。税金だって二十年以上払った。そして、この国で生まれた。この町の半分以上の人間はそうじゃない。貧乏人は尊敬されないんだ」

「虫の居所が悪いんじゃないかな」とポールは言った。メアリーにこれ以上面倒をかけたくなかった。

ジムは、何か内緒話でもするかのように、グッと体を前に出した。「本当はね、ポール、彼女はこわいんだ。最も恐れているのは、いつか自分もわたしのようになるかも知れないってことさ。でも、本当のことを言えば、彼女は自分で想像したこともないほど、今そういう状態に近い」彼はコーヒーカップを持ち上げ、その表面から立ち上る白い湯気を見た。「みんな、本当はそうなんだ」

「あなたが天使ですか?」と突然、ポールは言った。単刀直入に、問題の本質に迫る方がいいと思ったからだ。もし当ての外れた質問だったとしても、これは就職のための面接でもないし、近所の人との会話でもないから、構いやしないと思ったのだ。

ジムは、テーブルの上のコップから砂糖の小袋を二つ抜き取って、中身を自分のカップの中に注いだ。そして、コーヒーをかき混ぜながら顔を上げ、ポールを見て言った。「いや違う。わたしゃ普通の人間さ。あんたと同じだ」

「じゃ、どうしてここへ来たんです?」

ジムは、白くて頑丈な磁器製のマグカップの端をスプーンで軽く叩き、スプーンを目の前のナプキンの上にきちんと置いた。そして、カップを手に取って、その縁に息を吹きかけた。

「あんたが連れを欲しがってるように見えたからさ」

「冗談でしょう?」ポールは、オムレツを一口食べた。フェタ・チーズとタマネギの強い香りが、ジムの衣服の臭いを消してくれた。

「本当は、ここへ来ればあんたに会えるとジョシュアが言ったんだ」彼は、その名前を奇妙に発音した。「イェシュア」に近い音だった。

ポールは、食べていたものを呑み込んだ。「ジョシュアですか?」

「わたしの隣の家に住んでいる男だ。少なくとも、今日まではね。市長が警官をけしかけてくるから、今後どうなるか分からないけど」

「なぜ僕を探せと?」

「あんたに何か話すことがあると言っていた」

「何か、ですか?」

ジムは、コーヒーカップを自分の前のテーブルの上に置き、両手を大きく広げた。「あんたが、世界を救う手助けをしてくれると言っていた」

ポールは、ノアと同じ言葉がジムの口から出てきたことに驚いた。「どうやって僕がその男だと分かったんですか?」

「ジョシュアは、白人の若者を探せと言った。ファッション研究所の角を曲がったファッションン・コーヒーショップで、辛いソースをいっぱいかけて、オムレツを食べている男だと言った。それがあんただった」

「彼は僕の名前を知ってるんですか？」

ジムは肩をすくめた。「どうだか……。もし知ってたとしても、わたしゃ聞かなかった。彼が言ったことは、『その白人の若者を見つけて連れてこい』ということだけさ。だから、わたしゃここに来たのさ」

「僕を彼の所へ連れていく？」

ジムは歯を見せて笑い、顔に人形のようなシワが寄った。「そう。来たくないかな？」

「あなたは、叡知の学校の人ですか？」

ジムはにっこり笑った。「人生っていうのは、みんな知恵を学ぶ一種の学校じゃないかな？」

「ジョシュアは天使なんですか？」

ジムは自分のコーヒーに目を落とし、ゆっくり一口飲んでから、カップを静かに前に置いた。それがまるで壊れ物であるかのように……「そういうことは、あの人に直接聞いた方がいい。周りの人に聞けば、いろんなことを言うだろう」

「オムレツを先に食べてしまいたいけど？」

「もちろん、どうぞ。ここではコーヒーのお代わりが自由だから、わたしも最低もう一杯は飲める」

第七章　トンネルの中へ

ポールとジムは二十七丁目の通りに沿って西へ歩いた。九番街を横切り、十番街も過ぎた。建物の間から見える空は、澄み切って明るく、空気は清冽で冷たかった。微《かす》かな西風が、自動車の排気ガスとハドソン川の臭いを二人の前に運んでくる。二人の後ろと左側に立つ建物が太陽の光を遮《さえぎ》っていて、路上に長い影を落としていた。二人は路《みち》の右側を歩きながら、時々、日の当たる場所へ出ると暖かさを感じた。ポールは、空色のコットン・シャツの上に白い木綿のセーターを重ね、その上から茶色の皮の飛行士用ジャケットを着て、洗いざらしのブルージーンズに古いスニーカーを履《は》いていた。空気は冷たく、両耳が痛かったから、気温が氷点下であることは確かだった。車道には乗用車、貨物トラック、タクシーなどが溢れていた。すれ違う人は皆、ニューヨーク市のビジネス街の方向に向かって、決意に満ちた固い表情で行軍しているようだった。

道すがら、ジムは黙ったままの早歩きとおしゃべりとを交互にやった。話すときには歩調がぐっと緩み、まるで進むことと話すことが同時にはできないようだった。

「どこへ行くんです?」とポールは言った。

「トンネルのあるところさ」

「下水管という意味ですか?」

「いやぁ……」とジムは言った。「かつて南北戦争のあった頃、マンハッタンの西の端には、ハドソン川に沿ってずっと鉄道が通ってたのさ。そりゃあ、屠殺場が並ぶダウンタウンと、ゴミ処理場のあるミッドタウンと、それから、街の北から南のどこにでもあった倉庫群を結んでたのさ。この街に来るほとんどすべての連中が、鉄道でやって来たもんさ。その頃はトラックなんかなくて、橋が一本か二本かかっていただけさ。連中は、この鉄道に沿って延々と掘っ建て小屋をたて、列車からこぼれて落ちた石炭で暖をとり、鉄道の仕事したり、ゴミ処理でも何でも、見つかる仕事は何でもしたさ」

二人は十一番街を渡った。そこで、ジムは周囲の道や建物を手振りで示した。「南北戦争の時は」と彼は続けた。「それから、経済が地獄みたいになった一九三〇年代も、ここら一帯は何キロにもわたって、掘っ建て小屋ばかりの町だった。ハドソン川沿いに上流から下流までずっとさ。その真ん中を鉄道が走ってた」彼は川上の方を示した。「三〇年代の半ばぐらいに、年とったボブ・モーゼズという男が、アップタウンにある泥だらけの小屋を全部上から覆っちまおうと考えた。そうすりゃ、汚い鉄道やタールだらけの掘っ建て小屋を、金持ち連中が窓から見なくてもすむからさ。そこで、やつらは水辺までずっと遊歩道を造り、鉄道を上から覆っちまった。今でもそこにある。鉄材を渡して上からコンクリートで固めただけさ。そして、その上に道路や建物やいろんなものを造っちまった。何年もたつうちに、それと同じものが、鉄道を覆いながら、街のこの位置まで延びてきたというわけさ」

「じゃあ、地下鉄とは違うわけですね?」

「そう、ちょっと違う。これは鉄道だった。今はそのほとんどをアムトラック社が持ってると思う。やつらの警備員がいつも皆んなを追い出しているからさ。やつらと市の偉いさん方が、市長の音頭で踊るわけさ」彼の言葉には、皮肉たっぷりの響きがあった。

「それで、その人たちはどうなったんです?」

「まあ三〇年代には、ほとんどは逃げ出して、どっかへ行っちまった。この鉄道はこういう巨大な地下トンネルを何本ももっていて、アップタウンの方では、その中に燃料庫や部屋まで造って、鉄道で働く人たちが寝泊まりできるようにした。その人たちってのは、あのかわいそうな石炭でも何でも掘る人たちさ。それでおいて、皆んながトラックを使うようになると、鉄道会社は軒並み破産さ。これが、過去五十年間に起こったことさ。本当だ。でもそれは二世代前のこと。そのうち皆んなトンネルのことは忘れちまった。それを造った鉄道会社はとっくに消えたし、誰もトンネルのことは知らないのさ」二人は、二棟の巨大なレンガ造りの建物の間にある路地の入口のところで、立ち止まった。そこは、十二番街のすぐ手前で、その先は川だった。「もちろん、我々以外は誰も知らない、という意味だ」ジムはこうつけ加えてから、歯を見せて笑った。

「その鉄道のトンネルに住んでるんですか?」

ジムは真っ直ぐ背を伸ばして立ち、両肩を少し後ろに引いた。「ひとめぐりしてもどってきた、てなところかな。難しく言えば『子宮へもどる』ってことかな。でも、わたしにとっては十八、九にもどった感じさ。ベトナムで穴の中のドブネズミだった。敵を追い回した。地下へもぐり、狭い穴のいろんな所を通って、敵がしかけた地雷か、あるいはヘビかネズミにいつ出会うかも分からない。好きじゃなかったね。でも、どうやらわたしゃ生き延びた。七、八人いた戦友は皆だめだったけど。とにかく、わたしゃもどってきて、またトンネルでの生活さ。違いといえば、戦場がベトナムではなく、ここマンハッタンに移ったことだけさ」

「戦場、ですか?」

「貧乏人やホームレスに対する戦争さ」

ポールは頷《うなず》いた。その時、彼が思い出していたのは、わずかひと月前のこと、ホームレスの男が一人、みすぼらしい犬と一緒に、汚れた敷物に座って五番街の六十丁目付近にいたことだった。その男は、大型のダンボール箱を壊して作った看板を持っていて、そこには赤いクレヨンで自分のことを「枯葉剤の毒で障害者となったベトナム帰還兵」と書いてあり、犬の前に置かれた緑色のプラスチックの容器の中に、小銭を入れてくれるように頼んでいた。その時、ポールのすぐ前をニューヨーク市警の警官が歩いていたが、そのホームレスの男の前を通ろうとした時、いきなりダンボールの看板をひっつかみ、それを半分に引き裂き、さらにもう半分に引き裂いた。ポールは歩くのをやめて、男が犬を抱き寄せて泣き出すのを、恐ろしい思いで見つめていた。警官はゴミ箱の前まで歩いていき、壊れた看板をその中に押し込み、また戻ってくると、男の前の容器を足で蹴飛《けと》ばした。小銭は路上いっぱいに散乱した。ポールが、何もできない自分にがっかりし、みじめな気持で歩き去ろうとしていると、警官は男の衣類や身の回りの物を入れたゴミ袋を蹴飛ばし、「立て！　どこかへ失《う》せろ！」と彼に向かって怒鳴っていた。そばを行き来するニューヨーク市民は、それを見ない振りをしていたか、あるいは警官の行為を暗黙に認めるようにうなずいていたのだ。

「そう、ここがわしらの戦場さ」とジムは言って、二棟の古い大きなレンガ造りの建物の間を通る、狭いゴミだらけの路地へ踏み込んでいった。一つの建物は今は倉庫になっていて、もう一方は空っぽの工場だった。ポールは、これからどうなるか怪訝《けげん》に思いながら、ジムについて歩いていった。その路地の奥は行き止まりで、大きなゴミ容器がその先にあるだけだった。これは罠《わな》か、あるいは何かの計略か？　彼はジムの穏やかな顔をチラリと見て、「そうじゃない」と自分に言い聞かせた。「すべて大丈夫のはずだ」

ジムは、無人の工場の裏側にあるレンガの壁まで進んでいき、周辺に散らばっていた新聞紙を足で蹴って脇へ寄せた。すると、その下から錆《さ》びた鉄格子が現われ、その奥に四角いマンホールのようなものが見えた。彼はその格子を手で引き上げ、穴の脇へ置いた。そして、その黒い入口を身振りで示した。「わたしらの正面玄関だ」と彼は言って微笑んだ。「下へ降りてごらん。わたしゃあとからすぐ行って、蓋を頭の上で閉めるから」

「安全ですか？」とポールは言った。黒い、物言わぬ穴を見ていると、彼はその中に閉じ込められそうな恐怖感を覚えた。

ジムは体を折り曲げてしゃがみ、穴の中に頭を突っ込んで周囲を見回し、やがて立ち上がって言った。「今は下に誰もいない。わたしもすぐ行く。誰も危害を加えやしないから」

「それで、ジョシュアも下にいるんですか？」

「そうさ。さあ行こう」

「ドブネズミもいる？」

ジムは笑った。「アライグマみたいに大きいやつがね。でも人間には構わないさ。心配しなきゃならんのは、動物じゃなくて人間さ。でも、わたしかジョシュアと一緒にいれば大丈夫」

ポールが穴の上まで歩いていくと、三センチほどの太さの錆ついた鉄杭が、梯子《はしご》状にコンクリートに打ち込んであるのが見えた。それぞれが一五センチほどの頭を出して並び、地下の闇の中に消えている。その闇は、明るい陽の光とは対照的に、深く空疎だった。彼は穴の中へ降りていった。手の平と指に伝わる鋼鉄の感触が、氷のように冷たいのに彼は驚いた。背筋がぞくぞくしはじめ、体が震えだした。自分の頭が地表の下に隠れた時、彼は動きを止めた。

周囲の音から分かったことは、自分がこれから洞穴《ほらあな》のような所に降りて行き、今つかまっている場所から下には、少なくとも十メートルの深さの空間があることだった。彼は一息ついてから、また降り始め、やがて両足で砂利の上に立った。そこで、彼は梯子から数歩下がって、周囲を見回した。目が暗がりに慣れてくる間に、上にいるジムは格子の蓋をもとの位置に戻してから、自分も降りはじめた。

それは巨大なトンネルだった。十数メートルの高さにある天井は、延々と続く大きなI字型の鉄梁《てつりょう》で支えられ、頭の丸いボルトと溶接であちこちを止められ、その表面に付着した錆の間に、古い時代に塗られた黒いペイントが覗《のぞ》いて見えていた。壁と壁の間の距離は三十メートル以上もあった。そして、二本のレールは、右から左へと無限に続くと思われる空ろな闇の中に消えていた。ポールが北だと思う方向——つまりアップタウンの方向には、百メートルぐらいの距離ごとに、線路の上方に格子状の穴が開いていて、そこからわずかな日の光が空っぽのトンネルの中に差し込んでいた。その光は、何もないコンクリートの壁の所々に描かれている落書きの部分部分を切り取るようにして、闇の中に浮かび上がらせていた。南の方向には、響きわたるような闇が遠くまで広がっていた。線路と枕木と砂利を敷いた地面、そしてセメントで固めた壁が、すべてを呑み込んでいた。空気には、埃《ほこり》と焦臭《こげくさ》さと、古い石炭の臭いが混じっていた。やがて、ジムが最後の数段を降りる音、そして地に飛び降りる音がして、その反響が北にも南にも遠くまで広がった。

「誰もいないみたいだ」とポールは言い、その声の反響に驚いた。そして、周囲の薄暗い、黒と灰色の世界を不安げに見回した。石の一つ一つと鋼材の一本一本が鮮明に浮かび上がって見えていたが、薄暗い光の中では、世界から色が抜き取られたようだった。気温は、街頭の温度より少なくとも五、六度は暖かだった。

「ここはまだ玄関部分だよ」とジムは言った。「ここからまだ、一キロ半ほど歩かなきゃならない」彼は二本の線路の間へ移動して、南方向の闇に向かって歩きはじめた。ポールは、頭の上の鉄格子を見上げ、駆け出していって梯子をよじ上り、外へ出たいという衝動と戦いながら、ジムの後について歩き始めた。

二人は薄闇の中を歩いていたが、やがて暗さが増したため、ポールは転ばないように注意深く歩を進めだした。まだ、線路や壁のような大きなものを見分けられる暗さではあった。あたりに響く一歩一歩が、どこに壁があるかを教えてくれた。しかし、石や、線路の下に横たわる枕木のような小さなものを判別することは、もうできなかった。ジムはまったく無言だった。その無言を、ポールは、自分の思いや疑問も心にしまっておくべきだという意味に受け取った。

「人の住処《すみか》に近づいた」と彼が最初に思ったのは、食べ物の臭いがしたからだった。タマネギのきつい臭いと、ニンニクとオレガノの香りがしたので、スパゲッティのソースだとポールは思った。それからコーヒーの香り――とても深く煎《い》った、ほとんどエスプレッソに近い香りだ。そして、遠くで人が会話する声が、かすかに聞こえてきた。彼の前を行くジムが立ち止まり、そして静かな声で言った。「わたしの手を握って。ここはちょっと危ないから」

ポールには、ジムの体がかろうじて判別できた。そしてジムの手がまだ見えないうちに、彼の手が自分の胸を触るのを感じた。ポールはその手を取り、ジムはそれを引いて線路の間の道から外れて、二人の左側にある壁の方へ連れていった。ポールは、自分がまるで世界の果てを歩いていて、そこから、遠い闇の中に足を踏み入れるように感じた。世界の果てから足を踏み外せば、永遠に落下してしまうかもしれない。彼は、ジムの手をしっかりと握った。二人は壁のところまで行き、それに沿って歩いた。ポールは、空いている方の手を伸ばして、その壁の冷たい、ゴツゴツした表面に触れていた。そうすることで方向がつかめ、体のバランスがとれるのだった。五、六メートル歩いたところで、ジムは体を屈めた。ポールには、ジムが壁の中の穴へ這《は》い込んでいくのが分かった。その穴は、開口部がギザギザした不規則な形をしていたから、誰かがツルハシで掘ったものだろう。食べ物の臭いは、今はかなり強くなっていた。そして、人間の静かな語らいの声にかぶさるように、ネコの鳴き声がするのをポールは聞き分けることができた。

「こっちだ」とジムは言って、その穴の中に踏み込んだ。「かがんでついてきたらいい。頭に気をつけて」

ポールはジムに随《したが》って、三、四メートルある壁の中の穴を通った。二人が壁の反対側に出ると、そこは、以前とは違う種類のトンネル――幅が狭くて天井も低いトンネルが集まっている場所だった。どのトンネルの側面からも、鉄製の梁《はり》が優美なアーチを描いて立ち上がり、三本の鉄道の上方中央にそれぞれが集まっている様子は、中世のゴシック様式の大聖堂を思わせた。ポールは、自分たちが一九〇〇年代の初期に造られたトンネルから、南北戦争前に造られたトンネル群へ移動したのだと思った。

ここには光があった。しかしそれは、割れ目状や塊になって見える黄色い光で、よく見ると、灯油を燃やしている角灯《かくとう》や小さな焚き火がいくつもあり、さらにもっと弱い光が、天井に並ぶ小さな鉄格子からも差し込んでいた。あたりの空気は、煙、ニンニク、タマネギを炒めた臭い、尿、そして煙草の臭いで満ちていた。二人の左側には、三組のレールがこちらに向かって横たわっていたが、その元をたどってみると、いつか遠い昔に崩れたか、あるいはダイナマイトで爆破されたように見える、一ヵ所の崩落岩盤の下に行き着くのだった。反対の右側を見ると、三組のレールは、ゴシック調のアーチ型の鉄枠でかたどられた狭い、別々のトンネルの中に、それぞれ消えていた。

この三組の線路に沿って、たくさんの大きな木箱――それぞれがジープ一台分の大きさの

●——訳者から一言

やんちゃ娘のメアリーの次に登場したのは、薄汚いホームレスの男、ジムである。しかしジムは、「叡知の学校」の新しい教師ではなく、どうやら単なる案内人のようだ。第七章では、その案内人に連れられて、読者はポールとともにニューヨーク市の地下を走る巨大なトンネルの中に連れていかれる。

このトンネルは実在しているものだ。どのようにして出来たかは本文で紹介されているが、正確な場所は、マンハッタン島の西端を南北に走るハイウェーと、いま「リバーサイド公園」と呼ばれている地区の下にあり、七十二丁目から百二十三丁目にかけての約四キロの範囲という。

かつて私が二年間ほど住んでいた宿舎は、この公園の北端に位置していて、私はそこを散歩したり、すぐ脇を流れるハドソン川を眺めたり、近くのグラント将軍の墓へ行ったりしたことを覚えている。しかし、地下の世界のことなど全く知らなかった。ここには現在も、夏期で五十～七十五人、冬期で百五十～二百人の人々が住んでいるという。

こういう人々は「モグラ人間」と呼ばれるそうだが、様々な理由で地下に住むようになるらしい。暴力的な家庭から逃げて来た人、家出して薬物中毒になった少年、家が焼けて他に行くところがない人、また精神障害のある人——そんな人々の実情を克明に描いた映画『ダーク・デイズ』（*Dark Days*）の制作者、マーク・シンガー氏によると、「人が家を失って街頭に出される理由はゴマンとある。悪い連中もいるが、いい人も沢山《たくさん》いる。私はこの仕事を通して、彼らを大いに尊敬するようになった。なぜなら、皆人生を諦めていないからだ」という。ちなみにこの映画は、全くの素人であったシンガー氏によって六年かけて制作されたドキュメンタリーで、二〇〇〇年度のサンダンス映画祭の三部門で入賞している。

また、ニューヨーク市在住の写真家、マーガレット・モートン氏は、このモグラ人間の生活の様子を、写真と彼ら自身の独白でつづった写真集『*The Tunnel*』で鮮烈に描いている。それを読むと、彼らの〝小屋〟や家財や食料は、ニューヨークではとても簡単に入手できることが分かる。商店やレストランから大量の食料が捨てられ、人々の捨てる家具も沢山あるからだ。この辺の事情は、日本の大都会とあまり変わらないようだ。

もの——が並んでいた。箱と箱の間には約三メートルの間隔があいていて、その箱の一つの前で、四人の男と一人の女が、焚き火を囲んで立っていた。火の上に置かれた鉄格子には、鍋が三つ置いてある。細長く切ったカボチャのようなものがその格子の上でシューシューと音を出し、そこから滴る汁が火に落ちてパチパチと音を立て、鍋からは蒸気が吹いていた。その火の隣にはトランプ用のテーブルが一台あり、その上に皿やコップが所狭しと置いてあった。焚き火の周りには椅子が十数個並んでいたが、それには古い金属製の台所用の椅子から業務用の折り畳み式椅子まであり、さらに高級なビロード地で覆われているが、所々生地が裂けた安楽椅子もあった。ここはきっと隣近所の仲間が集まる場所だ、とポールは思った。

ジムはポールの方に顔を向けて「こっちへ来い」という仕草をし、焚き火の脇に立っている人々の方へ歩いていった。ポールもそれに随った。

この火のおかげで、炎から三メートルの空間には色彩がもどってきた。そこにいる男のうち二人——一方は若く、他方は年配の——は黒人だった。三人目はスペイン系。もう一人は中東系で、エジプト人かパレスチナ人のようだった。女は黒人で、たぶんポールと同年代で、やや太り気味の体にジーンズをはき、セーターを何枚も重ねて着ていた。

若い方の黒人の男はダブダブのジーンズをはき、上から被るトレーナーを何枚も着て、毛編みの縁なし帽をかぶり、そして高価なバスケット・シューズを履いていた。彼は丸顔の真ん中に幅広の鼻をつけ、目は大きく、肌はコーヒー色をしていて、長髪だった。ジムは彼のことを「ピート」という名前でポールに紹介した。

ピートはポールに言った。「どうだい、調子は？」

「ああ、何とか」とポールは言ったが、こういう場所での挨拶の仕方がよくわからなかった。

ここにいる五人は、彼が来ることを知っていたようだった。

年配の黒人の男は、磨いた樫材のような、若い男より明るい色の肌で、髪の毛は短く、ゴマ塩頭だった。ジムはその男の方を指して「この人はマット」と言った。マットはポールの方を見てうなずき、ポールもうなずいて返礼した。

ジムは次に女の方を示して「サロメだ」と言い、女は微笑んで手を差し出した。ポールはその手を取って握手し、「お会いできてうれしい」と言った。彼女はまた微笑んだが、返礼を言葉には出さなかった。彼女の握手は暖かくて、しっかりしていた。握手の後、彼女は後ろに下がって火に視線を落とした。

ジムはそれからスペイン系の男の方を手で示して「これはホワンだ」と言った。この男は、年齢は五十歳すぎのように見え、きちんと形を整えた口ヒゲを生やしていた。その薄茶色の瞳が炎を映して輝くと、顔の笑い皺《じわ》——両眼から始まり、髪の生え際や短いもみ上げまで延びた笑い皺——と好一対の対照をなした。髪を短く刈り込んでおり、その色はほとんど灰色だった。ポールはホワンの手を握り、二人はうなずき合った。

「それから、この人が」とジムは言い、まるで劇の最後のグランド・フィナーレを飾るように「ジョシュアだ」と語を継いだ。この時も、彼はその名前を例のごとく奇妙に発音した。そして、彼の方を示して、うやうやしく腰から上で軽くお辞儀をした。

ジョシュアは、ポールがニュースでよく見たことのある、中東系の若い男――イスラエル軍の兵士かパレスチナの運動家のような風采をしていた。背丈はポールと同じ一八〇センチぐらいで、オリーブ色の肌と黒い直毛の髪をしており、その髪は頭のてっぺんは短く刈っていたが、後頭部は伸ばしてポニーテールにしてあった。顔は左右対称で長く、目と目の間は驚くほど開いていた。はいている古いブルージーンズは、右の膝の部分が裂けており、フランネルの青い格子縞のシャツを着て、その上からケーブル編みの緑色のセーターを着ていた。そして、足には黒の軍用ブーツを履いていた。服装はみすぼらしかったが、見た感じはとても清潔だった。

「貴方《あなた》が来てくれて、とても嬉しい」とジョシュアは言い、握手するためにポールに手を伸ばした。

「ここに来れてよかった」とポールは言い、その手を握った。そのとき視界の隅で、ほかの人たちが少し身を乗り出して、二人を注意深く見つめていることに気がついた。それはまるで、何か重要なことが起こるのを待っているかのようだった。そこで彼は、賭けをするつもりで言った。「ノアを知ってますか？」

ジョシュアは微笑んで後に退《さ》がり、白い庭用のプラスチックの椅子に腰を下ろした。「知っている」と彼は簡単に答えた。二人の周りの人たちは、それを聞くと一斉にホッとしたような溜息《ためいき》を漏らした。それはまるで、ジョシュアの答えを聞いて、ポールが重要なテストに合格したと知ったかのようだった。ジョシュアは「座ってゆっくりしてほしい」と言った。

ジムはポールに、薄茶色の布で覆われた安楽椅子を示した。それはジョシュアの庭椅子の隣にあり、足置きを高く上げたまま固定されていた。ほかの人たちは、ホワンを除いてそれぞれの椅子に腰かけ、火の周りに円座を作った。ホワンは、焚き火の上にかがんで、こってりとした野菜のシチューの入った鍋をかき混ぜた。椅子に腰かけたポールは、その布地が火の熱で暖かいことに気がついた。

「何か食べますか？」とホワンはポールにスペイン語訛《なま》りのある英語で聞いた。そして、鍋の方をあごで示して立ち上がり、クロム鋼とプラスチックでできた台所用の椅子の所まで後ずさりしていき、そこに腰かけた。

「さっき朝食を食べたから……どうもありがとう」とポールは言いながら、一番大きい鍋から、間違いなくカレーの香りがしてくることに気がついた。それから、小さい方の鍋には野菜と米の油炒めのようなものが入っていて、そこからはタマネギとニンニクとショウガの強い匂いがした。

ホワンは微笑んだ。「これは、本当は昼食用なんだけど……」彼はこう言うと、身を前に乗り出して、カボチャの小片を焼き網代わりの鉄格子の端に寄せ、火から遠ざけた。「一、二時間ででき上がるけど、今ちょっと取り分けてもいいですよ」

「親切にありがとう」とポールは言った。「いい匂いがする」火は彼の顔と手を暖め、彼は理由はよく分からないが、この全く異質な世界の中で安心感を覚えていた――自分の住む町の道路の下にこんな場所があるなど、想像もしていなかったのに。

皆、火を見つめたまま、長い間、沈黙が続いた。ポールは、それが居心地の悪い沈黙でないことに気がついた。例えば、マックだったら、時々編集会議の緊張感を高めるために、誰が次に怒鳴られるかという不安を作り出して、人々を沈黙させる。しかし、この場の沈黙は、心地のいい静寂だった。ごく親しい、信頼し合った友人同士が一緒にいる時の静けさだ。彼は自分が家族の中か、同一部族の中にいて、お互いに生死をともにする友だちと一緒にいるような気持がしていた。

「ジョシュア」とマットが口を開いて、円座をつくった全員の注意を引いた。「大切なものは何かを、話してもらえませんか?」

ジョシュアは少しの間、火を見つめていたが、やがてポールの方を向き、彼の目を覗き込むように注視した。ポールはまるで、自分が世界で一番重要な人物として扱われているような感じがした。「あなたは、〝神の国〟を見出すには何をすべきかを教えてくれる人たちを知ってますか?」

ポールはうなずいた。「昨日、町でその一人に会ったと思います。その男は私の腕をつかみ、天国について大声で叫びました」

ジョシュアは頭を縦に振った。「もし誰かがあなたのところに来て、神の国へ連れていってやると言い、それは空の上だと言うなら、鳥の方があなたより先に行っている。もし彼が、神の国は海の中だと言えば、魚の方が先に行っている。神の国は、あなたの内にあると同時に外にある。あなたが自分自身のことを知ったなら、その時、他人もあなたのことが分かるでしょう。そして、すべてのものが、生きている神の娘であり息子であることに、あなたは気づくでしょう。でも、あなたが自分自身のことを知らないならば、またはあなたの中のどこに神の国があるか分からないならば、あなたは絶望的に貧しい場所に住み、あなた自身がその貧困と同じものになってしまう」

「それは、叡知の学校の教えの一つなんでしょうか？」とポールは言った。「どういう意味か、よく分からないんですが……」

ジョシュアは言った。「これは実際、イエスの言った言葉だ。『トマスによる福音書』にあります」彼は、ピートの方に目をやって、ポールの質問に答えることを促した。

ピートは、椅子から体を前に乗り出した。その椅子は、茶色の折畳式で、かつてどこかの高校の体育館で使われていたもののようだった。彼はポールに言った。「いつか、ある男が食べ物を探してゴミ箱をあさってたんだ。そして、この男はあちこちに少しずつレタスとかニンジンとか、瓶に半分だけ入ったケチャップとか見つけたんだ。で、最後のゴミ箱の中に、ある店が捨てたばっかりの冷凍食品のディナー・セットを、段ボールのケースまるごと一個見つけた。この中にはディナー・セットが何食分も入ってたんだけど、何かが壊れて中ののが流れ出て、箱がいくつか汚れてしまったという理由で、店はこれを捨ててしまった。全部で三十六食分の完璧な食事さ。それで、この男はゴミ箱の中にこの冷凍食品のケースを見つけたもんだから、それを取り出して、それまで集めていたほかの食料を全部ゴミ箱に入れて、ケースを友だちのところへ持って帰ったんだ。で、皆んなで二日間、腹いっぱい食べ続けたのさ」

「この話も、どういう意味なのかはっきりとは……」とポールは言った。

サロメが、座っていた安楽椅子から片方の手を上げて言った。「これは喩《たと》え話よ。〝高価な真珠〟のことよ」彼女は親指を上に向けて手を平らに伸ばし、その手を左右に振った。

「ああ」とポールは言った。「分かりました。イエスの教えと同じですね」

「そうよ」と彼女は言った。「真理を知った時、つまり真珠を、冷凍食品の箱を見つけたら、もうちっちゃなどうでもいいことは必要ないの。古い人生は全部置いていっていいのよ」

ノアの時とずいぶん違う、とポールは思った。ジョシュアは「天使」や「幽霊」というよりは、街頭の哲学者——あるいは精神異常者——みたいだった。

ポールは、「オムレツを食べている男を見つけた」というジムの話は、本当は作り話ではないかと思った。なのに自分は、それをばかみたいに信じて、ホームレスの社会にある奇妙

●——訳者から一言

物語の舞台は地下のトンネルだが、そこで交わされる正体不明の人々と主人公との会話は、妙に哲学的だ。ジョシュアが言うように、この会話の多くの部分は『トマスによる福音書』に由来する。

この〝福音書〟は、現在の「聖書」の中には含まれていない。つまり、これはキリスト教でいう〝外典〟に属するもので、永く〝異端文書〟と見なされてきたものの一つである。しかし「外」とか「異端」という言葉は、自らを〝正統〟とする伝統的キリスト教会が、それに従わないキリスト教徒に投げかけてきた蔑称であって、この書の中身がイエスの教えと無関係だという意味ではない。事実、この書のイエスの言葉と、新約聖書の四つの福音書中のイエスの言葉の間には、きわめて密接な関係がある。

著者、ハートマン氏の立場は、すでに第二章で述べているように、伝統的キリスト教会の方が、勢力拡大と権力維持のために、イエスの教えを曲げたり、無視してきたとするものだ。どちらが正しいかはさておき、ここでは『トマスによる福音書』の背後にある考え方の中には、生長の家の教えや仏教などと近いもの（同じではない）があることを述べよう。

この考え方は「グノーシス主義」とも呼ばれるものだ。グノーシスとは「知識」とか「知恵」を意味するギリシャ語で、本書の文脈の中では「叡知」に該当する。グノーシスの思想では、人間は究極的存在なる至高者（神）と本質的に同一であり、その認識（グノーシス）を得ることによって救われる、とされる。

生長の家の聖経『甘露の法雨』には、「神は光源にして、人間は神より出でたる光なり」という言葉があるが、『トマスによる福音書』の五〇には、次のような一節がある——

イエスが言った、「もし彼らがあなたがたに、『あなたがたはどこから来たのか』と言うならば、彼らに言いなさい、『私たちは光から来た。そこで光が自ら生じたのである。それは［自］立して、彼らの像において現われ出た』。もし彼らがあなたがたに、『それがあなたがたなのか』と言うならば、言いなさい、『私たちはその（光の）子らであり、生ける父の選ばれた者である』」。

（荒井献著『トマスによる福音書』講談社学術文庫、二〇二頁）

なカルト集団に連れてこられた。ポールが周囲を見回すと、皆無害な人間で、親切でさえあるように見えた。とはいっても、人民寺院のジム・ジョーンズや、チャーリー・マンソンのようなカルトの指導者だって、最初は無害でいい人のように見えたに違いない。

そう考えた時、まだ抜け出せるうちに、ここから出るべきではないかという考えが、ポールの心に浮かんだ。

彼は周囲の闇を見つめ、迷路のようなトンネルに目をやり、誰の助けも借りずにここから出られるだろうか、と考えた。そんなことはできそうもなかった。自分が闇の中でつまずいて転びながら、二つのトンネル網をつなぐあの小さな穴を探している——大きなネズミに遭遇したり、ゴミや汚物の中に倒れ込む様子が、彼の脳裏に浮かんだ。心臓の音が高まり、鼓動が早まってきた。

サロメの言葉が、彼の思考を中断した。「イエス様は、沢山《たくさん》のこと——今の人たちが無視している沢山のことを教えられたわ」と彼女は言った。「たとえば、イエス様は、もしこの世を救いたいなら、カエサルの国のものは諦《あきら》めて、我々とともに貧しさの中に生きなければならないこと。これは、物質的なもの、あるいは富でさえ、それを持ってはいけないという意味じゃなくて、そういうものに執着しちゃいけないということよ。それを失っても、あるいは全部誰かにあげたとしても、そんなことは何でもない。また、金持ちであることも何でもないということ。どんな生き方をしていても、私たちは結局、明日の食事や住処がどうということよ。でも、それは皆、神が与えてくださると分かるということよ。〝山上の垂訓《すいくん》〟の中で、イエス様は『だから〝何を食べよう〟〝何を飲もう〟〝何を着よう〟と思いわずらうな』とおっしゃったでしょ。分かる？　〝今ここ〟を生きるのよ。ほかの人たちが何を富と考え、何を貧しさと考えるかなんて気にしないで、今この瞬間を生きるのよ。そうすれば、そうした時にだけ、神の御手の中で生きてることになるのよ」

確信に満ちた彼女の声の調子は、ポールが恐れていたことを裏づけた。この人たちは、ジョシュアのことを聖人か救い主だと考えている。この男は、ノアのことなんか何も知らないくせに、知っていると言った。それは、ポールが期待を込めた調子で尋ねたからだ。それでジムは多分、自分を入信させるためにここへ連れてきたのだ。もしかしたら金を巻き上げるためとか、もっと悪い目的なのかもしれない。

彼は、親しげに微笑んでいるジョシュアの方を向いた。この男も精神異常か、もしかしたら悪者かもしれない、とポールは思った。そこで彼は尋ねた。「あなたはなぜ、ジムに私をここへ連れてくるように言ったのですか？」

ジョシュアは言った。「私は世界に一つの火を点《とも》した。それで、お分かりのように、その火が消えないように監視し、大きな炎になるように守っている」

「あなたは火なのですか？」

「私の教えが一つの火だ」

これは確かに人民寺院の指導者、ジム・ジョーンズと同じだ、とポールは思った。「では、あなた自身は？」

ジョシュアは両足を上げてそれを椅子の上で組み、背筋をまっすぐ伸ばした。「すべてのものの上に、一つの火がある。それが私自身だ。私は、そのすべてだ。すべては私から生まれ、すべては私へと還る。木切れを一本裂けば、そこに私がいる。石を一つ持ち上げれば、そこに私はいる」

「あなたは天使ですか？」とポールは言った。

「空を眺めれば、これから雨が降るかどうかは分かるだろう」とジョシュアは言った。その声がとても低くなったので、ポールはそれを聞き取ろうとして、前のめりの姿勢になった。「しかし、私を目の前にしても、あなたには私が分からない。そして、今この時の意味もあなたには分からない」

「すまないけど、私はあなたを知りません」とポールは言った。そして、あまり奇妙なことにならないうちに、このトンネルから逃げ出さねばならないと思った。「以前には、あなたと会ってないと思います。あなたは多分、私を誰か別の人と勘違いしているんです」ポールは、チラリとジムの方に目を向けたが、ジムの表情からは何も読み取れなかった。

ジョシュアは、火の周りを囲んで座っている人々に向かって、手を上げた。「私の友だちよ、あなた方には神の国の神秘を知る道は与えられている。しかし、そうでない人たちには、これらすべては喩え話として示されていて、見ても意味が分からず、聞いてもそれを理解しないかもしれない」

「あなたの教えは秘密なのですか？」とポールは言った。ジョシュアの背後の遠い所に――三本のトンネルのうちの左端のトンネルの奥に、闇の中で揺らめく一灯の光をポールは見た。それはまるで、誰かが蝋燭《ろうそく》を一本持って、こちらへ歩いてくるようだった。ポールのすぐ左に座っているホワンも、その光に気がついたように頭を動かした。

「秘密でもあり、秘密でもない」とジョシュアは言った。「蝋燭というものは、秤《はかり》の下や寝台の下に置かれるものだろうか？　それは燭台の上に置かれるべきではないだろうか？　すべての秘密は、それが聞こえる人には秘密ではない。しかし、聞こえない人には単なる物語にすぎない。ただの面白い、奇妙な物語にすぎない」

「喩え話ですね」

「そうだ、ポール。過去においては、こういう方法で教えが伝えられてきた。さっきのあなたの質問に対する私の五つの答えは、みんな『トマスによる福音書』でイエスの言葉として伝えられている。あなたのために要約してあげよう。世の中には、人生の神秘というものは知識によって理解することができるという人がいる。彼らは知識を求め、頭によって神を知ろうとする。しかし、彼らが見つけることができるのは自分自身の頭ばかりだ。自分自身に語りかけているだけだ。なぜなら、神の心は頭によって知ることはできないからだ」

「ノアもそれと似たことを私に言いました」

「彼なら、そう言うだろう。この第一の道——知識の道——は有用であり、面白いものだ。しかし、真に神を知るためには、もっと高い段階に進まなければならない。神秘の道だ。神秘家というものは、神についての知識を得ようとは思わない。神に直接触れて、さらに神と一つになろうとするのだ」

「で、それは愛によって実現する？」

「愛、そして信仰だ」とジョシュアは言った。「あなたが心から神と一体となりたいと願ったとき、その他のすべてのものは適当な位置におさまるのだ。この正道に沿って進むならば、あなたの心は深い平安に満たされる。この道から逸《そ》れていくときには、心に不安と混乱を覚えるだろう。これが〝高価な真珠〟と〝ゴミ箱の中の冷凍食品〟の喩え話の意味するところだ。ポール、これが理解できるかね？」

「頭では理解できないけれど、心にはその通りだと感じられます」

「この道を行くためには三つの段階があるんだ、ポール。このことに気がつけば、実にたくさんの喩え話が、この三つのことを語っていると分かるはずだ。第一段階は、孤独だ。神と離れているとき、人は深い孤独を感じるが、我々の文化圏ではこれを多くの人が誤解し、この孤独を、売買の対象となる物質的なものへの欲望だと解釈しようとしている。第二段階は、愛だ。我々の心の中に、どんな方法でもよいから、この感情を見出さなければならない。第三段階は、この孤独と愛をもって神の霊に参入することだ。これが、父から離れ、再び戻ってきた放蕩《ほうとう》息子に対して、その父が祝宴をはって歓迎するということだ。分かるかね？」

ポールは胸の内側に、何とも説明のつかない暖かいものを感じた。それは恋に落ちた時に似ていた。しかし、中東出身のホームレスの男に恋したのだろうか？　そうでないことは、彼にも分かっていた。そこには、もっと深い何かがあった。彼の心は震え続けていた。その論理を解きほぐそうとし、頭で理解しようとしていた。が、それはついにできなかった。

「よく分かりません」とポールは言った。

ジョシュアは立ち上がってポールのところまで来ると、その前にしゃがんで土の上に円を描いた。「これが、あなたと神の間の障壁だ。あなたは円の内側にいて、神はその外側にあるすべてのものだ。あなたの自我、あなたの絶え間のない考え――つまりあなたの心によって、この障壁がつくられている。人は父や母、兄弟、姉妹を後に残していかねばならないというイエスの言葉は、そういう意味です。それは、文字どおりに〝家族を憎め〟とか〝置いていけ〟という意味ではなく、家族以外の人を〝他〟のものと見たり、〝外側の人間〟とする考え方はみな、間違いだという意味だ。すべてのものは〝あなた〟だ。そして、その〝あなた〟はあなたであると共に神なのだ。ポール、こんな丸い囲いなど存在しない。分離など存在しないのだ」彼は立ち上がり、自分の椅子まで歩いてもどり、そこに腰を下ろした。

ポールは何も言えなかった。心のある部分で、彼はまったくその通りだと思った。しかし、別の部分では、それはすべてを投げ打ってカルト教団か何かに入らせようとする勧誘のように聞こえた。彼は自分の手帳を取り出して、そこに書いた――「円の囲いは存在しない。分離というものはない。人と人の間にも、被造物すべての中にも」

「ポール」とジョシュアが言った。「自分がいつか死ぬということは、あなたには分かるでしょう？」

「はい」とポールは答えたが、何のことを聞かれたのかよくわからなかった。

「私が確信をもって言えることは、あなたがその死の前に、丸の外側に歩み出さないかぎり、死の時に一生で最悪の孤独に直面するということだ。あなたは、まったくの孤独の中で、〝永遠〟というものに向き合うのだ。しかし、体が機能しなくなってから少したてば、生前あの円の囲いを越えたことがなければ、想像もできなかったような愛と統合を感じるでしょう。これが前に話した三段階の道――孤独、愛、神との統合のことだ。あなたは死ぬ時、この三つを経験することになる。しかし、今でも、いつでも、それを経験することはできるのだ。経験すれば、あなたは再び孤独に陥ることはなくなるでしょう。これが、〝再び生まれる〟ということの一つの意味だ。それは、あなたが死を通り抜けるということだ。あの丸い囲いの死だ。自我の障壁の死だ。そして、新しい生の中に入る。神と一つになる生だ。愛の関係だ。そうなれば、その関係の中で、あなたは神の眼差しをすべての生き物の目の中に見る。神の声をすべての人や動物の声、そして風の音の中にさえ聞くでしょう。あなたは神の愛を、生のすべての瞬間に感じることができるでしょう。あなたは本をよく読みますか？」

「はい」とポールは言いながら、息苦しい感情と戦っていた。

「人間は、自分が独《ひと》りではないことを知ろうとして本を読む。他の人たちも、自分と同じ疑念や考えや恐怖をもった、ということを知るためにだ。他の人たちも生きていることを知るためでもある。これも、さっきの第一段階に入る」

「孤独ということ……」

「そうだ、ポール。その後に愛が来る。あなたの感じる愛のすべては、本当は神の愛だということが分かるでしょう。他の人と接することで、あなたを取り囲む壁にヒビが入り、そのヒビのすき間から神の愛の光が輝くのだ。それはちょうど、この地球上のすべての光が太陽の光から来ているのと同じだ。あそこにある光だって……」と言って、彼はホワンが番をしている焚き火を指差した。「あれも最初は、太陽の光が地に落ちて、木々として成長したものだ。すべての光は太陽から来ている。すべての愛は神から来ている。愛の中で、神の愛でないものはない」

「しかし、神の怒りはどうなんでしょう？」とポールは言った。言いながら、教会に行っていたころのことを思い出していた。

「息子が魚を求めるのに、石を与えるような父がいるだろうか？」とジョシュアは言った。ポールは、それが聖書の中のイエスの言葉だと気がついた。「神の怒りというのは、擬人化《ぎじん》した神々を信じるグノーシス主義の考え方から来ている。神秘家は、神の恵み――これは神の愛の別名だが――それが無限であることを知っている。神の恵みが有限で狭く限定されていると考える人だけが、人生の選択の前で恐怖におののくのだ。しかし、神の恵みが無限で、決して尽きることがないと分かり、神と神の被造物を知り、それを愛することを知り、そこから来る心の平安にじっと耳を傾けるようになれば、人生の行く手は無限に拡大し、恐怖は消えていくでしょう」

「しかし、ずいぶん多くの人たちが神を畏《おそ》れなさいと言ってます」

ジョシュアは微笑んだ。「そういう人たちは、宇宙の創造主の魂に触れたことがないのだ。パウロがテモテに書いたように、『神がわたしたちに下さったのは、臆《おく》する霊ではなく、力と愛と慎みとの霊』なのだ」

「でも、もし神がすべてのものを創られたのならば、善い心があるだけでなく、悪い心もあるのではないでしょうか？　善と悪は、同じコインの表と裏みたいなものでしょう？」

「そのコインの喩えは、あまり良くない」とジョシュアは言った。「もっといい喩えは〝光〟だ。もしくは聖書にある〝音〟の喩えの方がいい。悪は、善の反対ではない。それは、闇が光の反対ではなく、静寂が音楽の反対でないようにだ。悪とは、神の現れである愛が存在しない状態を、我々が表現するために使う言葉だ。それは、何かの非存在のことで、そこに別のものが存在しているわけではない。悪を行う人たちは、悪によって支配されているのではなく、善とのつながりを失っているのだ。彼らが冷酷なのは、暖かさが欠けているからだ。どこを見れば、どうやって聞けば、どうやって感じればいいかさえ分かれば、そこには無限の暖かさがすでに与えられていることに気がつくはずだ」

「これは驚くべき考え方だ」とポールは言った。そして、手帳を取り出してそこへ書き込んだ――「それはコインの両面ではなく、光と闇だ。宇宙の創造主は愛であり、善であり、それ以外の何ものでもない。悪とは〝もう一方の神〟ではなく、創造主の別の側面でもない。それは、創造主とのつながりがないことだ。それは、闇が光の反対ではなく、光の別の側面でもなく、光の非存在を意味するのと同じだ」

彼は、ジョシュアの方を振り返って見上げ、その微笑んだ顔に向かって聞いた。「それじゃあ、罪とは何です?」

「罪は、神への反逆行為などではない」とジョシュアは言った。「それは、自分自身への反逆行為だ。最も正確に罪を定義すれば、こうなるでしょう。それは、常に自己の内にある宇宙の創造主のこと――つまりその愛を忘れたり、あるいはその愛とのつながりを失う原因となる、あらゆる行為や考えのことだ」

その時、ホワンが立ち上がり、ジョシュアの後方を指差して言った。「誰かが来ます」ジョシュアを除いて、そこにいた全員がその方向に体を向けて見た。ジョシュアだけが、そのまま動かずに言った。「マークだ」

「おーい！」という声がトンネルの方から聞こえた。ポールには、その時やっと中年の白人の男の姿が見えた。その男は、少なくとも二着のズボンを重ねてはいている様子で、外側のは灰色のフランネルのスラックスだった。彼はその下に軍用のブーツをはき、体には、油で汚れた分厚い冬用のコートを着ており、コートには毛皮に似せた縁取りのフードがついていた。彼は、脚を不自由そうに引きながらトンネルから出てきた。片手には広口瓶を持っていて、それは半分ほど蝋《ろう》の詰まった蝋燭だった。もう一方の手は、体の脇をしっかりとつかんでいて、焚き火の明かりに近づくにつれて見えてきたのは、その手の下から赤い染みが広がっていることだった。

ピートとホワンが跳び上がるようにそこを離れ、マークのところへ走っていき、大声で「どうしたんだ！」と聞いた。マークは脇腹をしっかりと押さえたまま、細長い顔を痛そうにしかめた。「刺されたんだよ」しわがれ声だった。ホワンは彼の手から蝋燭を取り、ピートは彼に腕を回して火の近くまで来るのを支え、ジョシュアのいる椅子のすぐ隣の地べたに、彼を座らせた。

「ひどい傷です」とピートは言って、ジョシュアの方を見上げた。「ずいぶん血が出てる」

「お前、何があったんだ？」とマットが言いながら、マークのそばへサロメと一緒に来た。ポールとジョシュアだけが、椅子にすわったままだった。

「ごろつき連中だ」とマークは言った。息が切れ切れだった。「空き缶を届けに行った店から帰ってくる途中で、襲いやがった。金があるのを知ってたんだ」

「盗《と》られたのか?」マットが言った。

マークはうなずいた。「二十三ドルだ」彼は、体の向きを変えてジョシュアを見た。「ひどくやられました。何とかしてもらえませんか?」

「私に何かできると信じるか?」

マークはうなずいて言った。「はい」その場にいる全員が、ジョシュアの方を見ていた。まるで何か特別なことが起こるのを期待しているかのようだった。

「本当に信じるか?」とジョシュアは言った。

「あなたが治せることを、私は知ってます」とマークは言った。

ジョシュアはうなずいて、マークに向かって右手を振った。それはまるで、空中に浮いたガラス窓を磨いているような動作だった。マークは息を止めて目を細め、それから何かに衝撃を受けたように、目を見開いてジョシュアを見た。

「どうしたんだ?」とマットは言った。とても心配そうな声だった。

マークは、一回の動作でスッと立ち上がった。彼は、着ている自分の上着に目を落とし、血痕を見て、手を動かし、布地の切り裂かれた部分を触って確かめ、指についた血がまだ乾いていないのを知った。それから、彼はゆっくりとコートの前のジッパーを下ろし、それを脱いだ。その下には、血で染まった茶色の宅配便職員のシャツを着ていて、胸ポケットの上には〇印の中に「マーク」という文字が刺繍《ししゅう》してあった。そのポケットの下には、もう一つ別の裂け目が入っていた。マークは、マットに手伝ってもらい、肩をすくめながらそのシャツを脱ぐと、裂けて血の染みた防寒用の下着のシャツが現われた。彼はその腰バンドの下に両手の親指を差し込み、頭の上まで持ち上げた。そして腰を下ろし、火の前で腰から上は裸のまま、寒さに震えた。彼の右側の上腹部、肋骨のすぐ下の部分には、濡れた血の跡がついていたが、傷口はどこにも見当たらなかった。

ポールはその様子を見ながら、心の中で警戒心が高まっていった。この場の人たちに感じていた愛情が、心と腹の中で、だんだん乱れた感情に変わってきた。こんな凝った演技をするには、ずいぶん練習したはずだ。これは、とんでもない大芝居の一部に違いない。だから賭け金はとても高くつく、とポールは思った。多分、こいつらは自分の持ち物を根こそぎ取るつもりだ。この数ヵ月間で、いったい何人が、どれだけの数のコーヒーショップで、やつらに声をかけられたのか、と彼は思った。この一団から金を盗られた後で、殺された人もいるんだろうか？　この周りの土の中に死体が埋められているのだろうか？　彼は、両手を上着のポケットに突っ込み、丸く握って拳を作った。

マークは驚いた顔をして立ち上がり、仲間に向かって言った。「オレは刺されたんだ！　それもこんなにひどく！」彼は、血痕の中心部を指差した。「ここをだ。あいつはあれを一五センチから二〇センチも深く刺した。この腹の中で何か大きなものが破裂したのが、オレには分かった。オレは内側からも外側からも血を流していた。心臓が体中で鼓動しているのが感じられた。鼓動のたびに痛むんだ」

ジョシュアは微笑みながらうなずいていた。マットとピートもうなずいていた。まさに、こうなることを予期していたかのようだった。ホワンは怖《こわ》がって、今にも逃げ出しそうに見えた。サロメは、自分の椅子の方へゆっくりと歩いてもどり、そこに座った。彼女の考えていることは分からなかった。

「ジョシュアが治したんだ」とマットは言った。「手を伸ばして人を治す。こんなふうに」と彼は指をパチンと弾いた。「あんたには信じられないのは分かってるけど、もう今は信じるだろう」

ポールは、こういう演技の上手さに驚いていた。が、同時に思い出したことは、あらゆる詐欺の原点は上手な演技だということだった。ニューヨークでは毎日、数限りない詐欺が行われている。いかがわしいトランプゲームをしている男達に始まり、インドの土地に露天採掘場を作り上げようと会議室に集まっている企業の重役連中から、そして、スーザンの勤める広告代理店のように、子供たちの幸福とは、親に最新のテレビゲームを買ってもらうことだと信じさせようとしている会社にいたるまで……。

マークは、体を前にのり出してジョシュアの片膝に腕を回した。椅子に腰かけているジョシュアの体の中で、それがいちばん前方に出ていたからだ。「ありがとう、ジョシュア」と彼は言った。その声は震えていた。「オレの命を助けてくれて。オレは死ぬところだった」

「私は何もしていない」とジョシュアは言った。その声には抑揚がなく、事務的だった。

「あなたの信仰が治したのだ。私じゃないんだ」

「でも、あんたが私の方に腕を振った。そして信じるかと聞いたじゃないですか？」

「もしカラシの種ほどの信仰があれば、あなたにできないことはない。私が腕を振ったのは、ただその信仰を引き出すためだ」

ポールは立ち上がった。「素晴らしいことだ」と彼は言った。「本当に感動しました」皆が彼の方に体を向けて見た。「僕はここに二十ドルか三十ドルもってますが、それを貴方たちの仕事のために寄付したい。でも、もう上へ帰らなきゃいけない。なぜなら、あと数日のうちに仕事を見つけないと、路頭に迷うことになる」こう言って、彼は周囲を見回した。そして、自分が今何を言ったかに気付いて、恥ずかしくなった。この人たちは、今の言葉を、自分たちのライフスタイルに対する否定的な評価だと受け取っただろうか、と彼は心配になった。もしそうだとしたら、この人たちは、それをこの大芝居の材料に利用するだろうか？もしかしたら、自分は今、彼らのつけ入る隙をさらに広げてしまったのだろうか？

「この人は誰？」とマークは言った。

「ジムの友だちだ」と、彼の隣に座っているマットが言った。マットは、着替えをしているマークに衣類を渡しているところだった。

ジョシュアはうなずいた。まるで、ポールの言ったことを誰も聞かなかったようだった。「あなたのお金はいらないよ、ポール」と彼は言った。「実際、あなたからお金などもらいたくない」彼はジムを見た。「ジム、アブラーさんを地上まで案内してもらえないかな？」

ポールは、急に恐ろしくなった。「どうやって僕の名字《みょうじ》を知ったんだろう？」彼の頭は、その日の朝の時点まで記憶をもどして考えてみた。このジムには、自分の名字を話さなかったことは、かなり確実だった。そして、この場所でも、自分の名字など言わなかったことは確かだった。

ジョシュアは肩をすくめた。「神の御心に触れた者には、秘密など存在しない」

ということは、この大芝居は前もって計画されていたに違いなかった。ジムをテーブルから追い払わなかった人間は、ポールが最初でなかっただけでなく、ずっと前から彼をハメる計画があったのだ。つまり、彼らは、ポールが考えている以上に彼のことを知っていて、ポールは考えている以上に無防備な状態にある。彼らは、ポールのことを見張っていて、一時間前、ジムがあのコーヒーショップに入ってくる以前に、この計画は練られていたのだ。多分、何日間も、彼は後をつけられていた。何週間も、かもしれない。その間、正体不明のこの計画が練られていた。

ポールは、リッチのことを憶《おも》い出し、彼が幻覚剤を打たれたに違いないと言っていた点が、気になった。それと同じことが今、自分に起こっているとしたら？　ノアが突然現われたこと、そして時間を溯《さかのぼ》るあの奇妙な体験のすべては、それで説明できるだろう。しかし、もしそうだとしたら、いったい誰が、いつ？

その時、彼は前日の午後、道端にいた宣教者のことを思い出した。あの男が自分の腕をつかんだ。それは、あの幼い女の子を助けた事件が起る、すぐ前のことだった。

その時に違いない。あの男は、そこにいたんだ。ホームレスのような格好をして……。あの男が腕をつかんだ時、針を刺すための道具か何かを持っていたに違いない。それがポールの上着の生地を通り抜け、薬物を体内に注入した。

ポールは、自分の左手を右腕の上部に当て、どこかに妙な感じのする場所がないか、どこかに刺された場所がないか見つけようとして、ゆっくりなでた。ここか？　どこだ？　彼には分からなかった。

「秘密なんか存在しない」――ジョシュアのまねをして、マットが言った。

●――訳者から一言

物語は引き続き、巨大な地下トンネルでの光と闇の中で展開される。ポールは、新しい師・ジョシュアとの会話の中で、彼の深い教えに感動する一方で、このホームレスの一団は詐欺集団ではないかとの疑念に襲われる。感動と猜疑の間を揺れ動く主人公の心の変化が、トンネル内の光と闇とのコントラストと同期して、印象を強めてくれる。

聖書の知識のある読者はお気づきのことと思うが、このトンネル内で登場する男の名前は、聖書に出てくるイエスの弟子の名前に対応している。「ピート」とは英語の「Peter」の省略形で、「ジム」は「James」の省略形、「マット」は「Matthew」、怪我をした「マーク」は「Mark」である。日本語訳の新約聖書では、この三つの名はそれぞれ「ペテロ」「ヤコブ」「マタイ」「マルコ」と表記されている。ついでに言えば、主人公の名前「ポール」は「パウロ」のことである。

では「ジョシュア」とは誰か？

旧約聖書に出てくる数多くの預言者の一人に、「ヨシュア」という人物がいる。この人物は、モーセの死後、神によって預言者に選ばれた人で、『ヨシュア記』には「モーセの従者、ヌンの子」と書かれている。イエスの弟子を率いる人物が、彼らの時代から何千年も前の預言者というのは奇妙である。

英語で「ジョシュア」を表記すれば「Joshua」だが、これはユダヤ人の言語であるヘブライ語では「Yeshua」である。ジムがジョシュアの名前を呼ぶ時、「イェシュア」という妙な発音をしたことが、物語では二回ほど書かれているのは、そのためである。この「Yeshua」のギリシャ語表記は「Jesus」である（福音書はギリシャ語で書かれた）。「Jesus」はもちろん、イエスの英語表記でもある。

ということは、著者のハートマン氏は、イエスとその弟子との会話を、現代的設定の中でなぞっていると考えられる。主人公のポールは、それを聞きながら感動と猜疑の間で、心を揺れ動かしているのだが、新約聖書に出てくるパウロは、イエスの教えを大いに広めた使徒であったが、そうなる前は、イエスの弟子たちを迫害する先頭に立っていたのである。ジョシュアに対するポールの心の動きも、そういう背景を考えてみると味わい深いものになる。

第八章　信念の力

ポールは、何かを期待している顔が周囲から自分を見ているのを知って、罠《わな》にかかった動物のような気持になった。
彼は、周囲の様子をうかがった。そして、レール沿いにいくつも並んでいた木製の箱は、当初思っていたような貨物用の木枠ではなく、個人個人の家であることに気がついて驚いた。彼の左手の後方にある箱は、半分毛布で覆われたドアがついており、内部には、床の上にマットレスが敷かれ、壁には絵が架けられ、テーブルには沢山《たくさん》の本と灯油のランプ一台が置いてあった。
この人たちはここに住んでいるのだ、とポールは気がついた。家賃も税金も払わず、ゴミ箱を漁《あさ》って食べ、空き缶を集めてリサイクル・センターへ持っていくことで金を得る。町のごろつきや悪党集団がこの地下の世界に入らないように、そして得た金をリサイクル・センターから安全に運ぼうと、必死になって戦っているのだ。

彼らは、想像を絶するような貧しい状態なのだ、とポールは思った。だから、自分のもっているものなら何でもほしいのだろう。

彼は、自分の持ち物のリストを素早く思い浮かべた。運転免許証、マスターカード、そしてアメリカン・エクスプレス・カードは、彼のシャツのポケットに入っていた。彼は毎朝の着替えの時、このセットを金のクロス社のペンと一緒に、シャツからシャツへと移した。スリがいっぱいいる町では、財布を持つよりもこの方がよかった。彼のズボンの右側のポケットには、現金が約五十ドル。別に百ドルほどの現金がアパートにはあった……もし、やつらがまだ盗《と》ってなければ、だ。多分、ここへ自分を連れてきたのは、アパートを物色している間、邪魔をさせない計略なのかもしれない。

「おい、大丈夫か？」とジムが言って、ポールを会話の中へ、そして火を囲んでいる人の中へ引き戻した。

「あ、大丈夫だ」とポールは言った。「でも、僕は今すぐ家へ帰らなきゃならない」彼は、上着のポケットから両手を抜いて、安楽椅子から身を起こして立ち上がった。しびれた手の指を、曲げたり伸ばしたりしていた。彼は無意識のうちに、両手でしっかり拳を握っていたのだった。

ジムはジョシュアの方に目をやった。ジョシュアは微《かす》かな合図をした。両肩をわずかに上げ下ろししただけだった。「わたしが連れていけます」とジムが言った。

ジョシュアは、ポールに向かって、やさしく、感情を込めて言った。「何を心配しているのかね？」

「自分の生活にもどらなきゃならない」とポールは言った。「僕のアパートや僕のガールフレンド、そして仕事を見つけなきゃ。昨日、首を切られたのだから」

ジョシュアは、すべすべした自分の顎《あご》を手でこすった。「あなたは自分の信条を大切にする人だ」

ポールは、トリビューン紙での仕事の内容まで探られたのかと訝《いぶか》った。「そうだと自分でも思いたいです」

「あなたはジャーナリズムの意義を信じているし、自分自身の尊厳も信じている。あなたは真実というものの大切さと力とを信じているし、最近になって、力そのものの重要性も知るようになった」

「そうかもしれません」――そうだ、彼らは就職活動についても調べたんだ。ポールは寒気を感じた時のように足を踏み鳴らし、いらいらして言った。「もう行かなきゃ」

ジムは立ち上がった。

ジョシュアは言った。「リヒターの店の時と同じだね」

「何？」とポールは言った。聞き覚えのある名前だったが、ずいぶん昔の、遠い場所のように感じられた。

「あなたが十歳の時だ。アーヴィン・クリスチャンがリヒター雑貨店で、シリアルの箱から小さなオモチャのおまけを盗んだ。あなたはそれをお父さんに言いつけ、お父さんはリヒターのおかみさんに言った」

ポールの頭に、その時の記憶が洪水のようにもどってきた。そんなことは、もう少なくとも十年は考えたことがなかった。だから、他人にそれを言うはずもなかった。アーヴィンはポールが告げ口をしたと確信していて、それで二人の友情は終った。それ以来、ポールはこの事件のことを二度と口にすることはなかった。

ポールは体を前に乗り出し、安楽椅子の背に両手を置いてバランスを保った。「何のことを言ってるんです？」と彼はジョシュアに言った。まだ友だちを裏切ったことを認めたくなかった。それが正しかったと、いまだに確信していた。アーヴィンはそれで傷ついたわけじゃない。傷ついたとしても善いことだった。なぜなら、一生盗みを繰り返すような悪の道に落ちることを食い止めたからだ。リヒターのおかみさんはアーヴィンの父親に電話し、アーヴィンのベッドの下から盗んだオモチャが見つかったため、彼は父親に尻を叩かれた。父親は息子をその店に連れていき、謝らせた。だが、それだけのことだ。ポールが誰かを監獄へ送ったとか、そういうことではない。

「憶えてないのかな？」とジョシュアは言った。「昔の友だちのアーヴィン・クリスチャンだよ?」

「あなたは知ってるんですか?」とポールは言った。彼の脳裡に浮かんでいたのは、その後十九年たったにもかかわらず、こういうすべてのことが、もしかしたらアーヴィンが仕組んだワナかもしれないということだった。多分、アーヴィン自身がここのホームレスの一人なのだ。そして恐らく、彼らを雇った。あるいは、彼自身がそのことを小説か何かに書いた。「少年期の裏切り」とか「わが恥辱の時」とかいう題で……。それが『ニューヨーカー』誌かもっとマイナーな出版物に載ったんだ。ジョシュアがそれを読み、ポールの名前を見つけ、そしてジムを送って確認し、ここへ連れてきた。そうに違いない。これよりもっと奇妙な出来事だって、この町では起こっているんだから。

「わたしは一度も会ったことはないよ、ポール」とジョシュアは言った。「あるいは、あなたが十五歳で、君の友だちのウラドー・スティービッチが、あの数学の学期末試験の答えを教えてくれた時、あなたはそれを見るかわりに、彼に礼を言って家に持って帰り、袋を開けもせずに焼いてしまった。あなたは、そういう自分の信条に忠実な人間だ」

「そんなこと、どうやって知ったんだ?」とポールは言った。椅子の背を握る力はますます強まった。「僕は誰にも言ったことなんかない!」

焚き火の周りでは皆、座ったまま、この様子をじっと見ていた。しかし、誰も驚いた表情などしていなかった。「ポール、これがあなたが今学ぶべきことなんだ」

「人の心を読むことですか？　奇蹟を起こすことですか？」

「奇蹟はどうやって起るかを学ぶのだ。それを起こすかどうかは、あなたの運命であり、あなたの選択しだいだ。それは、あなたが我々の仲間になるかならないか、私の真理を学び叡知の教えを理解するかしないか、そして、世界の人々にそれを伝えるか伝えないかが、あなたの運命であると同時に、あなたの選択しだいであるのと同じだ」

ポールは言った。「あなたは本当にノアのことを知っているのですか？」

「ノアより前から、私はいた」

「ノアと僕が何をしたか知ってるんですか？」

「あなたたちはニップールへ行った」

ポールは思わず体を震わせた。「彼が言ったんですか？」

ジョシュアは両手で自分の黒い髪を掻《か》いて、肩の後ろへ垂らすと、椅子の背に寄りかかった。「奇蹟をどうやって起こすか、知りたいだろう？」

「はい」とポールはゆっくりと答えた。彼は、ジョシュアが自分の名字や、生き方や、幼年期のことを知るには、もっと別の方法があるという結論にたどりついていた。つまり、これらはすべて本当だということだ。彼はその結論を思い切って受け入れ、シャツのポケットから手帳とペンを取り出した。

ジョシュアは、自分を取り囲んでいる人々を見た。「サロメ？」と彼は言った。「ポールに、奇蹟はどうやって起こるのか教えてあげてほしいのだが……」

この若い女性は、しばらく焚き火を見つめていた後、ポールの方を見た。彼はその視線を強く感じた。そして、安楽椅子の背から前方に体が引き寄せられるように感じた。それから彼は、その椅子の柔らかい生地に身を沈めると、筋肉の緊張が解け、頭がはっきりするのが分かった。

「あなた、物質とエネルギーのことを知ってるでしょう？」と彼女は言った。

「二つは同じものです」とポールは言った。「物質はエネルギーが速度を落としたものです」

彼女はうなずいた。「あなたは、木の葉とか草の葉に息を吹きかけたことがおあり？」

「あります」

「どうなりました？」

「草は曲り、木の葉は飛んでいきます」とポールは言った。

「なぜ？」

「息の力によってです」

「目に見えない息ね？」

「そうです」

「それは、少なくとも目に見えない物質だけど、エネルギーによって動かされる。そのエネルギーは、肺の筋肉によって生まれた力ね？」

「それは分かります」

「あなたの考えは何？」とサロメは言った。

ポールは不意をつかれた気がした。「どういう意味です？」

「つまり、あんたの頭の中でいつも動き回ってるアレのことよ。過去のことや未来のことを語りかけ、そして今のことを『いい』とか『悪い』とか言っている――そういう〝考え〟は、頭脳が生み出したものね。で、それは物質かしら、それともエネルギーかしら？」

「確信はないけれど、エネルギーじゃないかな？」

「それには重さがある？　箱に入るかしら？　あなたが死んだら、誰かが持っていけるかしら？」

「そうは思わない」

「じゃあ、それはエネルギーだわ。そうじゃない？」

「そう考えた方がしっくりします」とポールは言った。

「そして、この周りのすべてのものは……」と彼女は言って、手でトンネルや、積荷用の木枠で作った家や、焚き火や、円座をつくっている人たちを指して、「物質であり、それと同時にエネルギーだわ。あなたの〝考え〟と同じものよ」

「そうです。それは皆エネルギーとして始まり、そして水素となり、それから物質になり、最終的にこういうものになった」

「そして〝考え〟は、エネルギーの一形態ね」

「その通りです」

「じゃあ、信念は？」

「それは、〝考え〟と同じじゃありません？　つまり、何かを信じるためには、そう考えなければならないから……」

サロメは頭を横に振った。「違うわ。私は信念というものを、〝愛〟と同じグループに入れるわ。信念は、考えることとは質的に違う。信念について考えることはできても、信じることは考えることではないわ。それは信じることなのよ。どう、分かって？」

「つまり、愛を考えることは愛ではなくて、愛することが愛だという意味？」

「そうだわ」

「それなら、分かります。信念と愛は二つともエネルギーの一形態で、〝考え〟と同じように我々の脳と体の中を駆けめぐっている。しかし、〝考え〟そのものではない。〝考え〟とは違うものです」

「そうだわ。口から出る息は空気で、部屋の中は空気で満ちていても、口から出る息は、手に持った草の葉を曲げることができる。これは、部屋の中の空気が草の葉を曲げているんじゃない。なぜなら、部屋の空気は、肺や横隔膜からのエネルギーによって動かされてはいないんだから。だから、脳は〝考え〟のエネルギー、あるいは愛のエネルギー、また信念のエネルギーを運ぶことはできる。でも、こういうエネルギーは脳の働きとは質が違うのね」

「そうです」

彼女は、椅子から身を起こして前のめりになり、自分の膝に両肘をついた。「実際、考えることは脳で行われるけど、信念や愛は体全体の神経系を覆っているわ。それは心臓で感じ、お腹で感じ、筋肉で感じるでしょう。体全体で感じるわ。言っている意味、分かるでしょう？」

「はい」とポールは言った。そして、別れたスーザンのことを考え、自分のお腹が少しよじれるような感覚がした。「あなたの言うことは本当によく分かります」

「だから、愛は――愛と呼ぶエネルギーは、私たちと神との連絡点よ。これまでの叡知の教えをあんたがちゃんと消化しているなら、分かるはずよ。そうでしょ？」

「はい。それは昨夜気がつきました」

「そう。それじゃ、こういう永遠の真理はどう？ 〝信仰があれば、すべては可能である〟――信念によって、他の形のエネルギーは操作できるのよ。それは、物質と呼ばれる凝結した形のエネルギーも例外でないわ」

「もし信仰があれば、山に向かって〝向こうへ動け〟と言えば、それは動く」とポールは言った。教会で習ったイエスの教えを思い出していた。彼は手帳に「信仰があれば、すべては可能だ」と書き込み、それをシャツのポケットにしまった。

「その通りだわ」とサロメは言った。「信仰と信念は、ここでは同じ意味ね。もし信仰があれば、山を動かすことも、病人を癒すことも、死人を蘇らせることも、何でもできるわ」

ポールは、十八世紀末にこれと似た議論があったことを、大学の哲学の授業で習ったのを思い出した。「思い出したのですが……」と彼は言った。「これと似た論争がありました。イギリスの数学者で、現実世界は皆エネルギーだと言った人がいませんでしたか？　それでサミュエル・ジョンソンがひどく動揺したのでは？」

サロメは手を挙げて制止した。「私の知らないことだわ」

彼女はジョシュアの方を見たので、彼が口を開いた。「それはジョージ・バークレーのことだ。彼は、英国国教会の司教で数学者だ。カリフォルニア州バークレーの町は、彼の名前を取ってつけられた。彼はハレーとニュートンの友だちで、すべての物質的存在は、単に人間の心の中の〝考え〟だと言った。彼は *esse is percipi* つまり『存在とは認識されること』と言った。かなり真理に近い。しかし、彼は、考える心の生み出すものと、他のすべての意識の形態とが同じだと考え、宇宙が問題にするのは我々人間だけだという考えに留まってしまった。それは基本的に『森で木が倒れても、誰もそれを聞かなければ、それは音を立てたか？』式の古い議論と同じです。それは人間の至上性を前提としていて、きわめて傲慢《ごうまん》だ。ギリシャ的な『人間が死滅すれば、宇宙のすべては消滅する』という考え方と似ている。だから、サミュエル・ジョンソンはバークレーに挑戦して、自分の足先が痛くなるほど石を蹴り、『私はこう反論する』と叫んだのだ」

「それじゃ、我々が死滅しても宇宙は続くのですか？」

「宇宙は、我々が現われる前から確かに存在していた」とジョシュアは言った。

ポールは笑った。「そうです。分かりました。だから、私の心の力で奇蹟は起こせるんですね？」

「あなたの心の力だけじゃないわ」とサロメが遮《さえぎ》って言った。「あなたの存在の力、魂の力だわ。魂にはいろんなことができるけど、奇蹟というのは、その一つにすぎないわ。奇蹟は、考えたり理解したりすること、つまり知識とは違うわ。知識や理解は、心の内側に限定された働きよ。でも奇蹟は、信念とか信仰によるもので、それはあなたの心と感情と全存在に関わるものよ。奇蹟は、頭で考えてできるものじゃなくて、信じることで起こるのよ」

ポールはサロメを見た。その薄茶色の顔、ぼろぼろの服を見て、こう言った。「あなたには奇蹟ができるのですか？」

彼女は肩をすくめた。「私がここにいる。それが奇蹟だと思うわ」

「そういう意味じゃなくて」

「本当のところ、やろうとしたことはないわ。少なくとも、あなたが言うような意味ではね。必要がなかったから。でも、できると信じてるわ」

「そもそも、どうしてこんな所に？」

彼女は自分の顔の横を手でかき、髪の毛を後ろへやった。一九六〇年代に「アフロヘア」と呼ばれたような、太くて縮れた髪だった。「私は、アトランタの中流家庭で育ったわ。いい学校へ行って、いい生活をして、白人みたいにしゃべって……」と言ってから、彼女はいたずらっぽい笑顔を見せた。「もち、こんなアフロっぽい言い方だって、できるけど」

「バイリンガルなんですね」とポールは言った。

彼女は笑った。「そんな言い方が、ぴったりかもね。アメリカはいろんな国の寄せ集めになったから。いや、ずっと前からそうだったかも……」

ポールはうなずいた。「じゃ、あなたはアトランタからここへ来たんですね？」

「そう、ビッグ・アップルのニューヨークに、大学を卒業してすぐにね。モアハウス大学でマーケティングとコミュニケーションの学位をとって、副専攻は哲学だったわ。それで、お金がいっぱいあるこの町へ出て来て、大きな広告会社でいい仕事についてバリバリやろうって……。でも、そのかわりに私が見つけたのは、コカインだったわ。一年もたたないうちにヤクの中毒になって、ＨＩＶをもらい、そして住む場所がなくなって路上生活だわ。宿泊所にも行ってみたけど、あそこは地獄だったから、ここへ来たのよ。簡単に言えばこういうこと」

「エイズなんですか？」とポールは言った。サロメの話に深い悲しみを感じていた。

「いや、ウイルスだけよ」

「でも、いずれ出てくるんでしょ？」

「そう信じれば出るでしょう」

「クリスチャン・サイエンスの考え方によく似てますね」

「キリスト教、ユダヤ教、ヒンズー教、仏教、そしてイスラム教にも似てるわ、本当のところはね」とサロメは言った。「あなた、聖書を読んだことあるでしょう？」

「でも、岩を蹴ればやはり足が痛みます」

「それでも、私は山を動かせるわ」

「じゃあ、自分のエイズも治せますか？」

「それって面白いテストじゃない？」と彼女は言った。「私の中には、もし治らなくてもそれが人生じゃないかって考える自分もいるの。ベストを尽してみて、それで与えられるものは何でも受け入れるという生き方には、逆説があるでしょう？　あなたがいつも神と共に愛の中にいれば、死ぬか生きるかは問題じゃないわ。だってすべては神なんだから。私はいつか必ず死ぬでしょう。あなたも同じだわ。何ものもそれを止めることはできない。だから問題は、神の愛に抱かれること、つまりこの人生で神の存在を感じて生きることを死ぬ時まで先延ばしにするのか、それとも今、この時にそれをするかということだわ。私は今やる方を選んだの。だから、私の死が〝いつ〟来るのかは、そんなに大きな問題じゃないのよ、本当に。ある意味では、私は自分の死を待っているの、冒険みたいに。これは、病的で自殺志願だという意味じゃなくって、死が来るのは分かっているし、準備ができてるってことね」

「死ぬ準備ができてるんですか？」

彼女は微笑んで、周りの人々を見回し、それからまたポールを見た。「ポール、あなたは正直にいって、今日は自分が死ぬために最もいい日だと思う？」

「どういう意味でしょう？」

彼女は自分の顔を指差した。「私はアフリカ系の顔に見えるかもしれないけど、一部はインディアンも混じってるのよ。私の仲間にもそういう人は多いわ。あなたは、カスター将軍がリトル・ビッグ・ホーンでスー族のインディアンを攻撃した時、首長のクレージー・ホースが何って言ったか知ってるかしら？」

「いや、知りません」とポールは言った。

「クレージー・ホースは平和を愛する男だったわ。しかし、カスターは軍隊の一部を使って、ハンクパパにいるスー族の女や子供を殺せと命令した。ハンクパパは、リトル・ビッグ・ホーンの近くにある、スー族の住む南端の村だったの。それでスー族の男たちを恐怖させ、戦意を喪失させようと思ったわけね。するとクレージー・ホースは、自分の部下に向かって言ったの。『さあ、仲間たち。今日は死ぬのに最善の日だ！』って。そして、多分皆死ぬことを知りながら、力強く突撃したわ。アメリカ軍に立ち向かうときは、インディアンは大抵こうなんだけど……。私がこの話を最初に聞いたとき、『今日は死ぬのにいい日かしら？』と自分に尋ねたわ。答えは『ノー』ね。やりかけの仕事が多すぎる。家族とのこと、友だちとのこと、神とのこと……。分かるでしょう?」

「分かります」とポールは言った。「今日は、私にとっても死ぬのにいい日じゃない」

「でも、死は必ず来る」とサロメは言った。「いつか必ず。だから、今日を死ぬのにいい日にしておかなければ、その日が、今日よりましな日になるとは決して言えない。だとすれば、毎日がこの世にいると同時にこの世から出ていく日だわ。それが、〝再び生まれる〟ということね」

「再び生まれる?」とポールは言った。「その言葉が、今までどうしても分からなかったけど、そういうふうに考えれば意味が通りますね」

「私たちが自分の文化の夢から目覚めて、あるがままに世界を見、被造物を見、命あるすべてのものを見れば、霊によって生まれ変わり、すべてのものが新しくなるわ」とサロメは言った。

「それを書き止めておかなければ……」とポールは言って、手帳を取り出して書いた。「私がすべてのもの、すべての人と正しい関係にあり、宇宙の創造主の愛を常に感じ、そして、略奪的で欲深い、我が文化の夢から目覚めた時、今日は死ぬのにいい日と言える。そして、これが再び生まれるということだ」彼はこの言葉をサロメに読んで聞かせてから、こう言った。「僕らが話していたことは、こういう意味ですか?」

彼女は微笑んだ。「とてもうまくまとまってるわ」

ポールは、彼女の美しい笑顔——本当に美しい笑顔だった——を見て、この人が死んでしまうという可能性を思い、心が痛んだ。「でも、あなたはエイズに身を任せることはない」と彼は言った。「奇蹟を起こすべきじゃありませんか？」

彼女は肩をすくめた。「もしそうすべきなら、そうします。あるいは、私は別の意識の中に移行するのかもしれないし、あるいは、ジョシュアが私を治してくれるかもしれない。どちらにせよ、あまり変わりません。今日は死ぬのにいい日で、明日もそうなるでしょう」

「違う。あなたは生きるべきだ」とポールは言った。そう言いながら、その理由は、自分が彼女を失いたくないからであって、彼女にとって死がよくないと考えたからではないことに気がついた。でも、ジョシュアはまだ奇蹟を起こせるかもしれない。「ジョシュアにＨＩＶを除いてくれるようにお願いしたらどうでしょう？」

「私は、神の御手の中に生きています。宇宙の創造主の心と魂の中に生きています。だから、ジョシュアが何をするかしないかは、あまり重要ではありません。イエスとその弟子たちに病気を癒された人たちは皆、結局死んでしまいました。イエスが病気を治したのは、人々を教えるためだと思うんです。今ここで、マークにそうしたように」

「でも、ジョシュアは治せるのでしょう？　それは本当なんでしょう？」

「本当よ。彼は生まれつき、どうやって治すか知っていると言ってるわ」

●――訳者から一言

地下トンネルでの難しい会話は、さらに展開する。最初のうち、ポールは不信感をもってこのホームレスの一団を見ていたが、今回は、ジョシュアの読心術が本物であると考え、真面目に学ぼうと決意する。その学ぶ相手は、サロメという若い女性である。

前回、このホームレスの一団には、イエスとその弟子達のイメージが重ね合わされていることを書いたが、その際、この「サロメ」には触れなかった。それは、聖書の一般的な解釈では、イエスには女性の弟子はいないことになっているからだ。しかし、イエス自身は女性に対してとても寛容であり、もっと言えば大変優しい。浮気をした人妻を許し(『ヨハネによる福音書』第八章一～一一節)、売春婦も神の国に入ると言い(『マタイによる福音書』第二一章三一節)、民族的な差別を受けていたサマリヤの女性にも優しく声をかけた(『ヨハネによる福音書』第四章一～二六節)。だから、イエスの周りには、多くの女性たちが仕えていたことが福音書には書かれている(『マルコによる福音書』第一五章四〇～四一節、『ルカによる福音書』第八章二～三節)。

「サロメ」という女性は、福音書では『マルコによる福音書』の一五～一六章に出てくる。聖書の世界では、ヘロデ・アンテパス王の妃の連れ子として「サロメ」という女性が出てくるが、これとは別人である。イエスとの関係ははっきりしないが、イエスが十字架の上で息を引きとった時、遠くから見ていた女たちの中にサロメがいた。そして、この「女たち」について、『マルコによる福音書』は「彼らはイエスがガリラヤにおられたとき、そのあとに従って仕えた女たちであった」と書いているから、サロメが、マグダラのマリアなどとともに、イエスと行動を共にしていた女性グループの一員であることが分かる。また、イエスの死後三日目に、遺体に塗るために香料を買いに行った女たちの中にも、彼女はいた。その後、女たちはイエスの墓へ行って遺体がないことを発見するのだが、その中にサロメがいたかどうかは、はっきりしない。

そういうわけで、この物語に出てくるサロメも、男たちと対等の扱いを受けているのだろう。この〝現代版サロメ〟は、聖書の中のサロメのように存在感が希薄ではなく、はっきりと物を言うインテリ女性である所が面白い。

ポールはジョシュアの方を向いた。「私にそれを教えて下さいませんか？」

ホワンは一つ大きく息を吐き、座っていた椅子から体を起こし、そして一方の膝の上でカレーの入った鍋をかき混ぜた。

ジョシュアは言った。「それより、叡知の学校でのあなたの訓練を続けませんか？」

「それに、昼食の時間も近づいたことだし」とホワンが言葉を添えた。

第九章　人間の考えた〝狂った神〟

「あなた自身のことも知りたいのですが……」とポールはジョシュアに言った。「あなたは天使ですか？　それとも幽霊か何か……」

「そうではないと前にも言ったでしょう。私はあなたと同じように、女から生まれた人間だよ」

「しかし、あなたには奇蹟が起こせる。まるで何かの神みたいに」

「聖書の『詩篇』にこう書いてあるじゃないか――わたしは言う、『あなたがたは神だ、あなたがたは皆いと高き者の子だ』と？」

「それは知りません。本当に書いてあるのですか？」

「本当だ」とジョシュアは言った。「それに『ヨハネによる福音書』でも、イエスが同じことを言っている」

「その神とは誰のことですか？　我々のこと？」

「さあ、あなたは大いなる秘密の一つに近づいてきた」とジョシュアは言った。「ある人は、この宇宙にはただ一人の神がいるだけで、我々人間は卑しい、罪深い肉の塊にすぎないと言う。一方別の人は、超自然的な神など存在せず、人間が神だと言う」

「誰がそう言うのですか？」

「それはまず、あなたがたの新興宗教の間では、そういう考え方に人気がある。しかし、もっと重要なのは、明確に表現されてはいないが、これは現代文化の底辺に横たわる基本的考え方だ。いったい神でない者が、地球を破壊する能力を獲得しようなどと思うだろうか？」

ポールは言った。「人間は、そういう権利を唯一なる神から与えられたと考えているんです」

「彼らはそう言う。しかし、言う通りには行動していない。ある企業の利益をふやすためだけに、例えば植物の遺伝子を変えようとしているような人がいる。あなたは、こういう人が自分のことを神だと考えていないと本当に思うか？」

「その答えは、〝神〟という言葉をどう定義するかで違ってくるんじゃありませんか？」

「では、『神とは、自分の行為の結果をまったく恐れずに何でもできる者』と定義したらどうだろう？」

「そう定義すれば、神はそこらじゅうにいますね。でも、私は神というものは、嵐を起こしたり、人間を打ち殺したり、敵を撃退する手助けをしたりするものと考えていました」

「それなら、科学技術があなたの神だ。それを使えば、敵に空から火の雨を降らせることができるし、大きな河の流れを変えることもできるし、山々を切り崩すことだってできる」

「なるほど、そうかもしれません。しかしそれは皆、生きていればこそできることです」とポールは言った。そして、街にいた宣教者のことを思い出していた。「では、神をこう定義したらどうでしょう――『それは、我々が死後どこへ行って、何をするか決める者である』と？」

ジョシュアは頭を横に振った。悲しんでいるようだった。「そういう言い方がどんなに悲しむべきものか、お気づきだろうか？」

「私には、ずいぶん力のある神のように聞こえますが」

「しかし、そんな定義では……神に、そんな場所しか与えないとしたら、命あるものの世界から神を完全に追い出してしまうことになる。それでは、世界から神を追放したか、殺したか、あるいは我々が『科学』や『技術』や『人間』と呼んでいるものに、神の位置を与えたことになる」

「そんなふうに考えたことはなかった……」と言って、ポールは沈黙した。教会に行っていた頃のことを思い出していた。「しかし、自分の希望することを神に祈る人たちは、どうなんでしょう？　神が我が子を救ってくれるとか、仕事、スポーツ、そのほかどんなことでも、自分の成功を神に祈るじゃありませんか？」

「あなたは、宇宙の創造主が、バスケットボールの試合で一所懸命に祈ったチームを勝たせるなどと、本気で思っているのか？」

「僕じゃなく、試合の当事者は本当にそう思っているように見えますが」とポールは言った。

「試合前には皆、熱心に勝利を祈っています」

「では、祈る時には偽善者のまねをしてはいけない。多くの人は、教会や道端で立って祈るのが好きだ。つまり、人目につくように祈る。しかし、よく言っておくが、『彼らはその報いを受けてしまっている』」

「それは山上の垂訓《すいくん》の一節です」

「その通り」

「言い換えれば、人の見ている前で祈ることは、敬虔《けいけん》ぶっているだけだということですね。そんな祈りは、神には届かない。それはバスケットの試合の前であろうと、夕食の前であろうと、教会の牧師の前であろうと同じだということ。公共の場では、声を出して祈ってはいけない。そういう意味でしょうか？」

「そうだ。イエスはしかし、一度だけ人前で祈ったことがある。弟子たちと一緒に。十字架にかかる直前だった。しかし、その祈りの中で、イエスは『そして世にいる間にこれらのことを語るのは、私の喜びが彼らのうちに満ちあふれるためであります』と言った。別の言葉で言えば、人前で祈りの言葉を唱えるのがいい時が来るだろう。しかし、その時は、祈りはあなたと共にいる人とあなた自身のためと知るべきです。創造主に直接向けられてはならない。そういう祈りは、独《ひと》りの時にすべきものだ」

「そんな時、どんな祈りをすべきでしょうか？　何と言って祈ったらいいのですか？」

「最も正しい祈りは『必ずそのようになります』という祈りだ。これを人に聞こえぬように言うのだ。なぜなら、あなたは神を知っており、神を愛しており、神を信頼しているからだ」

「で、その信頼にこたえる神とは、どんな神でしょうか？」

「その問題は、先ほどの神の定義にもどることになる。キリスト教原理主義の立場では、人間は罪深い存在であり、神聖であるはずがない。神は、人間とはかけ離れた存在で……」と言って彼は自分の胸を指差した。「ここにいるはずがない。一方、ニューエイジ的な新しい解釈の中には、神は全面的に人間の心の内にあり、外の世界とはまったく関係がないと考えるものがある。言い換えれば、我々は皆神なのだ。この二つは、両極端のものの見方で、注意深く検討すれば間違っていることが分かる」

「それでは、神は誰で、何であり、一体どこにいるのですか？」

ジョシュアは立ち上がった。「あなたはこの真理を知り、この真理を見、この真理を聞かねばならない――感覚によって神を知ろうとすれば、擬人《ぎじん》的な投影、つまり人間の姿をした神を作りだすことになる。宇宙の創造主である神は、いかなる人間の想像や表現も超えた偉大なものだ」

「擬人的とは、どういう意味です？」

サロメが体を前に乗り出した。「それは、自分の飼っている犬が、自分の言うことをすべて分かっていると思うようなものよ。人間ではない何かに、人間と同じ資質があると考えることよ。神を擬人化するとは、それを神に対してすることだわ」

ポールは言った。「神とは何かと考えたり、神はどんなものかと考える時、人間は自分自身をその雛形《ひながた》として使う。それは、階段の下でハトに餌をやっている年寄りの女性が、ハトに長々と話をしながら、ハトには自分の話が分かると考えるのと同じだということですね？」

「その通りだ」とジョシュアは言った。「人は神を定義しようとする時に、その神が自分に何か利益になることをしたり、言ったり、与えてくれたりする、そういう種類の神をよく考え出す。だから、人間に似た神をつくることになる」

「そして恐らく、自分の教会の信者仲間の誰かに似てくる……」とポールは言った。軽い冗談のつもりだった。そして、手帳を取り出して書きとめた――宇宙の創造主は、どんな人間の想像や表現も超えている。

「これは冗談ではない」とジョシュアは言った。「宇宙の創造主は、『この子供は暴風によって殺すけれども、この女性は癌から奇蹟的に救ってやろう』などと言うことはない。宇宙の創造主は、ある特定の人々をとがめて意図的に飢えさせたり、その逆に別の人たちを祝福して巨万の富を与えたり、戦場で勝利させたりすることなどない」

「それでは、そういう考えはどこから来たのでしょう?」とポールは言った。

「最近のことを言えば、ギリシャ人を経由してローマ人から伝わったものだ」とジョシュアは言った。「その他、いくつかの小さい都市国家の文化にも、そういう考え方はあったのだが……。三千年かそれ以上前、ギリシャ人が自問したのは『世界になぜ苦しみがあるか?』ということだ。なぜ事故があり、病気があり、戦争での敗北があり、地震があり、洪水があり、不作があり、その他もろもろのことがあるのか、彼らには説明できなかった。少なくとも火山の噴火のような自然現象については、それが人間の手によるものでないことは、はっきり分かった。だから、神々の仕業に違いないと結論したわけだ」

「その他の文化圏では、人間がそれを起こすと考える所があるのですか?」

「ああ、もちろんだ」とジョシュアは言った。「それは、人間が〝邪視を投げかける〟とか、〝呪いをかける〟とかいう種類の考え方の元になっている。しかし、ギリシャ人は、それは人間ではなく神々の仕業だと確信していた。その説明として、我々の目の前に展開する多くのことは、神々の間の戦いの産物だというのがある。神々が互いに争えば、その結果として、例えば地震が起こる。『象たちが戦えばネズミが潰《つぶ》される』式の古い考え方だ。しかし、ほとんどのギリシャ人は、そんな説明には満足しなかった。その代わりこう考えた。世界には二つの創造神がいる。一つは宇宙の創造主で、これは人間とはかけ離れていて近づきがたい。

この神が『アイオーン』という超自然的な存在をいくつも造った。そのうちの一つが、『ソフィア』という名の処女神だ。この女神が、今度はちょっとひねくれた神、デミウルゴスを生んだ。デミウルゴスは、基本的には狂った神だ。気がふれたサディストだった。しかし、彼は神であったため、創造の力があった。だから、人間を繁殖させ、拷問にかけるためだけにこの世界を創造した。これが、人生に多くの苦しみがあることを説明するために、ギリシャ人とローマ人が考えたことだ」

「その一方で、ヒンズー教の信者は人間の苦しみは悪業から来ると考えたのでは？」

「そうです。そこには平等の原則がある。しかし、およそ四千年前、インドがインド＝ヨーロッパ人に征服された時、業《ごう》と輪廻《りんね》の考え方はカースト制度へと発展したのだ。これによって、金持は自分たちが豊かなのは、過去世に善い生き方をしたからで、貧乏人が貧乏なのは、過去世に何か悪事を働いたからだと、自分たちを正当化することができるようになった」

「犠牲者の方が悪い……」とポールは言った。

「そうだ。現代では癌になった人を責めるのと同じだ。なぜなら、そういう人は心の中で怒りを抑圧する一方、環境にある発癌物質のことを無視してきたからというわけだ。怒りを抑圧することは、我々が人類史上ずっとやってきたことだ。にもかかわらず、癌が爆発的にふえたのは、産業革命が起こってからなのだ。大企業が王族のように社会を支配し、地球環境を傷めつけだしてからだ。これと同じように、古代インドの支配者たち――ヒンズー教の王や聖職者たちは、その支配を『業』という考え方で正当化してしまった」

「だから、不幸を創り出した神を非難するかわりに、貧乏人は自分たちを責めるように教え込まれたわけですね」

「まさにその通り。気づいてほしいのは、この両方の場合――つまり、古代ローマと古代インドの双方で、貧困層の人々の悲惨な生活の責任は、支配者から別のものへ転嫁されている。王族や聖職者や金持ちたちから、その責任は別のものに振り向けられている。真実は、人間の不幸の原因は、飢えで苦しむ人がすぐ周りにいるのに、富を盗んだり貯えたりしている人がいるということなのに、そういうことは話題にさえできなかった。支配者は、自分たちは不幸を作り出したことはないという。いつも非難されるのは、過ちをおかした個人か気が狂った神なのだ」

「デミウルゴス？」

「そうだ。ギリシャ人とローマ人にとっての神が、それだ。彼らが、我々の文化の基礎をつくった。地震や飢饉《ききん》、疫病、旱魃《かんばつ》、病気、先天性障害、戦争の敗北、その他のこういう出来事は、皆、デミウルゴスが面白がってつくったもの……」

「ずいぶんひどい神ですね」

「それに嫉妬深い神だから、人間の関心を自分一身に集め、原因の一端は金持の権力者の側にあるかもしれない、とは考えさせなかった。お分かりだろうが、こういう考え方はギリシャ人が最初にもったわけではない。デミウルゴスはあまりにも恐ろしい存在なので、同じ考え方をしながら違う名前でそれを呼んでいた人たちは、それが人間を拷問にかけたり、もっとひどい扱いをしないように、それをなだめることを必死に考えた。そのために記念碑や寺院を建立し、生け贄《にえ》を捧げ、動物や人間を殺したり、いろいろのことをした。何かに価値があればあるほど、人々はそれをより多くデミウルゴスに捧げたいと思った。そうすれば、デミウルゴスはその価値に気づき、何ヵ月かの間は静かにしていてくれるだろうというわけだ。だから、最も貴重な動物とか、最初に生まれた男の子などが、生け贄のリストに挙げられたのだ」

「それが『人の似姿《にすがた》から造られた』という神ですか？」

「そうだ。狂った人の似姿だ。この似姿は、狂った文化から生まれたのだ。死と支配の文化だ。男による女の支配。民族による民族の支配。人間による地球の支配だ。奴隷所有の文化だ。そこでの究極的な奴隷所有者であり、専制的支配者がデミウルゴスだった」

「それは現代にもまだいますね」

「いる。でも、ギリシャ人やローマ人は考えた。いつの日にか、はるか彼方にいる宇宙の創造主は、処女ソフィアを遣わして再び子を産ませる。その女神の子、聖なる存在、あるいはギリシャの神の化身は、人々に秘密を伝えるために地上にやってくる。その秘密とは、どうやったらデミウルゴスの怒りから自分を守ることができるかということだ。この神の子は秘密の保持者であり、この秘密を使えば、やがて死にゆく存在である我々でさえ、デミウルゴスの拷問から逃れることができる。この秘密、この隠された知識は、ギリシャ語で『知識』を意味する『グノーシス』という言葉で呼ばれるようになった」

「グノーシス派の教えは、それに由来するのですか？」

「大概そう言える。この言葉は、永らく誤用されてきたけれど」

「そういう教えではなぜ、秘儀とか秘伝の儀式などを強調するのですか？　またなぜ、怒りの神から人間を救うことが重要なのですか？」

「そうだね、聖書の中でイエスの言葉とされているものを読むと、そのほとんどはグノーシス主義とは関係がない。イエスは、デミウルゴスの怒りからどうやって逃れるかについては、あまり語っていない。語っているように見える時でも、別の教えの最後に付け足したように言っている。そうではなく、イエスの教えの大部分は神秘主義的だ。つまり、最も高度な形態の意識、もしくはエネルギーである『愛』をどうやって使えば、宇宙の創造主に直接つながることができるのか、ということについて語っている。しかし、グノーシス的考え方は、使徒パウロに大きな影響を与えたようだ。彼はユダヤ人ではなく、ローマの市民として生まれた。そこで、ローマ人のもつデミウルゴス的な神の考え方に親しんでいたのだ。だから、彼がごく自然に考えたことは、イエスはグノーシスの知恵を体現し、人々をデミウルゴスから救うために現れたということだった。そのことは、彼の書いたものに何度も何度も出てくる。そして、これはもちろん、三世紀にキリスト教を吸収した時のローマ人の世界観だった。そして、このローマ人が、現在我々が『聖書』と呼んでいるものの中に、どういう文章を入れて、どういう文章を入れないかを決めたのだ」

「しかし」とポールは言った。「この世界は、もしかしたら本当にひどい場所ではないのでしょうか。人間は戦争をし、疫病にかかり、ほとんどの人々は、ヘンリー・デービッド・ソローが言ったように『静かな絶望の生活』を送っている。もしデミウルゴスがサディストでなく、あるいは唯一の神が怒っているのでないとしたら、こういう出来事は一体なぜ起こるのでしょうか?」

ジョシュアは、周りにいる人々を見た。「ホワン、君はどう思う?」

ホワンは立ち上がり、無心にかき混ぜていたカレーの鍋を掛けた焚き火から、身を遠ざけた。そして、高校の体育館で使う茶色の金属製の椅子の一つに、腰を下ろした。彼は周囲の人々を見回し、そして頭上にある鉄格子を指差した。「あの上にある世界は、ホントにひどいでしょ? 人は人を殺すし、物を奪う。人の持ち物は何でも盗む。未成年者だって、面白半分に人を傷つける。ぼくは、悪いのはそういう人間だと思う」

ピートが、細く束ねた長い縮れ毛の頭を振り、ポールに会ってから初めて話しだした。

「もしみんながそんなに悪かったら、お前とオレがどうしてここにいる? オレたちは悪くない」

●――訳者から一言

一四七頁の本欄で「グノーシス主義」に触れたが、ここではこの思想が前面に出てくる。グノーシス主義は、キリスト教成立とほぼ同時期に地中海沿岸のエジプト、シリア・パレスチナ、小アジアという、ローマ帝国の辺境地域に現れた思想で、主として知識階級の間に広まった。キリスト教内部に浸透し、キリスト教グノーシス派と呼ばれる分派を形成したため、〝異端〟として排斥された。しかし、その思想は現代人の世界観とも通じるものがある。

ここに登場する神話的存在・デミウルゴスは、読者にとって難解な神だったろうか？　ジョシュアによって「狂った神」とか「サディスト」などと呼ばれるこの神は、我々日本人にとって遠い存在だと感じた人もいるかもしれない。しかし、「人間を繁殖させ、拷問にかけるためだけに世界を創造した」という表現を噛みしめてみると、これは我々が「自然界の法則」とか「弱肉強食の原理」などと呼んでいるものとかなり近い概念であることが分かる。

自然界は人間に性欲、食欲、所有欲を与え、繁殖させると同時に互いを戦わせ、無秩序を生み、地球環境を破壊させる――こういう世界観が現代人にあるとしたら、その人はデミウルゴスの信者だと言える。ジョシュアがポールに教えようとしていることは、このデミウルゴスは本当に存在する神ではなく、人間が自己の姿に似せて作りだした観念的存在だということである。別の言い方をすれば、人間の心の産物ということになる。

また、著者がジョシュアに言わせていることは、イエスはこの〝狂神〟を説かなかったが、ローマ市民であった使徒パウロがこの考え方に染まっていたため、また、この〝狂神〟を信じるローマ人の考え方が後年の聖書編纂に大きな影響を与えたため、キリスト教はイエスの説いた真理からしだいに外れていく、ということなのだろう。もしそうだとすると、キリスト教は、異端として追放したはずのグノーシス主義に〝内部〟から冒され、変質してしまったということになる。興味ある解釈と言わねばならない。

「オレたちは兄弟だ」とマットが言った。

マークはうなずいて、同意の印にフフンと鼻を鳴らした。

サロメは、組んだ片足を上げたり降ろしたりしていたが、その足に手を置いて言った。

「あなたたちは勘違いしてるわ。悪いのは人間じゃないし、それを造ったものでもないわ。あそこの文化が、つまり人のやり方が悪いんだわ」と彼女は頭上の鉄格子を手で示した。

「悪いのはあそこのやり方。ひどいのはその方法よ」

ピートが言った。「やつらは世界を全滅させようとしてる」

「しかし」とポールは言った。「〝文化〟とか〝やり方〟というものは、人間がつくるものでしかない。人間とどこが違うんでしょう？」

サロメは言った。「もし文化が人間の本性を表しているだけなら、どこの文化も皆同じでしょう。でも、実際はそうじゃない。歴史の中には、平和を好み、互いに与え合いをする文化もあったわ。今でもあるわ。私たちがそれを根絶やしにしつつあるけど。壊れて病んでいるのは人間の本性じゃなくって、私たちの文化だわ。もうこれは、世界のほとんどの地域に広がってしまったけど……。支配と征服の文化よ。何千もあった地球上の部族のうち、一つの部族だけが狂いだして、食料を一人占めにし、それを稼がせるために人々を奴隷のように働かせた。その部族が、その文化が、私たちの文化だわ」

ポールはうなずいた。サロメが相手によって話し方を変えているのが分かった。彼女はバイリンガルなのだ。そして多分、少なくとも二つの文化を知っている。「それでは、何が起ってるんですか？　なぜこんなに大勢の人が狂ったまねをしてるんですか？　そして、イエスはローマ人が支配する狂った文化の中に、どうすれば平和をもたらすことができると考えたのでしょう？」

「イエスは革命を始めたのだ」とジョシュアが言った。サロメが、その答えは彼にしてほしいというように、ジョシュアの方を見たからだった。

「革命？」

「まさにその通り。そして、革命は成功していた。ただし、イエスが反旗を翻していたそのローマ人が、革命をうまく自分の中に取り込んでしまうまでは……」

「イエスは、どうやって革命を起こしたのですか？」

ジョシュアは左手を上げた。「二千年前、まだトイレット・ペーパーが発明される前は、人は左手を使って尻を拭っていた。そのあとで指をボウルの水で洗ったが、左手は本当はきれいになっていないことは分かっていた。あなたも分かるでしょう？」

「そんなこと考えたこともなかった」とポールは言った。話題が突然変わったので、戸惑っていた。

「これは本当のことだ」とジョシュアは言った。彼の手は、椅子の肘の上にもどっていた。

「事実、ほとんどの発展途上国では、今でもそういう状態だ。現代でも、四十億人の人々が、このようにしてトイレット・ペーパーのない生活を送っている。そういう国では、当時のイスラエルと同じように、人を最もひどく、陰湿に侮辱する方法は、左手でその人に触ることでしょう。左手で合図することさえ、多くの社会では禁じられている。ユダヤ人のエッセネ派の間では、左手を使って何かの仕草をすれば、一週間、社会から追放されたのだ。だから、誰かを最悪に侮辱しようと思うなら、特に人前で辱《はずかし》めてやろうと思うなら、左手でその人を平手打ちにすればいいわけだ。ここまでは分かるね？」

「はい」とポールは言った。「今の時代で言えば、中指を立てるようなものですね」

「それ以上だ。中指を立てたうえで、顔にツバを吐きかけるのと同じだ」とジョシュアは言った。「あるいは、尿をかけることに相当する。その手がどこにあったかを考えてごらん。そんなことを誰かにする場合、その相手は、初めから仕返しができないと分かっている人じゃないだろうか？」

「尻をこっぴどく蹴られたい人なら別ですが……」

「その通り。だから、左手で誰かを平手打ちにすることは、古代ローマの社会では、最大の侮辱であると同時に、最も力の弱い人に対してのみ行われたことだ。例えば、自分の土地をローマ人に奪われていたユダヤ人に対してのみ行われた。ユダヤ人には仕返しのしようがなかった。相手を殴れば、支配者であるローマ市民を傷つけたということで、死刑の宣告が待っていた。分かりますね？」

「はい」とポールは言った。

「そのローマ人が右手で殴ってくれれば、それは戦闘を意味するから、ユダヤ人には殴り返すことも許された。しかし、ローマ人は奴隷を右手で殴ることなどしなかった。その代り、左手で平手打ちを食わして、仕返しのできない奴隷を見て笑ったのだ」

「分かりました」

「とすると……」とジョシュアは言った。「もし私があなたを侮辱するために、汚い方の左手で顔を叩こうとする場合、あなたのどちら側の頬を打てばいいのだろうか？」

ポールはジョシュアの左手を見、それが空気を切って動く様子を思い浮かべ、自分のどちらの頬に当たるかを想像した。「あなたが左手で打てば、私の右頬に当たります」

「だから、最大の侮辱方法は、あなたの右頬を私が左手で打つことだ」

「そうですね」

「では、その後で、あなたが私に〝右手でも打ってみろ〟と言えば、私が奴隷所有者か権力者であった場合、それは私の権威への挑戦ではないだろうか？」

「その通りだと思います。それは〝私と戦う勇気があるんなら、オレにも仕返しができる正当な方法で叩いてみろ。叩けるなら、右手で叩け〟と言うのと同じです」

「しかも、殴り返すのではなくて、左手で叩くことのあくどさを見せつけている……」

「よく分かりました」とポールは言った。

ジョシュアは言った。「〝目には目を、歯には歯を〟と言われていたことは、あなたがたの聞いているところである。しかし、わたしはあなたがたに言う。悪をもって悪人に手向かうな。もし、だれかがあなたの右の頬を打つなら、ほかの頬をも向けてやりなさい」

「何ということだ！」とポールは言った。これが聖書の句であることに気がついたからだ。

「イエスはわざわざ〝右の頬〟と言ってるんですね」

「間違いない」とジョシュアは言った。「そういうことは、まだある。ローマ時代には、ローマの兵士や市民たちは、支配地の住民に物を持って歩かせることが、最長一マイルまで法的に許されていた。しかしそれと同時に、ローマ人は支配地の人をあまり酷使すれば、蜂起や反乱を起こすことがあるのもよく知っていた。だから、奴隷や支配地の人を使って、ローマの兵士や市民が一マイル以上物を運ばせた場合には、とても厳しい罰が科された。ローマの市民権を剥奪されたのだ。なぜなら、そういう違反は、社会の安定を脅かす恐れがあるからだ。そして、もし市民権を失えば、今度は違反者自身が奴隷の身になったのだ」

「なるほど」とポールは言った。

「だから、もし兵士があなたの所へやってきて、自分の荷物を二マイル運べと命じたならば、その兵士は命がけだ。兵士だけでなく、それが誰であっても、二マイルも物を運ばせようと思うだけで、その人は身の危険を感じただろう。それは分かりますね？　だから、もし何らかの方法で、誰かが何かを二マイル運ぶことを強制したように見せることができれば、あなたはその人の命を危険にさらすことができたわけだ。そして、すべての奴隷が、あるいはローマ支配下の一国の住民すべてが、その地のローマ兵やローマ市民がこの禁止事項を破っているように見せる方法を思いつけば、その国のローマ人の支配を覆すことができるかもしれない。少なくとも、その地のローマ人支配者は首を失う危険性がある。私が何を話しているか分かるね？　言いたいことが分かりますね？」

「もちろん、分かります」

ジョシュアは身を前に乗り出し、声をぐっと低くして言った。「もし、だれかが、あなたをしいて一マイル行かせようとするなら、その人と共に二マイル行きなさい」

「それは、反乱の呼びかけです！」ポールは驚いて言った。

「そうだ。しかし、無抵抗の反乱だ、ガンジーやマーティン・ルーサー・キングのような。悪によって悪と戦うな、というさっきの教えを思い出してほしい」

「これはすごいことだ」

「まだあるのだ。古代ローマの時代には、平均的な人々は衣服を二種類もっていた。一つは、袖なしの衣で、これで直接体を覆った。今でいえばローブとか、チューニックとか、トガに当たる。それから暖かい外套のコートだ。パレスチナでは、日中は暑いが夜は寒いので、人々はこの二つの服を重ね着して寝た。しかし、昼間は袖なしの衣だけで歩き回ったのだ。分かりますね？」

「衣服を何着も持っていなかったのですか？」

「占領地の住民は持っていなかった」とジョシュアは言った。「ローマが重税を課したため貧しかったのだ。それに、衣服は皆手で作られていたことを忘れてはいけない。糸も一本一本手で紡《つむ》いで作られ、服の生地は手で縫って作られたか、あるいは簡単な織機で織った。だから、衣類は信じられないほど高価だったので、ほとんどの人は、日中に着る袖なしの衣と、夜その上に着て寝るコートしか持っていなかった」

「なるほど、よく分かりました」

「それで、もしあなたが奴隷だったら、あるいは借金返済のために無理に働かされているとしたら、強制労働の期間中あなたを拘束するため、当時最も普通に行われていた方法が一つあった。それは、あなたが働いている昼の間、コートを預かっておくことだ。そうすれば、夜には奴隷は主人のところへコートを取りにもどらなければならない。それを着なければ暖かさを保ち、眠ることができないからだ」

「そんなことは知らなかった」

「当時のことを書いた歴史を読んでごらんなさい。ちゃんと書いてある。このことに関連して、奴隷の搾取を禁じるローマの法律の中には、人の衣、つまり昼間の服を奪ってはいけないというのがある。もしそれを奪えば、奪われた人は裸になってしまう。ということは、公序良俗を守る法に違反することになる。だから、奪った人に責任が生じるのだ。そういう行為は、労働者を過剰に搾取したことになり、ローマ帝国の安定を脅かすことにもなる。今だって、あなたがニューヨークの街頭で建物の脇で寝ているホームレスの男を見つけ、その人の着ているものを全部はいで裸にしたとしたら、どんな反応が起るか想像できるでしょう。生まれてこのかたホームレスになど目もくれなかった人たちでも、カンカンになって怒るでしょう。テレビ局のレポーターがやってきて、あなたが何て無情な、人でなしであるかを見せようとするでしょう。たくさんの人が、そのかわいそうなホームレスを助けようとするでしょう。そう思いませんか？」

「はい、そう思います」

「では、私がローマ市民で、ローマの支配地に住んでいたとしよう。そして、あなたが農園で働いているのを見て、あなたが奴隷として私の新しい家を建てる労働力になると考えたとしよう。そういう場合、私はその地の行政官事務所へ行って、あなたが私のために働くという合法的な命令を得ればいいわけです。その命令は、あなたが私の所有である証拠として、自分のコートを毎朝、私に預け、夜には返却してもらい、それを着て眠れるようにすると規定することでしょう。こういうことが、イエスの時代のイスラエルのような、古代ローマの支配地では毎日行われていたのだ。そして、もしあなたが私の所有となることに逆らい、コートを渡さない場合は、私はあなたを牢獄へ送るか、ライオンの餌にすることができたわけだ」

「ずいぶん過激ですね」とポールは言った。

「では、どうやってこれに逆らうかね?」

「分かりません」

するとジョシュアは声を落として言った。「あなたを訴えて、上着を取ろうとする者には、下着をも与えなさい」

「すごい発想だ!」とポールは言った。いきなりすべてが明瞭になった気がした。「あなたに私が衣を与えたら、目の前で裸になることになります。それを見て皆、あなたが過剰搾取を禁じている法律を破ったと思うでしょう。だから、牢獄へ行く危険が生じるのは、私ではなくあなたですね」

「その通り。そして、これを充分の数の人間が行ったとしたら、支配者であるローマ政府を転覆することができるかもしれない」

「ローマ人がイエスを殺しても、まったく不思議ではありません」

「不思議ではない」ジョシュアは声を和らげて言った。「そしてこれからは、我々がこのメッセージを掲げて進むときなのだ」

●――訳者から一言

本章の後半を読まれて驚いた読者もいるのではないか。キリスト教の一般的理解では、イエスは「愛の教えを説いた」ということになっているが、ここでは「反ローマの革命家」という強烈なイメージで描かれている。しかも、「右の頬を打たれたら、左の頬を出せ」という有名な言葉が、愛と寛容の教えではなく、無情な権力者への不服従の態度を示しており、「上着を取られたら、下着も与えよ」にいたっては、悪を行わずに悪を倒すための方法だと説かれている。

私はかつて「青年イエスの謎」という文章（『ちょっと私的に考える』〈宗教法人「生長の家」刊〉に収録）の中で、新約聖書中の四つの福音書の間にはよく対応する箇所も多いが、互いに矛盾するところもあることを書いた。そのよい例の一つが、この「上着を取られたら、下着も与えよ」というイエスの言葉である。この言葉は、福音書では『マタイによる福音書』と『ルカによる福音書』に出てくるが、前者では「下着を取ろうとする者には、上着をも与えなさい」（第五章四〇節）とあり、後者では「あなたの上着を奪い取る者には下着をも拒むな」（第六章二九節）となっている。つまり、「上着」と「下着」が逆転した表現になっているのである。この物語では、内容的には『ルカ』が採用されているが、文脈としては『マタイ』が使われている。これを逆にして『マタイ』の内容を採用すれば、イエス革命家説は成り立ちにくい。なかなか微妙な点である。

また、作者はジョシュアに、聖書中の「下着」という言葉に該当する「袖なしの衣」は、チューニック（トゥニカ）やトガのことだと言わせているが、トガは「上着」に当たると考える人も多い。例えば、平凡社の『世界大百科事典』では、トガのことを「古代ローマ市民がトゥニカの上に着用した平時の正装用上着」と定義しており、トゥニカのことは「古代ローマの男女が着用した羊毛製や亜麻製の下着」と書いてある。このへんは専門家でない私には、何とも判断がつかないが、ことほどさように古代の人々の生活や考え方は、現代人の我々には分かりにくいということだろう。

第十章　孤独な天使たち

「しかし、どうして……」とポールは聞いた。「このことが我々の文化が混乱していることに関係するのですか？　そして、我々に様々な問題があるのは、人間の本質が悪だから、あるいは怒る神に罰せられているからではないのでしょうか？」

「その質問は、問題の核心に触れるものだ」とジョシュアは言った。「答えは、悪いのは人間ではないということだ。事実、人間は、悪に対しても悪を用いずに抵抗することができる。それに、それは神が狂ってるのでも悪いのでもないし、この世界はデミウルゴスによって創られ、デミウルゴスによって動かされているのでもない。狂っているのは、我々を捕らえている〝文化〟なのだ。狂いだしたのは文化であって、我々人間でも、宇宙の創造主でもない」

「しかし、宗教は皆、人間の本性は罪深いものだといい、我々はその罪のために唯一なる神によって罰せられていると言います」

「宗教が皆、そう言うわけではない。そう言っているのは、人を支配したり、人を奴隷化する文化に仕える宗教だけだ。部族社会で信仰されてきたそのほかの圧倒的多数の宗教の中には、そんな考え方は見当たらない。都市社会が成立する前の歴史の中には、そんな考え方を見つけることはできないのだ。このアメリカの地で、キリスト教宣教師がインディアンと直面した時、またオーストラリアで宣教師が先住のアボリジニーと直面した時、彼らの最大の課題は、こういう人たちに、人間は罪深い存在で、神はそれを怒っておられるから、その怒りから救われるためにはキリスト教会が必要だと納得させることだった。そんな考え方は、こういう場合にしか登場しない。つまり、ある人が立ち上がって『ここはオレの支配地だから、お前たちはオレの言うとおりにしろ。まず第一のステップは、お前たちは一日中働いてオレをもっと豊かに、もっと強大にすることだ。そして、もしお前がそこの綿花を摘まないなら、お前が苦しむことになる。それは、オレのせいじゃない。それは、オレの神がお前よりオレを愛しているからだ。だから、オレは豊かでお前は貧しい。あるいはお前の業《ごう》のせいで、お前が悪い』」

「人を支配するための宗教……」

「その通りだ。支配の文化、人を奴隷化する文化が、支配のための宗教を作り出すことに、何の不思議もない。そういう文化は、カースト制度を正当化する。そういう文化は、人々が貧しいのは、その人自身が過去世に行った悪行のせいであり、その文化の支配者が、物欲と権力欲に狂っているからではないと言うだろう。また、人々が苦しみを経験するのは、王族や富裕者のせいではなく、大昔にいたどこかの女のせいだと言うのだ」

「でも、現在は奴隷などいないのに、なぜそういう状態が続くのでしょう？」

「奴隷がいないというのかね？」とジョシュアは言った。「奴隷とは何だろう。それは、自分の命を他人に委ねている人のことだ。あなたの頭上にある世界には、そういう奴隷が何百万人もいるではないか。企業はそういう人々を所有するだけでなく、その財産を使って人々を売ったり買ったりしている。昔と同じことだ。そして、彼らが買ったニュービジネスという新しい財産で奴隷が不要になれば、みんなを追い出してしまう。追い出された人たちは脅えながら独《ひと》りでやっていかねばならない。古い時代とまるで同じだ」

「我々が奴隷だというのですか？」

「大企業や国の機関で働いている人で、『自分は自由だ』と言えるような人を、あなたは知ってるかね？」

「自由な文化の中には、悪事を神のせいにしたり、悪事の犠牲者自身のせいにするような宗教はないというのですか？」

「ない。大体そう言える」

「しかし、それでは超自然的な体験をする人たちはどうでしょう？」とポールは言った。

「邪悪な存在を体験する人です。幽霊とか悪魔とか。あるいは、善なる存在でもいいでしょう。天使を見たりする人は？　私は、悪とは善や愛の非存在のことを言うと思っていました。だから、こういうことはすべて幻想である、と。しかし、あなたは今、まるで『悪はある』と言っているようだ。つまり、悪とは、一にぎりの悪い人々が文化を牛耳った時、その文化の中にある、と。しかし、そういう悪は霊的レベルでは存在しないはずです」

「さあ、あなたは偉大なる知恵に近づいてきたね」とジョシュアは言った。「私はそういう人々を〝悪人〟と呼ぶよりは〝夢遊病者〟と呼びたい。そういう人たちは、我々の文化の夢からまだ醒めていないのだ。叡知にまだたどりついていない」

「その叡知とは？」と言って、ポールは手帳を取り出して開いた。ここには、新聞記事にするよりは、一冊の本になるような話がある、と彼は思った。単行本でもピューリッツアー賞はもらえるのだ……。

「創造主とは、形の背後にある形なき存在であり、すべてを包含しつつ、すべてに介入しない。しかし、大勢の人間がそれを信じれば、あるいは一人の人間が充分強くそれを信じれば、その形のない存在から、〝霊的な形〟とも言うべきもの——悪魔や天使、神や魔物、霊人や妖精や古代の神々——を取り出すことができる。これらはすべて人間の作りだしたものであり、人間の意識を投影したものだ。にもかかわらず、それは皆現実となる。秘密の核心は、そういう神も天使も悪魔も人間の創造物であるということだ」

「ずいぶんややこしくなってきました」とポールは言った。「あなたの言う意味は、もし人間がこの世に存在しなければ、例えば天使も存在しないということですか？」

「人間に似たような天使は、存在しない」とジョシュアは言った。

「それ以外の天使には、どんなものがいるのです？」

「この大宇宙には、何十億の何十億倍もの数の世界があるが、そこにいる意識をもった存在とは、どんなものか想像できるかな？」

「分かりました」とポールは言った。「犬には犬の天使がいるのでしょうか？」

ジョシュアは微笑んだ。「分からない。私は犬ではないから」

「では、私がノアを創造した？」

「そうではない」とジョシュアは言った。「そうではなく、どこかの個人――恐らくノア自身が、人間として生きている時に――あるいは何人もの人の集団が、ノアを存在させるような信念をもっていたのだろう。信念の力というものを思い出してほしい」

ポールは、ノアと最初に出会った時のことを振り返り、そして言った。「彼もそんなことを言っていたと思います」

ジョシュアは肩をすくめた。「彼なら、こういう仕組みはすべて分かっている」

「では、デミウルゴスや、怒れる神、悪魔、天使、妖精など、もろもろの霊的な存在は、皆現実なのですか？　つまり、我々人間が造ったものであっても、存在するのですか？　それは本当に現実なのですか？」

「そうだ、こういう言い方ができる。我々の前には、我々と関わりをもつような霊的領域というものがあるし、霊的な存在もいるということは、逆説的ではあるが証明できることだ。なぜなら、信念や祈りや儀式などによって、人間は自分の考えた形を無形のものから造り出すことができるからだ。だから、キャサリン・クールマンのような伝道師が奇蹟を演じることは現実にあるし、聖書にある奇蹟物語も真実であり、ヒンズー教の行者が同時に二ヵ所に存在することもあり、処女マリアが祈る人々を癒すこともできるだろう」

「でも、我々が神を思う時には、いつも人間の造った神、人間に似た神を造ってしまうんではないでしょうか？」

「この二つの真理は、互いに矛盾するものではない。この周囲にあるトンネル群は、人間が造った。だからといって、それが現実でないということにはならない。トンネルが崩れればあなたはやはり死ぬか、あの鉄の梁《はり》に頭をぶつけて負傷するか、あるいはどこか逃げ場を探してここに隠れるだろう」

「しかし、超自然的なことと一言でいっても、文化と文化の間にはずいぶん違いがありますから……。つまり、アイルランド人にはその地の妖精があり、ノルウェー人にはその地の精や小人があり、アメリカ先住民には動物霊があり……」

「それぞれは、それを創り出した文化を反映している。そして、こういう文化の人々と話してみれば、そういうものがいかに本当に存在するかを、雄弁に語ってくれるだろう。実際、それはこのトンネルが本物であるのと同じように本物だ。神も天使も悪魔も、そしてその他の存在も、ほかの現実が本物であるのと同じように全く本物だ」

ポールは、自分の手帳にこう書いた――「我々は、あるいは我々の文化は、超自然的な存在を造ることができるが、それは、そういう存在が架空だという意味ではなく、我々が造る建物や自動車と同様に本物である」そして、書き止めると手帳をシャツのポケットにしまった。彼は、自分の周りを見て、ピートに言った。「あなたたちは、こういうことをすべて理解できるのですか？」

ピートは言った。「オレは理解する必要なんかないさ。そう信じるからさ。分かるだろう？　オレは宇宙の創造主《つくりぬし》の愛の中に生きている」

「そう」とポールは言った。

「つまり、オレはジョシュアがこういうことをするのを見てるし……」とピートは続けた。

「それをどうやってするか知ろうなんて思わない。見たから信じるんだ。それで自分には充分だと感じる」ピートはジョシュアの方を大袈裟《おおげさ》な身振りで示し、付け加えた。「オレはあの男のために死ぬんだ。そう、彼はオレのジョシュアさ」

「分かった」とポールは言った。

「オレもピートと同じだ」とマットが言った。「でも、ジョシュアの言ってることも理解できる。だって、これは難しいロケット科学なんかじゃない」

「僕が思うに、多分ほとんどの人にとっては、これはロケット科学ぐらい難しい」とポールは言った。「僕の理解では、ほとんどの人間は、あらゆることを、一つ一つスプーンで食べさせてもらうように、簡単に理解させてほしいと思っている」

「これは簡単なことよ」とサロメが割り込んだ。「あなたは、キリスト教のバプテスト派とセブンスデー・アドベンチスト派の違いを理解しようと思ったことがあって？　自慢じゃないけど、私は母親がバプテスト派で父親がセブンスデー・アドベンチスト派だったわ。そして、この二人の間には一瞬たりとも平和な時間がなかったの。いったい何が、簡単なことを複雑にしてしまうのか――そのことを話せば？」

「みんな、人より力をもちたいからさ」とマークが言った。「だから物事をややこしくする。〝宇宙の創造主〟とか〝神〟とかいう信仰の対象と、ほかの人たちとの間に、みんな『自分』を割り込ませる。それは、聖職者にしか分からない領域を作るためだ。それを分かるためには、何年もかけて勉強しなきゃならない。そして普通の人に対しては、自分のやり方でなければ地獄の火で焼かれるといって脅すんだ。だから教会というものがいる。こういうことが、物事をややこしくしてるんだ」

ポールはジョシュアの方を見た。「それじゃ、イエスのことはどうなるんでしょう。イエスとは何者ですか？」

ジョシュアは椅子の上で少し姿勢を正した。「イエスは、命をもった宇宙の創造主の子だ」

「メシア（救世主）ですか？」

「メシアとは、〝油を注がれた者〟という意味のヘブライ語だ。ユダヤの地に現われたすべての王は、頭から香油を注がれた。それが、王であることの証しだった。大祭司が王の頭に油を注ぐ、まさに『詩篇』第二三篇にあるようにだ。イエス以前にも沢山《たくさん》のメシアがいた。イエスはその伝統を継いだ。ダビデはメシアと呼ばれた。サウルもアブサロムもソロモンも、その他の王たちもだ。油を注がれれば王となる。そして、自らを〝ユダヤ人〟と呼ぶ中東の部族を支配するのだ」

「その人は救い主なのでしょうか？」

「もし、ギリシャ人やローマ人やパウロのように、デミウルゴスを信じるのなら、メシアの仕事は、人々をこの狂った神から救い出すことだ。もしあなたがカエサルの支配から救われたいのなら、イエスは王やカエサルから遠ざかるためにどうすればいいかを、具体的に示している。どう生きるべきかをイエスが弟子たちに説いた数々の教えを見てごらん。金を持ち歩くなとか、金もうけのために生きるなとか、食糧を貯えるなとか、公衆の面前で祈らずに、独りで祈れなどという教えのことだ。もしあなたが現代の王やカエサルから解放されたいなら、こういう教えは今日でも有効だ。ただし、この街の端から端まで探しても、イエスの教え通りに生きている聖職者などいないがね。しかし、いずれの質問に対しても、明らかに『はい』と答えられる。イエスはメシアであり、救い主だ」

「それじゃもし、私がデミウルゴスなど信じなくて、現代版の王や大企業のカエサルに支配されることも気にしないとすれば、どうなりますか？」

「そんな場合は、何も心配することはない。でも、そういう確信は、夢を見ながら現実だと思っている人の確信と同じだ。砂の上に家を建てた人の話を思い出してほしい」

「では、イエスは確かに神の子だったのですね」

「その通りだ」とジョシュアは言った。「私がそうであり、あなたがそうであるように、だ。だから私たちは、今こそ人々を眠りから覚まし、世界を救わなければならない。なぜなら、王たちは人々を抑圧しているだけでなく、命あるものすべての存在を脅かしているからだ。彼らは、わが母なる地球の心を引き裂いている。二千年前よりも、現代の危機の方がよほど大きい」

「それは、私がメシアの一人だということですか？」

ジョシュアは首を横に振った。「違う。あなたは、それがどんなに大変で、どれほど自己犠牲が必要なのか想像もできない。最初の者は最後にならねばならず、そして最も小さい者にならねばならない」

「それが、今世紀最大の霊的秘密なのでしょうか？」

「いいや、違う」とジョシュアは言った。「これは、生態学や聖書学の専門家なら誰でも知っていることだ。あなたはまだ秘密を知る準備ができていない」

「いつ準備ができるのですか？」

「それは私には分からない」とジョシュアは言った。「私は、自分の担当のことはあなたにもう伝えた」

「お腹が空いているのは誰？」とホワンが言った。彼は自分の椅子の下から、箱に入った不ぞろいの皿と、ナイフやフォーク類を引き出していた。

●――訳者から一言

ここで注目していただきたいことは、「イエスとは何者か？」というポールの問いに対するジョシュアの答えだろう。ジョシュアは、イエスが神の子であるのは「私がそうであり、あなたがそうであるように」だと答えた。これは、イエスだけでなく「ジョシュアもポールも神の子である」という意味なのか、それとも「人間は誰でも神の子である」という意味なのか、文脈からは判断しかねる。しかし、いずれの意味であっても、伝統的なキリスト教、特にカトリックの考え方とは異なると言える。

ただ、聖書で「神の子」という表現が使われる場合、それは「イエスは神のひとり子」という意味での神の子では、必ずしもない。例えば、『創世記』第六章には「神の子たちは人の娘たちの美しいのを見て、自分の好む者を妻にめとった」とあり、神の子が何人もいたことが示されている。また、『サムエル記下』では、神がイスラエルの王（ダビデ）に言及して「わたしは彼の父となり、彼はわたしの子となるであろう」と宣言している。『詩篇』第二篇でも、神が王を「おまえはわたしの子だ」と呼んでいる。新約聖書にも、イエス自身が「平和をつくり出す人たち」のことを「神の子と呼ばれる」と称えている箇所がある（『マタイによる福音書』第五章九節）。

これは、ユダヤ教の伝統で、王のことを「メシア」と呼んできたことと関係がある。本文にもあるように、ダビデやサウルやソロモンが「メシア」（一民族の支配者）であるのは、彼らが「王」として神からユダヤ人を治め、導く〝神の子〟の役割を認可されたからだろう。一種の王権神授説である。そういう「神から信頼された資質をもつ人」のことを「神の子」と呼ぶのであれば、ポールのことを「神の子」と言っても、それほど革命的なことではないかもしれない。また、ポールが自分も「メシア」の一人かと聞いた時、ジョシュアがそれをはっきり否定するのは、「最初の者は最後にならねばならず、そして最小にならねばならない」という言葉にも表れているように、「権力は腐敗する」からだろう。

ついでに付言すれば、「メシア」というヘブライ語は、普通、日本では「救い主」と訳されることが多いが、元来の意味は本文にあるように「油を注がれた者」という意味で、それに該当するギリシャ語は「クリストス」(christos)である。ここから英語の「Christ」、日本語の「キリスト」が生まれてきた。

第十一章　リッチの復讐

ポールが八番街の自分のアパートのロビーへ入った時、初老の警備員のビリーはそこにはいなかった。それは、そんな異常なことではない、とポールは思った。それよりはるかに異常なこと——例えば、あのトンネルの内部で体験したこと——があるのを思い出していたからだ。彼は、野菜カレーとスパゲッティをあのグループの人々と食べ、あまり内容のない会話を交わした後、ジムに案内されて大きい方のトンネルまでもどり、そして鉄格子のあるところへもどり、今は自分の家に帰って仕事探しを始めようと考えていた。

ポールは、エレベーターの近くにある郵便箱の並んだ棚の前で立ち止まり、自分の郵便箱を開けた。中には、不要な広告の郵便物が七、八通と、郵便局からの黄色い紙、それから税務署の、窓のあいた白い封筒が入っていた。郵便局からの知らせには、この建物の自治会から彼宛てに書留郵便物が届いているので、署名をして受け取ってほしいと書いてあった。

彼は、奇数階に止まるエレベーターのボタンを押し、表示板を見てエレベーターが上から降りてくるのを知った。ドアが開くと、中からビリーが出てきた。ビリーはポールを見ると驚いたような、気まずいような顔をして「やあ」と小声で言い、急いで小股で通り過ぎたが、視線は注意深く床に向けたままだった。

変だ、とポールは思いながらエレベーターに乗り、二十一階のボタンを押した。目的の階に着くまでに、彼は税務署からきた手紙を開封し、自分のいた会社での過去三年間の彼の収入が調査されていることを知った。不愉快なことだと思ったが、心配するようなことは何もなかった。彼は、どこかの金持ちがするように、妙な税金のゴマカシなどしたことがなかった。彼はただ、標準的な控除額を申告し、いろいろな収入の総額のおよそ三分の一を政府に納めたのだった。上っていくエレベーターの中で、彼は前の年の「納税者が自由になる日」のことを思い出した。この日は、名前は忘れたが、ある組織が発案したもので、その組織によると、普通の納税者は五月のその日を境に、自分自身のために働くことができるというのだ。つまり、年収で考えると、年の初めからその日までの収入は税金としてもっていかれる額に相当するから、その日までは政府のために働いたことになる。しかし、その日以降は自分のものとなる――それを記念するための日だという。彼は、二千年前、ローマの支配者たちが市民にどれくらい税金をかけたのだろうと考えた。富の十分の一だろうか？　三分の一？　半分？　それとも四分の三だろうか？

そんなことを考えていると、地下トンネルの中を鉄格子のところまで歩いてもどる途中で、ジムと話していたことを思い出した。

「あんたはもどって、ピラミッドの上に岩運びをするのかね？」とジムは言った。

「どういう意味です？」とポールは言った。その時、二人は長い、空っぽのトンネルの中を歩いていた。

「つまり、〝エジプトの王〟みたいにさ。モーセはエジプトから人々を解放した。そして『我々はもうこんなことはたくさんだ。自分のピラミッドを建てよう』ってモーセは言った。言ってる意味が分かるだろ？」

「たぶん」

「ボブ・ディランが言ったように『オレはマギーの農場ではもう働かない』ってことだ。彼には分かってた。自分のやり方でやるか、さもなくば常道を行けだ。それで、あんたはもどって〝エジプトの王〟のために働くのかね？」

「仕事につくか、という意味ですね？」

「そう。誰か別の人のために働くってこと。やつらに自分の人生を任せるかってこと。そうするのかい？」

「本当はねジム、定収があれば、僕は自分の人生を生きることができる。もしあなた達と一緒にジョシュアの教えを学ぶつもりなら、僕にはそういう定収が必要です。それがなければ、政府の福祉政策に頼らなければならない」

「わたしゃ失業保険なんかもらっちゃいない」とジムは言った。その声はプライドに満ちていた。

「それでも、あなたはトンネルの中の貨物用の箱の中に住んでいる」とポールは言った。価値判断を臭わせないように注意していた。「あなたにはそれでいいことは分かっている。しかし、この道の上のアパートに住んで活動する方が、世界に対してもっと影響を与えることができると思います。そして、アパートの支払いのためには金を稼がなくちゃなりません」

「あんたが言ってるのは、アパートは自分の魂と交換する価値があるってこと？」

「アパートに住むことは、魂を失うことじゃない」とポールは言った。「一日わずか八時間ほどの労働です」

「それで、それ以外はどんな精神でいるのかね？　あんたの生活って何かね？」

「それ以外のすべてでです！　社会的な生活。友だちもいる。いつかは妻や子供もできるし、夜はテレビを見たり、劇場へ行く。いい本を読む。それが私の生活の全体です」

「それは確かかね？」とジムは言った。「わたしゃ一日に一時間ぐらい働く。悪い日には二時間だ。ゴミの中に空き缶があまりない時さ。そして、自分に必要な金や食料を一時間か二時間で手に入れる。これは、昔の部族社会の連中がやった労働と大体同じだ。その残りの時間を、わたしゃ友だちと過ごしたり、本を読んだり、考えたりして過ごす。来るべき時が来たとジョシュアが言ったとき、教えを人に伝えることができるように準備してるのさ」

「素敵な生き方だと思う」とポールは言った。彼は、一時は友だちだと考えていた多くの人たちと、ここ一、二年の間に連絡が途絶えてしまったことを思い出していた。それはまるで、誰もが仕事以外に割ける時間がなくなってしまったかのようだ。少なくとも、出世階段を昇りつつある人は、皆そうだった。

「それで、〝エジプト王〟のための仕事にもどるのかね？」とジムは言った。まるで、ポールがこの質問を真剣に考え直したと思っているようだった。

「そうだと思う。生活基盤ができて、こういう話をいくつか出版できるようになるまでは……」

「自分の仕事は、いつでも始められる」

「どうやってするか、僕には分からない」とポールは言った。

「わたしにゃ自分のがある。『ジムの空き缶サービス』だ」と言って彼は笑い、それから真面目な顔になった。「税金もない、上司もいない、そして、実社会から強制された規則もない。人からものを取り上げる警官がいないかわりに、自分のために死んでくれる友だちがいる。自分の稼ぎのうち〝エジプトの王〟に差し上げなきゃならんものは何もないし、そいつのためにピラミッドに石を運び上げる必要もない」

「いい生活のように思えます」とポールは認めたが、自分がこの街の地下トンネルの中で、貨物用の木箱に住んでいることをスーザンに説明する事態にでもなったら、一体どうなるかと心の中で考えていた。ちょっと想像するのも難しかった。

「軍隊生活よりいいことは確かだし、ここ何年もやってきた仕事よりもいい。楽な生活という意味じゃないが、でも、これは自分の生活だからね。ほかの誰でもなく、自分自身の責任でやっている」

「それは分かりますが、僕は奴隷生活でも構わないと思う」

「そうか、兄弟」とジムはウィンクしながら言った。「夜の街で働いてる女の子がよくこう言うじゃないか――アイツらは私の体を買うことはできても、心や魂は買えはしないって……」

「それは憶えておくよ」とポールは言い、会話は終ったのだった。


エレベーターは二十一階に到着し、扉が開いた。ポールは自分の部屋のドアの前まで歩いていき、片手で郵便物を持ち、もう一方の手で鍵束を取り出した。ドアの金具に仕込まれた主錠に鍵を差し込みながら、彼は主錠の金属部分が以前より光っていることに気がついた。まるで新品の錠か、あるいは鉄綿できれいに磨いてあるようだった。おかしい、と彼は思いながら、差し込んだ鍵を回そうとした。

鍵は動かなかった。

彼は、鍵を左右に軽く揺すり、上下にも揺すってみたが、役に立たなかった。その鍵でドアは開かないようだった。彼は、持っている別の鍵を試してみた。ドアの下部にある補助の錠を試し、ドアの取っ手も回してみて、どれも動かないことが分かった。

ポールは鍵を引き抜いてリッチのドアのところまで行き、リッチの仕方をまねて、テンポの速いノックを三回した。中で誰かが歩いてくる音が聞こえ、ドアの覗《のぞ》き穴の向こうで影が動いた。

「何です？」と、ドアの向こう側からリッチの声がした。

「リッチ、僕だ、ポールだ」

「それで？」

「僕の鍵が使えない」

「もちろん使えないだろう。君は追い出されたんだから」

「何だって？」ポールが大声を上げたので、その声は廊下中に響いた。「何を言ってるんだ？」

「オレは警告したぞ」とリッチは言った。「でもヤツはまたやって来た。魂を売るつもりかってしつこく聞くんだ。だから、オレはやるべきことをやった」

「僕を立ち退かせたのか？」

「冗談が過ぎたんだよ、友だち君」

「リッチ。ドアを開けて中へ入れてくれ。そのことで話をしよう」

「諦《あきら》めな、ポール。君の持ち物は明日の昼、一階の荷物置き場にあるから」

「リッチ！」

足を引きずって歩く音がドアから遠ざかっていったので、ポールは握り拳でドアを何度も叩いた。反応はなかった。彼は再びドアを叩いた。「リッチ、開けろ！　これは冗談じゃないし、僕はそのことと全然関係ないんだ！」

ポールは、自分の後ろでエレベーターのドアが開く音を聞いた。ビリーが中から出てきた。彼は、元気のない目で床を見つめながら、ポールの所へ歩いてきた。

「ビリー、どうしたんだ？」とポールは言った。

「アブラーさん」とビリーは言った。その右手は、腰に下げたホルスターの中の拳銃にかかっており、目は決意のほどを示していたが、少し脅えているようだった。「もう、ここから出ていった方がいいと思いますよ」

「なぜ？」

「たった今、ホワイトヘッドさんから電話があって、あなたが問題を起こしているというんです。うちのアパートの廊下で問題を起こしちゃいけないことは、ご存知でしょう」

「ビリー、僕はここの住人だ！」ポールは爪先立ちになって、両手で空を切った。「目の前のそこが、僕の部屋だ！」

「もう違いますよ、アブラーさん。ホワイトヘッドさんがつい一時間前、裁判所の命令を持ってきて鍵を換えるように言ったんです。だから、私がそうしました。ここはもう、あなたのアパートではありません」

「ビリー、これはメチャクチャだ！」とポールは叫んだ。

ビリーは頭をゆっくり横に振りながら前に進み、ポールの腕を優しく、しかししっかりとつかんだ。「さあ、すみませんが、人生とはこういうものです。ここから誰かが追い出されたのは、これが初めてじゃありません。また、最後でもないでしょう。さあ、私と一緒に来なさい」

「どこへ？」

「外です。玄関の外！」

「しかし、僕のものは？　家財道具を出すためには、中に入らなきゃいけない！」

「明日の昼です」とビリーは言った。「引越し屋を昼に呼びました。作業はすべて一階の荷物置き場でします」こう言うと、彼の声が少し和らいだ。「時間よりちょっと前に来てもいいですよ、引越しの手伝いだったら。十一時ぐらいに来れば……」

ポールは、自分の腕をビリーの手から振りほどき、大股でエレベーターの前まで歩いていって、ボタンを押した。

「面倒を起こそうなんて考えちゃいないでしょうね、アブラーさん？」とビリーは言って、ポールの後ろまで歩いてきた。「あなたに個人的な恨みがあるわけじゃない。これは私のすべき仕事で、私には仕事が必要だから。警察を呼ばなきゃならない事態なんて、あなただって嫌だろうから」

エレベーターのドアが開いたので、ポールは中に入った。彼は、ドアのきわですぐ体を回し、ビリーが中に入りにくい位置に立った。「心配するな、ビリー。僕は出ていくから」

第十二章　絶望

ポールは八番街を目の前にして立ち、午後の交通の流れ——自家用車やタクシーやトラックの往来と、自分の周りを切れ目なく通り過ぎる歩行者の流れを見つめていた。その人の流れの中に、ノアかジムか、ジョシュアの顔がないか探していた。しかし、誰も現われなかった。彼は、アパートを取り囲んだ狭い庭と歩道との境にある、黒いエナメル塗りの鉄製のフェンスに寄りかかった。そして、二匹のリスが、カエデの古木を登ったり降りたりしながら、互いに追いかけ合っているのを眺めていた。

彼は、歩行者の誰にも聞こえないように、小さな声を出して呼んでみた。「ノア、あなたはここにいますか？」

リスたちは彼の方を見向きもしなかった。彼が聞いた答えは、街の音だけだった——自動車のエンジンのうなり声やうめき声、クラクションの叫び声、遠くのサイレンの音、通りの向こうのニュース・スタンドで、近くを行く美人に向かって大声で呼びかける酔っ払いの声……。

彼は八番街に足を踏み出し、体を右に向けてダウンタウンの方向に歩き出したが、どこへ行こうとしているのか、何をするつもりなのか、自分でもよく分からなかった。彼は頭の中で、その晩、寝る場所を提供してくれそうな人の名前を挙げてみたが、本当の友だちと言えるような人がいないのに気がついて、少し驚いた。仕事で知り合った人、同じ建物の住人、この数年間で記事を書くために会った人々——皆んな、単なる知人だった。大学時代に知り合った三人の親しい友人たちは、皆よそへ行ってしまった。トーマスはアトランタへ、マイクはサンフランシスコへ、そしてアマンダは、仕事でソルトレーク・シティーへ行ってしまい、結局、ユタ州南部の小さな町に住む、一夫多妻主義のモルモン教徒の家に嫁入りすることになった。彼はこれまで、時間と生活のすべてを仕事のために費やしていたため、意味のある友人関係をつくり上げることができなかったのだ。

仕事で知り合った人々は、彼に会っても恐らく面食らうだけだろう。そして、互いの家に行き来するような親しい関係になった相手は、リッチだけだった。昔のビートルズの曲『エリナ・リグビー』の一節——「あの孤独な人々」という言葉が彼の脳裏をよぎり、目の前を行く人たちのどれだけ多くが、この大都市で自分のように実質的に友を持たずに生きているのだろうか、と彼は考えた。

二十七丁目との交差点で、彼はあの「ファッション・コーヒーショップ」の前を通った。そして、何かに衝《つ》き動かされるようにその店に入った。それは、昼食と夕食の間の静かなひと時で、店に並んだテーブルでは、三つだけが学生ばかりで埋まっていた。メアリーは、カウンター席に腰かけて新聞を読んでいた。彼が店に入っていくと、彼女は目を上げて彼を見、微笑んだ。

「あら、ポール」と彼女は言った。

「やあ、メアリー」と彼は答え、彼女の隣の席に座った。

「ここはいつもの席じゃないけど」

「コーヒー一杯だけもらうから」

彼女は立ち上がって、カウンターの内側にあるコーヒー・ポットの所へ行き、彼のために一杯入れてから、それを運んできて彼の前に置いた。「すぐにもどるから」と彼女は言い、水差しを取り上げると、若い女性三人と頭を剃った若い男のいるテーブルまで持って行った。そこからもどる途中で、彼女は残りの二つのテーブルに寄り、そこからソフトドリンクの注入機の所へ行き、持ってきたグラスにコーラを注ぎ足し、それをテーブルの一つに置いた。ポールは彼女を見つめながら、皿やグラスを運んでいない時の彼女の生活は、いったいどんなだろうと思った。

メアリーはカウンター席へもどってきて、そこに腰かけた。「あと七分だけよ」と、彼女は、店の調理場の方をチラリと見ながら言った。

「あと七分って？」とポールは言った。

「そう。もしダイアナが時間通りに現われたらね。私は七分たったら出られるわ。もう終わりよ」

「長い一日だったかい？」

「金曜日はいつも長い日だわ。一日びっしり働くから。月曜から水曜までは授業があるから、午前中しか働かないの。でも、木曜と金曜は朝七時から四時までだわ。そのあいだに一時間の休憩時間があるはずなんだけど、少なくとも州の労働法にはそう定めてあると思うわ。でも私の場合、五分間の休憩をちょこちょこいろんな時に取ることになってるの」

こう言って、彼女は頭を片側にかしげて作り笑いをしてみせた。「だから、私は今、昼休み中ってわけ」

「仕事のあとは、どうするの？」とポールは言った。そう言ってから、それがデートに誘う使い古された言い方であることに気づき、恥ずかしくなった。そんなつもりで言ったのではなかった。単純に知りたかったのだ。それとも、本当はそういう意味だったのだろうか？

「三キロ歩いてから、私のネコに餌をあげるわ」と彼女は言って、彼を見た。その表情を、彼は好奇心だと解釈した。「どうして聞くの？」と彼女は言った。

彼は肩をすくめ、急に体が熱くなるのを感じた。「分からない。ただ知りたかったから」

——こう言って彼は、自分の脇の下が急に汗ばんでくるのを感じた。そして、朝シャワーを浴びたあと、防臭剤をつけるのを忘れなかっただろうかと考えた。あの時、リッチからの電話で気が動転していたから、いつもの習慣を飛ばしてしまった可能性があった。

「私、セントラル・パークの近くに住んでるの。六十番台のところよ」と彼女は言った。

「そこは、まあ高級住宅地とは言えるけど、住んでるアパートは私の父親の友だちのもので、家賃は免除してもらってるの」

「それはいい」とポールは言った。そして今朝、歯を磨いてきただろうかと考えた。

「つまり、あなたが家まで送って下さるなら、ここから大体三キロ北へ歩くことになると思うわ。四十ブロックくらいあるわ。いつか誰かが二十ブロックは一・六キロだと言ったから」

ポールは、彼女の声の調子から、メアリーが緊張していることが分かった。こんな話し方を彼女がするのは初めてだった。彼女はいつも自信にあふれ、まさに完璧なウェイトレスを演じていたのだ。でも今彼女は、ポールが自分を家に送るつもりかどうか、確認しようとしているのだ。

「もちろん喜んで家まで送りましょう」と彼は言いながら、自分がもし、彼女の家のソファーの上で眠らせてもらえるかどうか尋ねたとしたら、メアリーはどう反応するだろうかと思った。「君がネコに餌をやったあとで、一緒に夕食でもどう?」

彼女は声を出して笑った。「あなたが私にご馳走してくれるの? それは大きな変化だわ」

●――訳者から一言

物語の舞台は、久しぶりにマンハッタンの当たり前の現実から動かない。そこで、この〝現実〟のイメージをはっきりさせるために、地理の再確認をしてみよう。

第二章の記述によると、ポールとリッチの住んでいたアパートはマディソン・スクウェア・ガーデンの近くにあり、さらにここまでの記述によると、八番街に沿った二十九丁目あたりに位置しているらしいことが分かる。というのは、ポールがアパートから追われて出てきた所は「八番街を目の前に」したところで、そこからダウンタウンの方向に歩いてしばらく行くと二十七丁目との交差点に出たというからだ。この交差点の付近に、メアリーの働いているファッション・コーヒーショップがある。だから三一六頁では、ポールはこの店のある八番街の角から「二ブロック離れた自分のアパートを見上げ」ているのだ。

二人は、ここから八番街に沿って北へ約三キロ、四十数ブロック歩いてメアリーのアパートへ行く。その途中で、四十二丁目との交差点を通過するが、その交差点の一ブロック東が〝世界の交差点〟と呼ばれたタイムズ・スクウェアである。この周辺の数ブロックには、ホテル、劇場、レストラン、映画館、ナイト・クラブなどが集中している。そういう賑やかな通りをさらに北上すると、セントラル・パークが見えてくる。八番街は、セントラル・パークの西縁に延びているから、この部分の道の名前は「セントラル・パーク・ウェスト」と呼ぶ。

メアリーのアパートは「セントラル・パーク近く」で「六十番台のところ」というが、これは六十五丁目から六十六丁目通りがセントラル・パーク・ウェストと交わる付近である。ここは有名なリンカーン・センターのすぐ近くで、ここから北側に、十九世紀末に豪華なアパートが次々に建てられた。メアリーが「高級住宅地とは言える」と言っているのはそういう意味で、そこからさらに数ブロック北の七十二丁目との交差点付近には、ジョン・レノンとオノ・ヨーコが暮らしていた最高級マンションがある。

というわけで、二人は、ニューヨーク最大の繁華街を抜けてから、静かな高級住宅地を歩いてメアリーのアパートへ行き、そこから食事に出たことになる。そしてメアリーは、この高級アパートに住んでいるのだが、家賃を免除してもらっても働かなければ大学へ行けないという不思議な境遇にいる。

彼女は自分の首の後ろに手を回し、ポニーテールをつかむと、それを胸の側に持ってきて撫でた。「どこへ行きたいの？」

「君は、何料理が好き？」

彼女は、まるで自分の髪がそこにあるのを今気づいたように、しばらくそれを見てから、それを肩の後ろに放った。「私、ベジタリアンなの」

「どうして？」

彼女は肩をすくめた。「動物が大好きだから。自分の命がかかっていない限り、愛する動物は食べたくないわ」

「愛って、何？」と彼は言った。

「そうね。自分が相手と同じ仲間だと感じることかな、分かるでしょう？」と彼女は言った。「私は一個の動物よ。人間という動物だけど、動物であることに変りはない。私は、自分が誰かに食べられるために殺されるのは嫌だわ。だから、動物たちもそう感じてると思うの。それに、殺されることを知った動物が、どんなに苦しみもがくか知ってるでしょう。動物には死ぬことが分かるわ。そして、死にたくないのよ。だから、少なくともそういう意味では……」と彼女は言ってから、しばらく床を見つめ、「愛とは、相手の感情を自分のものとして感じることね」と言った。

「もし僕が、神は愛だと言ったら？」

彼女は少し考えてから「すごくステキじゃない」と言った。

「そうじゃなくて、真面目に、神は愛だと僕は思う。愛を通して神を経験するんだ」

「分からないわ」と彼女は言った。そして、彼女は学生四人が腰かけているテーブルの方を見てうなずいた。「あなた、あの端にいる女の子が見えるでしょう、長い髪の赤毛の子よ？」

ポールは横目でそちらを見た。その若い女学生は、仲間の二人の女学生ともう一人の男子学生と一緒に座っていた。四人は皆、大学の一年生らしく自己主張の強い格好をしていた。その赤毛の女学生は、体にピッタリした黒いレザーのパンツをはき、胸元を深くえぐった白いレースのシャツを着ていたので、乳房の形が見えていた。「男の脚に手を置いている子のこと？」とポールは言った。

「そう。あの二人はここに来るようになって四ヵ月になるわ。ここは彼らの溜まり場ってところね。彼女はもう三回恋をして、三人も相手を変えたわ。それでも、あの子は本当に恋に落ちるのよ。夢中になるの。最初の相手は彼女が捨てたわ。二番目は彼女が捨てられた。あの子は、ここで泣きながら自殺するって言ったわ。それでも、今はあの男よ。で、私が思うのは、彼女は本当にフェロモンに感じやすいか、あるいは子供の頃、十分親の愛を受けなかったのね。言っている意味、分かるでしょ？」

「うん、分かる。それに、彼女の恋の中には、別のものがあるかもしれない。欲情と愛との違いだよ。愛の方が確かだし、深いものだ」

「私、自分のネコ大好き」とメアリーは言った。

「君はそのネコの目の中に、神が見える？」

「そうね」とメアリーは言った。「あのネコの目を見つめると私、時々何かもっと大きな知性を見入っているような気がすることがあるわ。でも、それと同時に、私が見ているのは一匹のネコで、そのネコが人間の私をネコとして見ているってことは、ちゃんと分かってるの。言いたいこと分かる？」

「その通りだ」とポールは言った。そして、彼はそのテーブルにいる女学生を見てうなずいた。「それが、君とあの女の子の違いだ。彼女は男の目をのぞいて愛を感じ、神の目を見ていると思うんだ。でもそこには、同時に一人の男がいることには気がつかない。男と恋に落ちることで、彼女は自ら活力や命を得、神に触れることができることは知っている。でも、彼女の誤りは、自分には男しかいないと思うこと、あるいは少なくとも、自分は恋に落ちることでしかそれが得られないと考えていることだ。自分と神との接点は、男だけだと思っていることだ。男が自分に感じさせる神性とは、自分の中にあることに気がつかない。それが、彼女の内なる神だ。彼女は、神との接点は男を通して得られると思っている。もちろん、あの子はそれを〝神との接点〟などとは呼ばないだろう。そういうふうには考えないけど、これが彼女の中で起こっていることだ。彼女はかつて一人の男に恋をすることによって、神に触れる経験をした。それで今は、神に触れる唯一の方法は恋に落ちることだと思っている。

それが、あの子の人生の悲劇になるだろう」

メアリーは感心した表情をして「ずいぶん深い見方だわ」と言った。

「僕はその通りだと思っている。これは真理だ」

彼女はうなずいて言った――「今晩、ネコを見るときに、神を探してみるわ」黒い髪の中年の女性がドアから入ってきて、メアリーの表情が輝いた。「ダイアナだわ。交代の時間に三分しか遅れてない。さあ、行きましょう」

第十三章　王様の取り分

途中で少しゴタゴタしたことを除けば、それは完璧に終った完璧な夕方だった。

ポールとメアリーは、四十数ブロックの距離を歩いて彼女のアパートまでいき、そこで彼女はネコのアイゴーに会わないかと言って、彼を室内に招いた。メイン・クーン種の牡ネコであるアイゴーは、ポールが今まで見たどのネコよりも大きく、また怠けものに見えた。メアリーの話では、このネコの体重は一二キロもあり、唯一の北アメリカ原産種のネコの、代表格と言えるという。愛猫家《あいびょうか》の間の言い伝えによると、メイン・クーン種のネコは何百年も前に、ある北東部の近眼のヤマネコが発情期にはめを外し、不注意な飼いネコと出会ったことで誕生したというのだ。

二十世紀初頭に建てられたアパートの、深さ三〇センチほどの窓敷居の中に、メアリーは菜園を造っていた。トマトやコショウ、トウガラシ、トウジシャ、レタス三種類、ラディッ

シュ、そして十種類以上もの薬用や食用の植物が、植木鉢や平らの容器の中で育ち、あるいは自家製のプランターからはみ出して伸びていた。バスルームの窓辺には、巨大なカボチャの木が育っていて、その蔓がタオル掛けや洗面台下の排水管にまで格子状に絡まっていた。「お店で買う食品は信用できないわ」とメアリーが言ったのを、彼は思い出した。「そういうのは遺伝子が組み換えてあって、化学薬品がいっぱいかかっているのよ」と彼女は言った。だから、彼女は食べる量の四分の一は、自分で育てていた。なかなかのものである。

二人は、高級だが上品な菜食専門レストランへ行って、有意義な会話をしたのだった。ポールはその中で、正確さを期するために自分の手帳をチェックしながら、これまで「叡知の学校」で習った教えをいくつも持ち出した。メアリーは、うなずいたり批評したりしながらそれを聞き、しばしば精神分析学者のカール・ユングやジークムント・フロイトの理論を引き合いに出して、彼の言う〝教え〟の再解釈を試みたのだった。

そこへ最初の問題が起った。

ポールが夕食の代金をクレジットカードで払おうとした時、ウェイターがテーブルまでもどってきて、半分に切断されたカードを小さな皿に載せて差し出した。「申し訳ありませんが」と彼は言った。「このカードの認証をもらおうとしましたら、カード会社の人がこれを半分に切って、お客様に返すように言いました」そのウェイターは細身で背の低い三十歳ぐらいの男で、薄くなりかかった黄色い髪に青白い肌をしていた。その男は、そこからは鼻にかかったような調子に声を変えて、言葉を続けた。「残高のないカードは、普通は受け取らないだけです。でも、カード会社がカードを切断するように言う時は、それは盗まれたものか、あるいは解約されたものですね。お客様には、別の支払い方法でお願いできませんか？」

ポールは、もう一枚のクレジットカードを試してみたが、結果は同じで、ウェイターは明らかにいら立った様子だった。ポールは危機感を覚え始めた。これまでのところ、彼はメアリーに自分の心配事を話さずにすませてきた。彼は、彼女に惚《ほ》れ込んでいたので、アパートから追い出されたことで彼女の信用を失うよりは、安いホテルの一室を借りようと心に決めていた。仕事が見つかれば借金返済は間に合うだろうから、その部屋代もクレジットカードで払おうと思っていたのだ。

「これ、どうなってるの、ポール？」ウェイターが二枚目のクレジットカードも切断して持ってくると、メアリーはこう言ったのだ。

ポールは、洋服のポケットの中を探し回って、現金をかき集めた。請求書の金額は六十三ドルと少しで（上等なワイン一瓶を空けたので、値段が少し張ったのだ）、かき集めた額は紙幣で四十六ドル、それに二十五セント硬貨二枚だけだった。

「ちょっと待って」と彼はメアリーに言った。そして、ウェイターに向かっては、「五分後にまた来てくれない？　カード会社に電話しなけりゃならないから」と言った。

ウェイターは、チラリと彼に疑わしそうな視線を向け、彼が代金を払えない可能性を考えて言った。「廊下にある公衆電話を使う必要はありません。マネージャーの事務所に電話がありますから。こちらへきて下さい」

ポールは彼に従い、女性用化粧室の隣にある狭い、窮屈な事務所へ行った。そこの机の上は、まるで紙爆弾が炸裂したような散らかり具合で、そういう用紙のほとんどは、ニューヨーク州とニューヨーク市に関わる税務関係書類であることがポールには分かった。ウェイターは、その机の上にある、黒い旧式のベークライト製電話機を手で示して言った。「あれを使って下さい」

ポールは、最初のクレジットカードを元の形に並べ、その裏に書かれた通話料着信者払いの番号を回した。その電話機は回転式のダイヤルしかなく、押しボタンでの選択ができなかったので、四分もたってから、クレジットカード発行元の銀行の名前を言いながら、一人の男が電話口に出た。

「私のクレジットカードに問題が生じたんですが」とポールは言った。

「どーゆー問題でしょ?」と男が答え、強いルイジアナ訛《なま》りの乱暴な鼻声が耳に残った。ポールは、銀行の中には、費用削減のために囚人を使っている所があるという話を、いつか新聞で読んだことを思い出した。そういう囚人は一時間に四ドル稼ぎ、クレジットカードの番号を盗めるだけ盗んだかもしれなかった。刑務所側は、その料金の九割を「部屋と食事」代として受け取り、銀行側は人件費を削減し、不正な費用を合衆国政府に請求したというのだ。

ポールは、このちょっとした取り引きで、いったいどのくらいの銀行員が一時解雇されたのだろうと思った。

「店のウェイターが僕のカードの認証を取ろうとしたんだけど、そっちの人がカードを切断しろと言った」

「あなたのカード番号は？」

ポールは、電話口で番号を読み上げた。「確認のためだけですが、アブラーさん、あなたの誕生日とミドルネームを言っていただけませんか？」

ポールはそれを言った。

「それから、あなたの体重と身長と、髪の毛と目の色は？」

「どうしてそんなことが必要なんだ？」

男はクスクス笑った。「ちょっとふざけただけです。ずいぶんたくさんの人が、こっちから電話でそれが見えると思うんで、驚いちゃいますよ」

「どこにいるんです？」

「カリフォルニアです」そう答えた男の声は、少し警戒したようだった。

「おたくは囚人？」

「あなたは失業して追い出されたのですか？」

「それはそうだけど、それがおたくとどう関係あるの？」

「個人的には、関係ありません。あなたは全然信用ないね」

男はまたクスクス笑い、それから真面目な声にもどった。「銀行の立場から言いますとね、問題はあなたがカードの支払いが一ヵ月遅れていて、しかも失業している。だから、こちらとしては、これ以上お金を使ってほしくないんです」

「どうやって失業しているのが分かったんです？」ポールは、ウェイターが片側の眉を上げ、顔をしかめて彼を見たのが分かった。ウェイターは床に目を落としたが、部屋からは動かなかった。

「ちょっと待ってくださいね」と男は言った。ポールの耳には、コンピューターのキーを叩く音が聞こえた。「ええと、ここにあるのは……今日ニューヨーク市の法律事務所が、あなたに三万七千ドルの支払い義務があると報告してます。その事務所がていねいに、あなたの失業と立ち退きについての情報をよこしてますね」

「法律事務所って、どこです？」

キーボードを叩く音が聞こえている間に、男は煙草を吸うような音をさせた。

「そこでは煙草を吸ってもいいんですか？」とポールは言った。

「単なる煙草ですよ……」と男は言い、その静かな言い方は失望に満ちていた。「あっ、ありましたよ。シュナイダーマン・サバティーニ・カートランド法律事務所です。あなたは、ここにちょっとした借りがありますね？」

「その事務所は、僕の隣に住むリッチ・ホワイトヘッドが働いている所だ。ヤツは僕に怒ってるんだ」

「それは、そうかもしれませんが……」

「そういうことは、報告しさえすればいいんですか？」

「クレジット関係の信用調査会社に、月々ちゃんと支払っていればね」

「間違ったことでも言えるんですか？」

「もし間違っていれば、あなたの支払い明細書のコピーを申請してから、データの誤りを指摘することができます」そう言う男の声の調子は、まるで原稿を読んでいるようだった。

「私どもの銀行は、第三者から情報の提供を受けているので、その情報の正確さを主張するものでは……」

「でも、それは間違いだ！」とポールは電話機に向かって叫んだ。ウェイターはニヤニヤ笑ったが、ポールと目を合わせないようにした。

またキーボードを叩く音が聞こえ、煙草をもう一度吸う音がした。そして、「ああ、この第二画面の下のところに、追加の報告があるみたいですね。最初の報告のたった一時間後に、借金についての記載は誤りだと書いてあります。しかし、そのほかのデータは正しいと言ってます」男はクスクス笑った。「あなたが失業して家を出されたというだけの報告では、まずかったんです。その人にとって文句の言えることじゃないから、報告として受理されない。

だから、この人はニセの請求書を作って、それをほかの関連情報と一緒に提出した。それから、最初の書類を撤回して、あなたから名誉毀損か何かで訴えられないようにしたんですね」

「それでわかった」とポールは言った。

「要するにですね」と男は言った。「運が悪かったんですね」

「ありがとう」と、ポールは何も考えずに言った。

「どういたしまして」

ポールは受話器を置くとウェイターに言った。「彼女に話さなければいけない」

「一緒にいきます」とウェイターは言って、大袈裟《おおげさ》な仕草で両手を自分のエプロンで拭った。

ポールは、メアリーのいるテーブルの所まで歩いていった。彼女は席についていて、デザートト・メニューを眺めていたが、その様子は、まるで何か重要な文学作品を読んでいるかのようだった。彼は席にすわり、ウェイターは二人の会話が聞こえるような距離を行ったり来たりしていた。

「僕のクレジットカードは使えない」と彼は低い声でささやいた。

「何があったの？」とメアリーは言った。「何か問題があるの？」

「それは、隣に住む男とちょっといさかいがあって……。実際、この男はノアという名前の幽霊に悩まされていて、ノアが悪魔か何かをけしかけるというんだ。僕には何のことだか分からない……」彼は、メアリーが妙な顔をしているのに気がついた。「つまり、とにかく、僕のアパートの隣の住人は法律家で、僕のことを怒ってる。だから今日、ヤツは僕を家から追い出し、午後にはクレジットカード会社に電話して、僕がヤツの法律事務所に三万七千ドル借金していて、返済期限を過ぎていると言ったんだ」

「そうなの？」

「いや違う。僕はそこに何も借りはない。しかし、ヤツは僕の信用をぶち壊した。ちょっと力を誇示するためにね。で、その結果、僕には使えるカードがなくなった。手持ちの現金は、夕食代を支払うには不足なんだ」

彼女はにっこり笑い、彼の腕に手を置いた。「私いつも、自分のお店で代金を払えないお客さんがいるんじゃないかと思ってたけど、別のお店でそういうことが起るなんて、考えたこともなかったわ」

「ほんとにすまない……」とポールは言った。彼女の手の感触の心地よさと、自分への恥ずかしさが入り交じった感覚だった。

「大丈夫よ」と彼女は言った。「それに、もともと割り勘にすべきだったから。とにかく今は、二十一世紀なんだから」彼女は、椅子の下に置いてあった財布を取り出した。「お値段はいくら？」

「六十三ドルといくらかだ」

「そう」と彼女は言い、しばらく天井の方を見上げて頭の中で計算した。「二〇％くらいのチップを加えると七十六ドルぐらいね。そうでしょ？」

「そのくらいでいいと思う」と彼は言った。そして、ウェイトレスに二割のチップは多すぎないかと思った。

「あなた、三十八ドルある？」

「あるよ」と彼は答えながら、残りの金で多分、彼女のアパートまでのタクシー代が払えると思った。

彼女は財布を開け、そこから薄型の茶色の模造スエードの札入れを出し、二十ドル紙幣を一枚、一ドル紙幣を十八枚、数えながらテーブルの上に置いた。「一ドル札がたくさんあるわ」と彼女は言った。

ポールは四十ドルをテーブルの上に置き、ウェイターが体を乗り出してそれを集め、数えるのを見て言った。「お釣は取っておいて」

「ありがとうございます」とウェイターは言った。そして腰を少し曲げておじぎをしたが、声には軽蔑の調子が表れていた。

ポールは、ジムが「貧乏人は尊敬されない」と言ったことを思い出し、このウェイターの目に映った今の自分の姿を知り、気が滅入っていくのを感じた。自分は、スーザンが言ったように、敗北者だった。あるいは、少なくとも敗北者への道を転がり落ちていた。

メアリーは立ち上がり、隣の椅子に置いてあった自分のコートを取り上げた。「行きましょう」と彼女は言いながら、その赤いしゃれた冬物コートを体に羽織った。

外は暗かった。メアリーのアパートまでは二十ブロックあった。ポールは、寒さに体を震わせた。「タクシー代に足りるだけはあると思う」と彼は言った。「あるいは、君にどこかで一杯おごるくらいはある」レストランでのあの一件があってから、彼の自尊心はズタズタの状態だった。

メアリーは、両手をコートのポケットに入れて前を見ていた。その表情は、街燈の光や車のライトに照らされてこわばって見えた。「ポール、何があったの？」その声は、気を遣っているようでもあり、事務的にも聞こえた。「だって、あなたは今朝あのレストランに来て、それからあのホームレスの男と一緒に出ていって、それから、仕事をしているはずの午後にまた戻ってきて、今度はこんなことになる」彼女は右手を勢いよくポケットから出し、レストランのドアの方を指し、それからまたポケットの中へもどした。「何があったというの？」

「話しても、きっと信じないと思う」と彼は言った。「自分自身でも、信じてない気がするんだから」

「話してみてよ」

「じゃあ、歩きながら話そう」と彼は言い、アップタウンの彼女のアパートの方向に体を向けて、歩きはじめた。彼女はその横にピッタリ並んだ。「よし、記者はこの話をどう書くだろう？」と彼は思った。そして、情景説明や論評は抜いて、事実だけをそのまま書くスタイルがいちばんいい、と心に決めた。

「夕食の時、僕が手帳を読みながら話したことを憶えているだろう?」と彼は言った。

「憶えてるわ。面白かったわ。どんな主な宗教の中にもある基本的な考え方を言い当てていたと思うわ。それに多分、破壊的でないマイナーな宗教にも、それはほとんど当てはまるわ。私の心理学の先生たちが、こういう考え方に全部賛成するとは思わないけど、私には分かったわ」

「あの考えに、僕は自分でたどりついたんじゃないんだ」と彼は言った。

「私もそう思ったわ。あなたはずいぶんいろんな本を読み、多分、取材の中でキリスト教やユダヤ教の聖職者の話を聞いて、それがあの手帳に書いてあるんだと思ったわ」

「それは、ある意味では正しい」と彼は言った。二人は、明りに照らされた通りを一本渡り、そして話を続けた。「僕は昨日、走ってくるトラックの前で跳んだんだ。よく考えなかった。それは瞬間の衝動だった。小さな女の子が目の前にいて、その子が跳ねられないように跳んで、トラックの進路から押し出した。すると何かが、あるいは誰かが、僕の体を支えて突然、僕は空中を飛んでいた。それで、女の子も僕も命を救われた。それから僕が自分のアパートに帰ったら、そこに一人の男がいて、自分はノアという名前で、自分が何者であるかは、〝天使〟か〝幽霊〟、あるいは〝変化師《へんげし》〟のいずれでもいい、あんたの文化や宗教で使っている名前で呼んでくれと言った」

「その人、誇大妄想なの？」

「いや違う。彼は自分で言っている通りのものだと僕は確信してる」

そしてポールは、彼女に話の最初から最後まで――自分が一時解雇されたことから、女の子を助け、ノアと会って別世界の入口を通って古代のシュメールへ行ったことも話した。ノアとリッチのやりとりのことも、ジムとレストランで会い、ジョシュアと地下のトンネルで会い、リッチが自分をアパートから追い出したこと、その理由についても語った。また、自分の決意、世界を救う活動に参加する意志について、これまで学んだ教えのこと、これからさらに教えを学ぶことも語った。

全部話すあいだに四ブロックを歩いた。

次の一ブロックを、二人は黙って歩いた。ポールは彼女の反応がこわかった。頭がおかしくなったと思われないか、恐れていたのである。

ついに彼女は口を開いた。「それはあまり普通ではない話ね」

「一人の記者としては、もし誰かが、これが全部その人に起こったことだと言ったら、僕はそいつは気が触れていると考えたと思う」

「あるいは精神分裂病か、誇大妄想か、人の注目や愛情に飢えていて、とんでもない作り話をして人の注意を引こうとする人ね。もっと乱暴な表現もあるけど……例えば〝狂人〟とか」

こう言って、彼女は微笑んだ。

「そりゃそうだ」と彼は言った。メアリーは自分のことをそういう種類の人間だと思っているに違いない、と彼は思った。「君はどう思う？」

彼女は、明るく照らされた店の前で――明るい黄色と緑で彩られた春物の婦人服を飾った店の前で立ち止まり、顔を上げて正面から彼を見た。その片側の眉が心もち上がったが、店のショーウインドーから来る蛍光燈の光の中で、彼は彼女の右側の睫毛《まつげ》の上に、微《かす》かな傷痕があるのに気づいた。彼はどうやって、いつ、その傷がついたのか知りたかった。そして、自分が彼女の人生のあらゆることに興味をもっていることを知った。子供の頃はどんなだったか、どんな育ち方をしたのか、青春時代は、学生時代は、両親との関係はどんなだったか、どんなタイプの人間が彼女の親友なのか、最初の恋はどんなだったろう。彼は、彼女の目を覗《のぞ》き込み、その目の中から神の視線が返ってくるのを感じた。彼女の心を通して、愛を感じたのだ。

「私、あなたを信じるわ」と彼女は言った。彼女は両手で彼の右手をつかみ、しっかりと握った。寒い夜の空気の中で、彼は暖まった。「私、ノアやジョシュアに会いたいわ。人々を目覚めさせるために何かをしなければ、この世界が終ってしまうということに、私は何の疑いもないわ。私も世界を救うことの役に立ちたいの」

彼は、胸が熱く、いっぱいになるのを感じた。彼女の顔を見つめている間に、街の灯かりが明るさを増したように感じた。車の行き過ぎる音は小さくなり、彼女の息の音しか聞こえなくなった。「本当だね？」

「もちろんよ！　あなたが本当のことを言っていなかったら、私にはそれがすぐ分かるわ。本当のことだとしたら、これは一生に一度のチャンスのような気がするの。私にはピッタリくるし、あなたの顔を見れば、あなたが嘘を言っているのではなく、頭がおかしいのでもないことは確かだわ。もちろん、心理学で最初に学ぶことは、自分の感情を信じるのではなく、客観的事実を信じること。理解しようとする相手とは距離をもてということよ。でも、それには同意できないの。私には、自分の直観がいつも役に立ってきたわ」

ポールは、彼女にキスしたいと強く思った。しかし、そうせずに体をもとに戻して、彼女のアパートに向かう道を再び歩き出した。彼女は彼の右手を放さずに、左手で握った。彼は、このとても魅力的な若い女性と、街中を一緒に歩くことに心が躍った。彼女は、ウェイトレスとか心理学専攻の学生などという見かけとは違い、よほど深いものの見方をする女性だった。

「私、聖書の中に書かれていることについて、よく不思議に思ったわ」と彼女は言った。

「でも、あなたはそれを全部、私の前でつなぎ合わせて分かるようにしてくれたわ」

「それって何？」

「『マルコによる福音書』の中でイエスは、弟子たちのうち何人かは、神の国が地上にもたらされる時、まだ生きていると言ったわ。私、これはイエスの間違いだといつも思ってたの。

でも今は、イエスは正しかったと分かったわ」

「ということは、つまり、イエスと一緒にいた人のうち何人かは、神の国は自分たちの内にあることに気がついたという意味？」

「そう」と彼女は言った。「そういう人たちは、神の国が今ここに存在しうるということを悟った人たちね。この世の王たち、つまり富に仕えるのをやめて、その代り自分の内なる神の存在と愛に触れるのを選んだ人たちのことよ」

「それは、神秘家のことだ」とポールは言った。

「どういう意味？」

「イスラム教ではルーミー、ユダヤ教ではマルティン・ブーバー、カトリックでは十字架の聖ヨハネのことだ。皆、神の国に触れ、それを知って死んだ。サロメが僕に言ったように、『今日は死ぬのによい日だ』ということだ」

「驚くべき可能性ね」とメアリーは言った。「あなたが体験したことは、ちょっと信じられないけど、その教えはすごくよく分かるわ。ノアに本当に会ってみたい」

「僕には彼がいつ現われるか、あるいは本当に現われるかどうかもよく分からない」と彼は歩きながら言った。彼女は彼の手をしっかり握っていた。「僕は今朝、彼のことを呼んだ。でも何も起こらなかった。でも、君がもし望むなら、トンネルへ連れていってジョシュアに会わせることはできる。もしかしたら、朝のうちにジムを見つけて、彼に案内してもらうのが一番いいかもしれない」

「あの人、前にもうちのレストランに来たわ」と彼女は言った。「一度、あの人にお店のトイレを使わせたことがあって、上司にすごく怒られたの。名前は全然知らなかったけど」

「ジムは、街のあの辺の空き缶を集めているんだと思う。缶拾いする人には、それぞれの縄張りがあるみたいで、その範囲内でゴミの中を漁《あさ》るんだ。朝になれば、きっと彼を見つけられるよ」

「それがいちばんね」と彼女は言った。「こんな夜に、トンネルの中とかその付近に行きたくないもの。だから、明日の朝にしましょう。でも早い時間じゃないと、土曜日は三時からの授業があるから」

「またデートだね」とポールは言った。そして、彼女の手を強く握り、それから放した。そして、自分の手をポケットにもどした。彼は、大きく一息吸い込むと、こう言った。

「僕には、今晩過ごす場所が必要なんだ。安ホテルの一室でもと思ったけど、クレジットカードがダメになって動きがとれない。君の家のソファーの上で寝かせてもらえないかな？」

「いいわよ」と、彼女は何のためらいもなく言った。

「君に何もするつもりはない」

「分かってるわ」と彼女は言った。「少なくとも、意識的には何もするつもりはないわね」

通り過ぎる車のライトの中で、こう言う彼女の顔が微笑んでいるのをポールは見た。

●――訳者から一言

ここでの〝山場〟は、自分の奇妙な体験について語るポールを、メアリーがどう受け入れるか、だろう。しかし、この場面から、メアリーがポールに好意を寄せていたという物語上の設定を差し引いてみると、この〝山場〟は、実は読者がこの小説全体をどう受け入れるかという重要な問題と関係しているように思う。

ポールは単に〝超常現象〟を体験し、その現象は彼の脳内の異常な反応によるのであって、我々が生きる客観世界とは関係がないと考える読者は、恐らくメアリーの選択を批判的にとらえるだろう。反面、この世界には、我々が日常的に親しんでいるのとは違う側面があり、そこに足を踏み入れたポールに共感している読者は、メアリーの選択にホッと胸を撫でおろしたかもしれない。

メアリーが心理学を勉強している学生であるという設定も、物語に切迫感を与えている。多くの心理学者の考えでは、超常現象のほとんどは心理的な錯覚であるか、あるいは個人の心理的要請から生まれた一種の〝創作物〟で、客観世界とは関係がないと考える。つまり、客観世界では何も異常なことが起こっていないのに、個人の心が異常現象を脳内で勝手につくり出して妄想していると考えるのである。

そういう理論を勉強しているメアリーが、ポールの体験を聞いて「私、あなたを信じるわ」と答えるまでの心の動きは、しかしここでは省略されていて、「直観」による選択としてしか描かれていない。作者は、あまりに複雑な心理描写は、かえって現実感を薄めると考えたのかもしれない。

念のために書き添えれば、躁鬱《そううつ》病や精神分裂病を発病した人も、自分を神の分身と考えたり、自分は他人の心が読めると確信することが多い。アメリカの分裂病専門医のE・フラー・トーリー博士によると、同国では「宗教に端を発する妄想状態は、分裂病患者のおよそ二人に一人と非常に多い」という。宗教的神秘家が語る「宇宙との一体感」や「全生命との連帯感」というような体験は、もちろん重要であるが、分裂病患者も、時に宇宙と一体になった感覚を味わったり、自分と他人との境界線が崩壊する体験をする。この両者を混同すると、宗教や信仰も危険な道へ進む可能性があることを、読者は心に留めておいてほしい。

「本当のことを言うと、僕は君にとても惹かれている」と彼は言った。「でも、だからこそ急がずに、でも自分の心に忠実にいきたい。まるで神の愛が、君を通して僕に流れてくるような気がする」彼が歩きながら彼女の肩に腕を回すと、彼女の腕が引き寄せる力を身近に感じた。

第十四章　強い風

メアリーのアパートの居間の壁にかかったレギュレーター社の時計の針は、午前三時二十分を指していた。ポールは、その時計の振り子をしばらく見つめ、柔らかくチックタックと時を刻む音を聞きながら、自分がどこにいるのか確かめようとしていた。彼は、ソファーから引き出したベッドの上にいて、ベッドが広げられた居間は、ほかに何かを置く空間がほとんどなくなっていた。二人は、コーヒー・テーブルを台所に移し、二つあった不揃いの安楽椅子も部屋の隅に別々に置いたのだった。

その部屋は、何か非現実的な感じがした。だから彼は、少しの間、自分が本当に目が覚めているのか、それとも夢を見ているのか判別できなかった。時計は依然として時を刻んでいた。そこで彼は、自分は目覚めているのだと結論した。

彼は、自分を眠くさせないものは何かと考えた。彼の意識は冴えきっていたので、それまで見ていた夢のことを考えるのも難しかった。夢を思い出そうとして記憶をたどると、微《かす》かでおぼろげな記憶は、濡れたティッシュペーパーのように千切れていってしまう。それは、何か三位一体についてのことだった。叡知の女神が、自分は男性の神霊の伴侶だと言った。その女神は、ソロモンが『雅歌《がか》』の中で愛の詩を贈った相手だった。

それから、風の音がしていた。

彼は身震いをして窓を見た。古いレース模様をまねたカーテンがあった。それが窓敷居のところで、鉢やトレーから伸びた植物の葉や幹の形を見せて、盛り上がっていた。そのカーテンの不安定な揺れを見ていたポールは、窓が少し開いているに違いないと思った。メアリーは予備の毛布を一枚しかもっていなかったので、その一枚だけでは寒かった。

彼は、毛布とシーツの下から足を振り上げて、それを床に落とし、ジーンズをはき、肩をすくめてシャツを頭から被った。もし彼がメアリーのアパートの部屋のカーテンを開けた時、隣から人が見ていた場合、下着姿の男がそこにいるのは、彼女にとってまずいと思ったからだ。もちろん服を着たのは、部屋が寒かったせいもある。

彼は窓のところまで歩き、カーテンを引き開けた。窓の外には、眠る前に見えていた褐色の石材でできたアパートの建物のかわりに、灰色と濃い藍色の雲が渦巻いていて、まるでハリケーンの目を覗《のぞ》いているようだった。

「何だ！」と彼は息を呑んで言った。わずかに開いた窓の下から流れ込んでくる空気は、銅と雨と、燃えた火薬の臭いがした。彼は、トマトが植わっている黒いプラスチック鉢を片側に押しやり、片膝を窓敷居につき、体を真っ直ぐ伸ばし、もう一方の膝を鉢の反対側に置いた。それから、前のめりの姿勢になって、窓の下部にあるハンドルに手を伸ばした。それを押して窓を全開するつもりだった。しかし、窓外の風景——この妙な臭いや雲の渦巻く様子——は実に奇妙だった。彼は、それが一体何なのか知ろうと思った。そこで彼は、窓の下半分を上へ押し開け、二本の手と膝をふんばって外を覗き込んだ。彼の頭と両肩は、通りから十二階上の空中に出た。

激しい旋風が巻き起こり、木の枝のような形の稲妻が走った。突然、轟音がした。それは、深い、古いトンネルの中をジェット機が通り抜けるような轟音だった。室内の空気が外へ向かって急激に吸い出されたので、ポールは窓の縁にしがみついて、その大渦巻きに引き込まれないように必死にもがいた。それは無駄な努力だった。彼は窓から外へ飛ばされ、暗闇の中へ吸い込まれていった。

しばらくの間、寒さと痛みと恐怖の中でポールの体は激しく震えた。と、彼は自分の体が、何もない闇の中で浮かんでいるのに気がついた。両手、両足をひろげて、まるで広大な海洋の水面近くで浮いたり沈んだりしているようだった。果てしなく遠い空漠の彼方に、いくつもの星が、消えることのない光を放って燃えているのが、彼には見えた。回転花火のような星雲がいくつも、ゆっくりと回っていた。小惑星が、何もない闇の中を転がっていく中で、その結晶部分は遠くの星明かりを映してキラキラと光り、暗黒な部分は、それが星の前面を通過する際に、わずかに形を判別できるのだった。

ポールは、息苦しいほどの感動を覚えていた。こんな体験は初めてではないという圧倒的な実感があった。恐怖は彼から去り、心にポッカリと空いた空洞に代わって、「これが愛だ」と彼には分かる暖かさに満たされていった。彼は、愛によってはち切れそうだった。愛は、彼の全身の細胞に染みわたり、それを満たしていた。「ああ、メアリーにこれを伝えられたら！」と彼は思いながら、彼女の懐かしい思い出が、山腹を駆け下りる流れのように、体の中を透りぬけていくのを彼は感じた。そこには音はなく、臭いもなく、味もなく、ただ光があり、そして彼の中で鼓動し、流れ、打ち鳴っている様々な感情があるだけだった。静寂が響きわたるようだった。そして、最遠の彼方で、微かにピアノの音が聞こえるような気がした。その音は、ゆっくりと、柔らかい音色で、エリック・サティの『三つのジムノペディ』のメロディーを奏でているようだった。それは自分の記憶から来るのか、それとも実際のピアノの音なのか、ポールには分からなかった。自分はどこにいて、どうやってここに来たのだろうか？　なぜか、そのこともポールには問題ではなかった。それはあまりにも美しく、あまりにも奥深く、あまりにも大きな世界だったので、何が、なぜ、どうやって、などという人間の考えはちっぽけで、場違いのように感じられた。

その時、宇宙全体に「ごらん！」という一語が響きわたった。その声は、明らかに女性のものであり、豊かで、大きく、力と権威に満ちていたが、同時に慈愛を湛《たた》えていた。その言葉は、広大な宇宙空間に響きわたり、やがて星屑の中に吸い込まれていった。

「どなたですか？」とポールは言った。その口は、真空の中に言葉を発し、彼は自分の声が永遠の彼方に流れていくのを聞いた。

「叡知は自分の家を建て、その七つの柱を立てた」

「あなたが『叡知』ですか？」とポールは言った。

一羽の白い鳩が彼の後ろから飛び立ち、真っ直ぐ百メートルほど飛んでいくと、左から右方向へと空間を横切って、近くの星明かりの中に消えていった。鳩は、彼がいることにまるで気がつかないようだった。と、彼の面前に、一人の女性が姿を現わした。メアリーととてもよく似ていたが、六十代か七十代の顔をしていた。灰色の髪を両肩に垂らし、その目は生命と知性に満ちていた。彼女は金の縁取りをした紫色のローブを着て、片手に杯のような容器を持っていた。そして、輝くほどに美しかった。

彼女の声は、背後のすべての星、遠く彼方のすべての星雲、そして彼の周囲の塵一つ一つからも響いてくるように聞こえた――「叡知は呼ばわらないのか？　悟りは声をあげないのか？」

「あなたは、私に最後の教え、最大の霊的秘密を伝えるために来られたのですか？」とポールは言った。そう言いながら、彼は自分の中に微かなもの悲しさと、小さい頃の記憶、長く忘れ去っていた至福と充足の時間が蘇ってくるのが分かった。

彼女は言った。「主なる神は今からとこしえに至るまで、あなたの出ると入るとを守られるであろう」

「私には理解できません」

彼が見ているうちに、女性の姿は霧の中に消えていき、いくつかの星が変化し始めるのが分かった。黄色い星は膨れ上がって赤くなった。赤い星は拡大し、まばゆい閃光を発して爆発し、やがて闇に戻った。白い星と青い星は黄色になり、赤くなり、あるいは小さなきらめきを残して闇の中に崩れていった。星雲も色を変えた。ゆらめきながら紫から橙《だいだい》に変化し、中心部に向かって収縮するか、あるいは渦巻きながら拡大した。すべてのものが、すべてのものから遠ざかり、その速度が増していくさまは、まるで宇宙が膨れ上がる一つの風船玉で、ポールだけが動かずにそこにいるようだった。彼は、時間の終りを目撃していることに気がついた。これがエントロピーの最終段階だ。ビッグ・バン以来の宇宙の膨張エネルギーが限界点に達し、星たちの力が尽きたのだ。すべてのものが冷たい物質に変わり、宇宙は瓦礫《がれき》と塵、鉄と鉱滓《こうさい》で満たされた。

あたりは暗く、冷たくなり、ポールは重苦しさを感じた。熱の消滅。創造の最後の時だった。

彼方にある最後の星たちが光を失い、死の苦しみの中で赤い巨星に変わっていくにつれ、彼は、とてつもなく大きな力で、まるで巨大な真空か磁石が背後にあるかのように、後方に引かれるのを感じた。あらゆる物が――星々が、惑星が、塵が、濃密に圧縮され、光さえそこから出られないブラックホールと化した物質が、彼の後ろに飛んでいった。彼は、周りをくまなく見回して、そのことがあらゆる場所で、あらゆる方向で起こっているのを見た。

宇宙は、それ自身にもどるために潰《つぶ》れはじめたのだ。

その速度が増した。そして、雷のような轟音の中で、惑星が、冷たくなった星々が、ブラックホールが、想像を絶する数の天体の破片が、衝突し、砕けながら、ある中心点に向かって飛んでいく。しだいに速さを増しながら……。その中心点は赤くなり、次に黄色くなり、そして青白い光を輝かせたかと思うと、次に突然黒くなり、青い光の二倍の大きさになった。ポールは、宇宙の中心があまりにも稠密《ちゅうみつ》化したため、その強大な重力によって、光でさえ中心部から出られなくなったに違いないと思った。宇宙の中心の暗黒領域は、どんどん拡大した。一秒間に何億何兆もの星や惑星を集めながら、暗黒は膨張し、揺れ動いていた。

ポールは、本当に何もない空間に浮いていた。巨大な暗黒空間の中心にある漆黒の領域を囲む微かな光の輪が、わずかにそこに何かが存在することを示していた。そして、その中心部は小さくなりながら、黒く、さらに黒くなっていく。暗黒部は小さく縮み、さらに縮小して、ついに芥子《からし》粒のようになってしまった。そして瞬間的に消えたと思った。が、次の瞬間には外に向かって急激に膨張し、無の空間に火とガスを噴き出し始めた。

ポールはその暖かさを感じ、次に灼熱を感じ、雷鳴を聞き、爆発音が繰り返す中で、宇宙が再び生まれ出るのを知った。いくつものガス状の雲が凝集して恒星となり、それが燃え上がって、大きな星、小さな星となり、宇宙の膨張が再び本格的に始まった。星々は幾千もの異なった色で燃え、そのうちの多くが爆発して、宇宙空間におびただしい量の物質の塊を吐き出し、それが互いに凝縮して、やがて惑星となった。宇宙空間を回転しながら飛んでいた惑星たちは、やがて一つの恒星の引力に捕らえられて、忙しそうに恒星の周りを踊るように周回しだした。大気が形成され、雨が降りだし、陸地には緑色が広がった。そして間もなく、ポールが空中に投げ出されたあの時の状態に、すべてのものが元どおりにもどった。

「これは一体、どういう意味だ?」と彼は押し殺した声で言った。たった今目撃したことに驚愕して、震えていたのだ。

女性の声がその時言った。「人がもし死ねば、また生きるでしょうか?」

「分かりません」

彼の目の前には、一人の透き通った女性が現われ、古い写真を見た記憶から、彼はそれが自分の曾祖母であることに気がついた。その彼女は今、年若い姿をしており、古い家の寝室で女の赤ちゃんを産んだ。それが自分の祖母であることが、彼には分かった。彼は、その曾祖母が年をとり、死に、木の箱に入れられて土中に埋められる様子を、恐怖し、同時に魅惑されて見つめた。それから、まるで土が透き通っているかのように、彼には木の箱が腐り、彼女の肉体が腐敗し、大地と一体となる様子が見えた。彼女の肉体を構成していたもろもろの栄養素は、土の中に吸収され、水によって、麦や野菜が育っている農地へ運ばれた。目の前の光景が変わり、彼の母が少女の姿で現われ、野菜を食べていた。その野菜は、彼の曾祖母の、そしてそれ以前に生きていた何百万人もの体が育てたものであることに、彼は気がついた。彼はその土の中に、アメリカ大陸に来たヨーロッパ人の生命のかすかな反映を見た。十九世紀の服装をして、それから十八世紀の服装で、そして十七世紀の格好で……。さらにアメリカの先住民たちが、死んだ老人たちの体によって土壌を肥やし、その土地からの収穫物を子供たちに食べさせていた。すべての人が吸う空気は、過去においてすでに数限りなく吸われ続けてきたものであり、飲む水は、地球の生命が始まって以来、他の生物の腎臓の中を数限りなく通りぬけたものであることに、彼は気がついた。

この大地のイメージは消えていき、また女性の姿がもどって来た。彼女は言った――「その通りです」。彼女の声は、存在のすべてから響いてきた。

「〝我々は再び生きる〟という意味ですか？」

「その通りですし、それ以上です」

「それ以上？」とポールは言った。

「〝これこそは新しい〟などと言えるものがこの世に存在しますか？　どんなものも、我々が存在する前の時代からすでに存在しています」

「あなたがおっしゃりたいのは、時間は直線的ではなく、円のように繰り返すということ？始まりも終りもないということですか？」

「世界に終りはありません。アーメン」と彼女は歌った。

ポールは、手帳とペンをシャツのポケットから取り出して、こう書き止めた――時間は回っており、一直線ではない。そこには始めもなく終りもない。「ほかに何か教えてもらえませんか？　ノアは、『叡知の学校』での私の教師は三人いると言いました。で、あなたが三人目だと思うのです。それとも、今のが究極の教えなのでしょうか？」

彼女は微笑んで、やさしくハミングで歌いはじめた。その音は遠くの星々にこだました。ギターの弦がほかの楽器に共鳴するように、すべてのものがその歌に合わせて振動しているようだった。

そのハミングは言葉になり、「彼女は口を開いて叡知を語る、その舌にはいつくしみの教えがある」と言った。

「いつくしみ？」

と、ポールの目の前で彼女の姿は消え、何もない空間に三次元の立体映像が現われた。今度は、火に包まれたいくつもの建物から逃げ出してくる人々が、そこには見えた。彼がそれを注意して見ると、それは、燃え上がる街から逃げ出してくる難民であることが分かった。男も女も、子供も老人も皆、持てる物は何でも運んでいる。人によって、それは写真や手紙や書類であったり、金や宝石類であったり、袋入りの食糧や水であったりする。空からは爆弾が降り、兵士たちは逃げる人たちに向かって銃砲を発射し、戦車が火を吐いて、人の体が血を噴いて吹き飛び、建物は炎に包まれた。

光景は変わり、飾りたてた室内が現われた。金や白エナメル、樫材の装飾が見える。白髪の男が一人、金箔と赤いビロードで飾られた玉座のような椅子にすわっていた。その周りには、四十代、五十代、六十代の男たちが集まっていた。ほとんどは軍服姿で、金や銀の襟章、線条、階級章で飾られていた。玉座にいた男が、喉から発する耳ざわりな言葉で何かをしゃべり、手を振った。その手の動きに応えるように、ポールの眼前には避難民や、爆弾や、兵士の姿が現われたので、彼にはこの男が戦いを命じていることが分かった。この男は、彼が目撃した人々の苦痛と死の責任者だった。男が、椅子の肘掛けを強く叩くと、光景全体が揺れ、世界が動揺した。「これは悪の力だ」とポールは思った。

その考えに答えるように、叡知の女神が言った。「不義を討り、悪を行う者はわざわいである。彼らはその手に力あるゆえ、夜が明けるとこれを行う」

光景はまた変わって、戦場の野戦病院が現われた。若い女性が一人、ジーンズと白いブラウス姿で、赤十字の腕章を巻いて、意識を失っている老女の傷の手当てをしている。その手が動くたびに、その真剣で悲壮な表情が変わるたびに、世界は、まるで砲弾を発射した時のように震え、揺れ動いた。風景は次に、ヨーロッパのある小さな町を通る、山腹の道に切り替わった。暁の最初の光を受けて、茶色のツイードのスーツを着た一人の老人が、ほかに人影のない、雨で濡れたその道を、背中を曲げ、まるで道を見つめるように歩いてくる。と、素早く無駄のない動作で、彼は手を伸ばしてミミズを拾い上げ、道の脇へ走っていって、草の中にそれを置いた。「ここにもいたな。わが友よ」と彼は言った。「お前たちは、小さいものの中で最も小さい。だから私はお前を愛する」――その言葉の切れ目切れ目で、その光景は揺れ動いた。ポールには、その言葉の重みが、全身を突き抜けるように感じられた。またミミズが見つかり、いたわりの言葉が聞こえ、再び感動が全身を走る。やがて、その光景も消えていった。

「これは善の力だ」とポールは言った。その感動と力は、軍と兵器をもったあの悪の王を、はるかに上回っていることに彼は気がついた。

「女がその乳のみ子を忘れて、その腹の子を、あわれまないようなことがあろうか」その声は柔らかく、慈愛に満ちていた。「たとい彼らが忘れるようなことがあっても、わたしは、あなたを忘れることはない」

「あなたは、善は悪よりも強いと言っているのですか？」

「光は正しい者のために暗黒の中にもあらわれる。主は恵み深く、あわれみに満ち、正しくいらせられる」

「それは、叡知の学校の新たな教えの一つですか？　つまり、慈愛は最高の善であり、善は悪よりも強いということですか？」

「その通り」と、その声は言った。

「それが、今世紀最大の霊的秘密なのでしょうか？」

沈黙が続いた。そしてポールは、直感的に「叡知」という名の女性がその場を去ったことを知った。彼は、手帳を取り出して書き止めた――慈愛は最高の善であり、善は悪よりも強い。彼がそう書き終った時、何か別のものが霧の中から立ち現われてきた。それがジョシュアの姿であると知った彼は、心臓の鼓動が高鳴った。

「ジョシュア」とポールは言った。「そこにいるのは、あなたですか？」

ジョシュアは、前日に街の地下トンネルでポールと会った時と同じブルージーンズと、すり切れたワイシャツ、ケーブル編みの緑色のセーターを着ていた。「そうだ、私だ」

「何をしにここに？」

「私が来たのは、あなたに秘密を教えるためだ。あなたはそれを書き止めて、この世界で実行し、人々に伝えて意識変革を起こすことによって、この世界と生物全体を救済する仕事を始めなければならない」

「はい、分かりました」とポールは言って背筋を伸ばした。「でも、なぜここで？」

「これが私の創造した世界であり、あなたの創造した世界だからだ」

「あなたがこれを創造した？」

「そうです。あなたがしたように、だ」

「僕が？」

ジョシュアの唇が動いたが、彼の口からはもっと深い、古代人のような声が出た。「主なる神は言われた、『見よ、人はわれわれの一人のようになり、善悪を知るものとなった』」

「われわれの一人？」とポールは言った。「それは、聖書からの引用ですか？」

「『創世記』だ」とジョシュアは、自分の声にもどって簡単に答えた。「これで分かったかな？」

ポールは空を見上げ、下を見、左を見、右を見、前方遠くに輝くはるかな星々を見た。宇宙は無限にひろがっていた。彼はその言葉をかつて何度も聞いた――無限――。しかし、それが本当にどういう意味なのか理解できなかった。「それが、秘密ですか？」

「ある意味では、そうだ。それがどうやって始まり、どうやって終り、どうやってすべてが再び始まったか、今では理解できるだろうか？」

「宇宙がそうなることは分かりますが、どうしてそうなるかは確信がもてません」

ジョシュアは微笑み、無の空間から一歩踏み出し、手を差し出して、ポールを励ますようにその腕に触れた。その時、ポールは再び自分の心が愛に満たされるのを感じた。両眼から涙が溢れた。「どうしてそうなるかを知るには」とジョシュアは言った。「あなたは宇宙の創造主の心に触れなければならない。それは別の時にして、最初は、まず秘密を知り、その真

●――訳者から一言

ポールは超常的な宗教体験の中で、「今世紀最大の霊的秘密」なるものが何であるかを、ついに聞く。そこに到るまでの案内役として、彼に様々なイメージを見せるのが、「叡知」と呼ばれる、輝くほど美しい老女である。

彼女がポールに見せた一連のイメージの中に、田舎道の表面にさまよい出たミミズを拾い、脇の草地にもどしている老人が出てくる。この「ミミズを拾う人」は「善の力」を象徴し、物語の中では短く出てくるが、著者のハートマン氏にとっては重要な意味をもっているようだ。まだ邦訳されていない著者の自伝『*The Prophet's Way: Touching The Power of Life*』（預言者の道――生命の力に触れる）にも、この「ミミズを拾う人」が登場し、それを著者が見て感動する様子が描かれている。

その人は著者の精神的師にあたるゴットフリート・ミュラーというドイツ人で、ミュラー師はよく道端でミミズが土から出ているのを見つけると、それを安全な草むらにもどすことをしていたという。著者は最初、それは自分に愛の実践を教えるためと、土壌を豊かにするミミズをできるだけ殺さないための行為だと思っていた。ところがある日、誰も起きていないはずの早朝の五時半ごろ、著者が目を覚まして外を見ると、ミュラー師が一人で道路に身を屈めてはミミズを拾い、それを草むらへもどし、またミミズを見つけてそれを草むらへ返す行為を、何かに憑かれたように大急ぎでやっているのを発見した。

そこで著者は、起き出してミュラー師の所へ行って「何をしているのですか？」と聞いた。

「あと一時間もすれば、車がやってくる」とミュラー師は静かに答えた。

「ミミズがなぜ、そんなに大切なのですか？」

「それは、最も小さいもののうちでも最も小さいからだ。最も力が弱く、車と人間社会の犠牲に最もなりやすい」

「だから？」

「イエスは、最も小さい者のうちでも最小のものの中に、私を見出すであろうとおっしゃった」

「虫の中にイエスを、ですか？」

「虫への思いやりの中にだ」

――そういう生き方が善を生み出すことを、著者は読者に訴えているのだろう。

理を生きるのだ。あなたはその意識を——あなたがもって生まれた、しかし金儲けのために無駄にしてきた大望と、やる気と、情熱を、しっかり把持し、それをより高次の目標へと振り向けなければならない。それができるだろうか？」

「もちろん、できます！」とポールは言った。彼はずっと記者になることを〝求めて〟きた。が、今では、自分が本当は誰であり、何者であるかを〝知って〟いた。彼の人生における今日までのすべての瞬間が、この本物の仕事のための準備だったのだ。「準備はできています」

「この秘密を知れば、すべてのことがあなたに可能であることが分かるだろう。だから、この地球と生物の未来は、あなたの手の中にあり、あなたがこの秘密を伝える人たちの手中にあるのだ」

「それで、その秘密とは？」

「すべてのものは〝一つ〟から生まれた。すべてのものは〝一つ〟に還る。あなたと私は〝一つ〟のものであり、いずれはその〝一つ〟の中にすべてが溶解する」彼はここで言葉を止め、ポールの顔を手でなでるような仕草をした。「もっと近くに来て」

ポールが前に進み出ると、ジョシュアは口を「O」の形にして息を吹きかけた。その息は、ジャスミンと乳香と白檀の香りがした。

それからジョシュアは言った。「若者よ、今世紀だけでなく、どんな世紀においても最大の秘密は、『我々はみな一体』ということだ」

しばらくの間、世界のすべての存在は不動となり、やがてジョシュアの姿は無の中に溶け込んでいった。

ポールは、何もない空間の深みの中に星々を目で探しながら、次に何が起こるだろうかと思った。彼は、自分がしっかり支えられていると感じた。それは、まるで安楽椅子に腰かけながら、足置きに両足を載せているような感覚だった。その感覚が強まるのを感じながら、彼は自分が本当に椅子に座って仰向けの姿勢になっているのに気がついた。と、その次の瞬間、彼はニューヨークの地下トンネルの中の焚き火のそばにいて、自分と一緒にジョシュアやその仲間たちがいた。空気は涼しく、遠くの方でネコの鳴き声が聞こえた。彼は、自分の座っている安楽椅子の下の土を伝わって、遠くを行く地下鉄の振動を感じた。その遠くの地下トンネルは、昼間は上方から光が漏れていたが、今は真っ黒な無の空間だった。

ホワンはポットに入ったシチューをまたかき混ぜていた。このシチューは、しかしカレーではなく、セージとバジルと生タマネギ、それにタイムの香りがしていた。だからこれは記憶ではなく、今の現実だ、とポールは思った。

彼は目をしばたたいて周囲を見回した。みんな彼の方を見ていた。まるで、彼がたった今、自分が座っている古びたビロード地の安楽椅子の上に出現したかのようだった。「今は何時ですか?」と彼は言った。

「午前三時ぐらいよ」とサロメが言った。「ちょっと過ぎているかもしれないわ」

「皆さん、ずっと起きてたんですか？」とポールは言った。

「ジョシュアが、あんたが来るっていったから」とジムは言った。

ジョシュアはポールの方を見て、まるで二人の間に秘密があるかのように微笑んだ。

「この人はどこかへ行っていましたか？」とポールは、ジョシュアの方を指差してジムに聞いた。

「いいや。この人は一日中ずっとここにいたよ」とジムは無表情で答えた。「いまここに現れたのは、あんただけだ」こう言って、彼は口を大きく横に開けて笑顔を作った。

ジョシュアは、座っていた白いプラスチックの庭椅子から身を起こして言った。「あなたには何か疑問があるようだね？　たぶん、よく分からないことがあるのかな？」

ポールは言った。「よく分からないどころか、まったく分かりません」彼は少し姿勢を正し、背中と両足を伸ばして自分の考えをまとめようとした。「僕には『我々はみな一体』という言葉は、物理学や形而上学的な意味では分かります。しかし、僕らの実際の日常生活の中では、どんな意味があるのでしょう？　一人の人間が、どうやってそのことを生きられるのでしょう？」

「あなただったら、どう生きるだろうか？」とジョシュアは言った。

「ええと……」とポールは言った。「まず第一に、毎日の生活では、それは僕がこれからもずっと、多国籍企業の機構を動かすために、世界中の王や専制君主たちのために何とかやっていく、つまり賃金をもらうための奴隷であり続けることはできない、ということだと思います。僕は、地球に、他の人たちに、そしてすべての生き物に害を及ぼさないような生活の仕方を探しだしたい」

「それは、確かに『何をすべきか』ということへの一つの答えだろう」とジョシュアは言った。その言い方は、もっといろいろな答えがあることを暗示していた。

「僕は、グリーンピースのような運動に参加すべきでしょうか？」

ジョシュアは微笑んだ。「ポール、このことは、目覚めた人にとって最大の試練だ。自分は何をすべきか、ということだ。その答えは一つではなく、現在の人類の数だけ、つまり『六十億』あるだろう。それぞれの人がそれぞれの人生の中で、何かに情熱を傾けた時、『すべては一体』ということをアリアリと実感した時があるはずだ。多分それは、それぞれの人が別々の文脈で、また別々の仕方で感じただろう。しかし、たとえ一瞬であっても『すべては一体』ということを完全に理解した——そういう時を探し出すのだ。その記憶、その場所の中に、何をすべきかという問いへの答えがあるはずだ。ある人にとっては、それはあなたが言ったような、何かの運動に身を投じることかもしれない。別の人にとっては、これまでの生き方とまったく同じであっても、目覚めた意識をもって生きることで、自分の仕事や人間関係が一体感に包まれるようになる。さらに別の人にとっては、その答えは、人助けの世界に飛び込むこと、あるいはその逆に、世界から一時身を引いて、自分を霊的に高め上げ、それによって人類全体と全生命の霊的波動を増幅することかもしれない」

「ということは、僕の行くべき道は……」

「それは、あなた自身の道だ」とジョシュアは言った。「それを知っているのは、あなただけだ。それはすぐ見つかるかもしれないし、何日も、あるいは何週間も、また何ヵ月もかかるかもしれない。しかし、必ず見つかるだろう。それが見つかれば、あなたは力と愛に溢れ、かつて得られなかったような生き甲斐に満ちた新生活に入っていくことができるのだ」

「僕は、あなたのもとへ行くべきでしょうか？　トンネルの中の生活へ？」

ジョシュアは肩をすくめた。「あなたの人生をよく振り返ってごらん。ずっと前の子供の頃にもどり、自分が何をすべきかをあなた自身が知っていた時代を探し、耳を傾けるのだ。そこへたどり着けば、次にあなたがすべきことのヒントが見つかる。それは、しばらく我々のグループに入って、この叡知のメッセージをまとめることなのか、あるいは新聞報道の世界にもどることなのか、それとも、そういうこととは全く別のことなのかもしれない」

「わかりました」とポールは言った。「十分な数の人が正しい行動を起こせば、政府を変えることができ、企業も変化し、近隣地域がふたたび活性化し、家族は癒され、世界は救われます。このことは分かります。しかし、それがどうして『我々はみな一体』だと知ることから来るのでしょう？　このつながりが、僕にはまだはっきりしないのです」

ジョシュアはうなずいてサロメの方を見た。彼女にその答えを求めているようだった。サロメは、円座の中にある別の安楽椅子から身を起こした。そして、椅子の背が前方へ出てきしんだので、地面に両足をつけた。

「まず言っておきたいのは」と彼女は言った。「世界中のすべての人が同じ生き方をすべきという意味じゃない、ということね。別の言い方をすれば、どこかに一つの完全な宗教とか、一種類の完全な生き方とか、そんなものはないってことね。分かるでしょう？　一つの世界とか、一つの生き方はない」

「そうですね」とポールは言った。そして、彼女はその言葉の真実を最もよく知っている人間であることに気がついた。

「つまり、多様性というのがとても大事なのね」と彼女は言った。「どんな生態系にも言えることが、人間にも当てはまるわ。私たちは多様性を守らなければいけない。例えば、アメリカという国は大きな人種の坩堝《るつぼ》だから、ほかの国の人たちが皆、アメリカの中産階級の白人のように生きれば、すべてがよくなると考える。こういう考えは間違いだわ。これは、支配者の文化が振り上げた鉄拳の上に、ビロードの手袋をかぶせたようなものだわ。すべての人が同じ価値観と同じ消費傾向をもっていれば……もしみんなが同じ清涼飲料や、同じジーンズや、同じテレビ番組が好きだったら、多国籍企業は儲かるけれど、人類全体や世界にとっては善くないことよ」

「それは分かります」とポールは言った。「しかし、もし我々が別々で、多様な部族や氏族、文化や宗教をもっていることが重要ならば、どうして我々は『みな一体』といえるのですか?」

彼女は微笑んだ。「覚えてるかしら。イエスが自分の友だちと話をしている時、そこに女の人も何人かいて……」

「マグダラのマリアとサロメですね?」とポールは言いながら、この円座にいる人たちには皆、聖書に出てくる人の現代名がついていることに気がついた。偶然だろうか、と彼は不思議に思った。

「そう」とサロメは言った。「それにヤコブの母マリアとヨハンナ、その他の人ね。こういう人たちはよく忘れられているか、無視されているんだけれど……」こう言って、彼女はまるで何か苦いものを味わったように唇を引き結んだ。それから、口元を緩めてまた話し続けた。「でも、こういう話が書いてあるわ。多分あんたも覚えていると思うけど、イエスが友だちに言った一つの喩《たと》え話ね。ある王様のところへ大勢の人が来て、一緒にどこかへ行こうと言ったという話よ。覚えている?」

「よく分からない……」とポールは言った。

サロメはジムの方をチラリと見た。「あなた、あの話知ってるでしょ、ジム?」

「もちろんさ」と彼は言った。「わたしに話してほしいんだろう?」

「お願いするわ」とサロメは言った。

「それじゃあ」とジムはポールに言った。「その話じゃね、この聖なる王様――人の子――というのがね、天国で一緒に住まないかって皆んなに言ったのさ。招待するわけは、自分が腹がすいた時に彼らが食べさせてくれたし、喉が渇いたときは何か飲ませてくれたし、見知らぬ土地へ行ったときは面倒見てくれたし、裸のときは何か着るものをくれたし、病気のときは看病してくれたし、牢屋にいたときには面会に来てくれたからって言うのさ」

ジムは、ゆらゆら動く焚き火の光の中で明滅するI字型の梁《はり》をしばらく見上げていた。それはまるで、聖書の言葉を自分が正しく言えたかどうかを、確認しているようだった。

ポールは言った。「その話は覚えているような気がします。それは、我々は他人に何をすべきかということですね？」

「というよりは、『他人』などというものはないという話さ」とジムは言った。「我々は本当に一つなんだ！ あんたは、わたしとつき合うように、世界とつき合うし、その逆もまた真なりさ。高い地位も低い地位も、王様も召使も、人間も神も、それに、わたしゃ思うに、人間と他の生物だって、みんな一つだ。それが、道端の虫をわたしが拾って草むらへもどす理由さ。なぜって、もしわたしがすべての生き物の一部なら、彼らだってわたしの一部だからさ」

「あの話は、ジム？」とサロメが言った。

「ああそうだ」とジムは言った。「その話の中で、連中はこの王様に言ったのさ。自分たちは、そんなことは何もしたことがないって。事実、彼らは王様が腹を空かせていたとか、ホームレスだったとか、牢屋にいたとか、そんなことは知らなかったんだ。もちろん、連中だって他人を全然助けなかったわけじゃない。しかし、王様を助けたことなんかなかった。大体、彼らは王様を見たこともないのさ。だから、連中は王様に聞いた——あんたが困っている時に、そのことを知りもしないのに、それを助けた人間が自分たちであるはずがないだろうって」

「それから？」とポールは注意深く聞いた。

ジムはしばらく天井を見上げ、そして言った。「正しく言わせてほしい。文字通り間違いなく、正確に言いたい。なぜなら、この言葉は、『我々はみな一体』ということを表現した歴史的最高傑作のひとつなんだから」こう言って彼は、ポールの方を注視して、確信に満ちた目をして続けた。「思い出した。王様はこう言ったのさ。『あなたがたによく言っておく。私の兄弟であるこれらの最も小さい者の一人にしたのは、すなわち、私にしたのである』」

何かに激しく打たれた感じがして、ポールは目を覚ました。

彼は、ソファー・ベッドの上に真っ直ぐ起き上がって、あたりを見回していた。

何が起こったんだ？　その光景は消えていた。地下トンネルの代わりに、彼はメアリーの居間の中にいた。よく音が響く広い空間の代わりに、漆喰の壁がそこにはあった。暖房装置のラジエターが高音をきしませ、窓の外からは車の行き交う音がする。圧倒的な静寂に代わって聞こえてくるのは、寝室のガサガサという音だった。

メアリーの寝室のドアは開いていて、その前に、メアリーが膝までの丈の、緑色がかった青いフランネルのシャツを着て立っていた。その髪は、彼女の左肩から前方に垂れていた。

「こんな音は、あまり冬には聞かないわ」と彼女は言った。

「何の音？」とポールは言った。耳の内側から、自分の脈拍が聞こえていた。

「あの窓がバタンと落ちる音よ。夏には時々そうなるけど。特に、湿度が急に変わる時なんかに。窓をいちばん上まで上げれば、そこで止まるんだけど。ただ、時々空気がすごく乾燥していると、下へ落ちてくるのよ」

「窓が？」

「そう。あそこの窓よ」と言って、彼女は彼の寝ているベッドの脚から一・二メートルぐらいの所にある窓を指差した。「このビルが最初に造られたときは、窓枠の内側に鉛の錘《おもり》がいくつもついていて、そこからロープが下の窓ガラスのところまで下がってたわ。窓の上の部分には、まだ滑車が残っているの。でも、ロープはずいぶん前に腐っちゃった」

彼女は窓のところまで歩いていき、レースのカーテンを引いて閉め、窓ガラスと自分の植物を点検した。「みんな無事みたいだわ。あなた、窓を開けたの？　暑すぎたかしら？」

「わからない」とポールは言った。現実感を取りもどそうとしていた。メアリーの声は、あの「叡知」の女神が若かった頃の声に違いなかった。その声を聞いているうちに、彼は夢の細部を思い出していた。「たぶん僕は、夢を見ていた……いや、確かに夢を見た」

ネコのアイゴーが「ニャオ？」と言って、メアリーの部屋から出てきた。彼は、ネコだけができる退屈そうな足取りでソファー・ベッドのところまで歩いてくると、ポールの膝の上へ跳び上がった。

「あなた、窓を開ける夢でも見たの？」とメアリーは言い、ベッドの近くに来てアイゴーの頭を撫でた。ネコは、それに応えて喉をゴロゴロ鳴らした。

ポールは時計を見た。三時二十五分だった。「多分そうだろう。でもよく分からない」

彼女は、ベッドの上の彼の隣に腰かけた。彼女の体の匂いがする。温かく、女性的で、麝《じゃ》香《こう》のかおりがいっぱいだった。「あなた、大丈夫？」

彼は、ソファーの背のクッションに寄りかかって言った。「うん、僕は大丈夫。たった今、ちょっと信じられないような夢を見た。その話をしていいかい？」

彼女は床から足を上げると、ベッドの上で両足を組み、シャツの裾をその間に押し込んだ。

「もちろん、すごく聞きたいわ」

●――訳者から一言

ここでは、「すべては皆一体」という教えを日常生活にどう生かすかの問題が取り扱われている。しかし、その答えは「各人が自覚にもとづき、自分で正しいと思う生き方をする」というものだから、何か突き放された感じがして、不満を覚えた読者もおられるかもしれない。

従来の宗教運動の中には、ある目標（悟りや救済等）のためには踏み行わなければならない一定の生き方があるとして、「戒律」や「修行」のコースを定め、信仰者はそれを忠実に実行することで目標に到達する、とするものが多かった。このような生き方は、もちろん「間違い」というわけではない。それなりの効果を生み、多くの優れた信仰者を育ててきたことは事実である。しかし、その反面、定められた「戒律」や「修行」さえ型どおりに行っていればよいとする信仰の形骸化や、そういう型から少しでも外れることを認めない不自由さと、形式主義が生まれてくる危険性も否めない。

また、時代の変遷とともに人々の生活や意識が変化してくると、古い時代に定められたこういう「枠組み」が、新しい生活を志向する人々を「支配」する道具と化し、かえって人々の自由を束縛して、社会の改革や前進を妨げる要因になることもある。二千年前にイエスが始めた宗教運動も、ユダヤ教の支配に対する一つの大きな〝反動〟として捉えることができるだろう。

著者のハートマン氏は、そういうイエスの教えの伝統を重視しているのだが、生長の家創始者、谷口雅春先生も、「信仰の形骸化」に常に警鐘を鳴らされていたことを忘れてはならない。

次の言葉は、『生命の實相』の倫理篇からの引用である――

　生命は神より来ったものであるから神であり、自主であり、自尊であります。神であり、自主である生命を画一的なルールで型に嵌《は》めようとするのは、神に対する冒涜《ぼうとく》であります。生命は機械ではない、内から啓《ひら》き出《い》でる創造的な進化の力であります。無限に新しき創造が生命の本性であります、縛らないところに本物の味が出るのであります。

（頭注版第14巻、一一四頁、日本教文社刊）

第十五章　輪の中の輪

ポールは、自分の首筋にメアリーの息を感じて、目を覚ました。急いで彼は、その夜にあったこと――彼女に自分の夢の話をしたこと、その意味について二人で話し合ったこと――を思い出した。彼女はそれまでの二年間、心理学者のカール・ユングの仕事や作品に熱中していたので、彼の見た夢の意味について何種類もの解釈をした。一時間もそういう話をした二人は、知的にも、感情的にも、そして肉体的にも近づいていき、キスをした。そのあと、彼女は毛布の下にもぐりこんできて「これは暖かくするためだけよ」と言い、彼もブツブツ言いながらそれに同意した。そして二人は、お互いの目をじっと見つめ合った。それは、これまで彼女が与え、あるいは彼が受け取った「ノー」の中で、最も思いやりに溢れていた。二人はこうして、お互いの腕の中で眠りにつき、ネコのアイゴーも毛布の上からメアリーの腰に上り、三つの生き物は一体感に浸っていった。

彼は、メアリーから体を離し、ベッドから抜け出して部屋を歩き、自分のジーンズを下着の上からはくと、バスルームへ行った。そこから出て来たとき、ベッドの上は空っぽだった。彼女の部屋へいくドアも閉まっていた。そして、彼女がタンスの引き出しを開ける音が聞こえてきた。壁に掛かった時計は、チクタクと針を進めながら午前九時を指そうとしている。

「おはよう！」と、彼はドア越しに彼女に言った。

「おはよう、ポール」という彼女の声が聞こえた。部屋のドアを開けたメアリーは、まだ寝巻きのシャツ姿だった。手には衣類を一山、抱えていた。「私、先にシャワーするけど、いい？　そうすれば、あなたがシャワーしている時に髪を乾かせるから」

「僕は、それで全然構わない」

彼女がバスルームへ向かって歩き出すと、彼はソファー・ベッドを畳んでソファーの形にもどし、部屋を前日の夜の状態にもどそうと、物を移動しはじめた。

朝食は、二人で用意した。彼はパンをトーストし、彼女は落とし卵を作った。グレープフルーツ一個とポット入りの緑茶が、二人用のテーブルで一緒にとる食事を完璧なものにした。アイゴーはしきりに愛情表現をして二人の注意を引こうとするので、メアリーは根負けしてキャットフードの缶を開けた。ネコはそれを食べて満腹すると、ソファーの上にもどって、二人が食事をしながら話している間、自分の体の掃除をはじめた。

「今日の私の授業は、異常心理学なの」こう言って、彼女はにっこりと微笑んだ。「私、あなたのこの二日間の経験のことを材料に取り上げるべきかしら。木曜日に天使に会って、金曜日には聖人に会い、そして土曜の朝早く、あなたは宇宙空間を漂いながら、まるで聖霊か女神の元型のような存在と一緒にいたのよ。それに、皆んなあなたに対して『世界を救わなくちゃいけない』なんて言うんだから」

「きっと皆んな、僕らは二人とも異常だと言うだろうな」ポールは笑いながら言った。「僕はそんなことを言うから異常で、君はそれを信じるから異常さ」それは明るい、晴れた朝で、陽光が台所の細長い窓から射し込んで、彼の手元にある卵の黄身の黄色と、その上にかけたタバスコの赤を、とりわけ鮮明に浮き上がらせていた。窓の外には、活気に溢れた街があった。自動車はクラクションやブレーキの音を響かせ、遠くでは何か破裂音がした。それは銃声のように聞こえたが、多分爆竹の音であることをポールは知っていた。街に響くこういう当たり前の音が、彼にはいつもよりずっと生き生きと感じられ、ずっと現実らしく、存在感に溢れていた。

メアリーは、自分の卵とトーストを注意深く切った。そのことがまるで、とても重要な仕事であるかのようだった。彼女は、切り取った一片を口の中に入れ、そして噛んだ。その間、ずっと彼の顔を見つめていた。彼は、まるで自分が何回も人生を共にしてきた人の目に見入っているような気持がした。円の中にある円……と叡知の女神が教えてくれたように。輪の中の輪を、そこに感じた。「もう何回、二人は会っているのだろうか?」食べ物を噛みながら、彼女の視線を受け止めて、ポールは心の中で思った。

彼は、口の中のものを噛み終わって言った。「僕はいま君に対して、とても不思議な感じがしている。永遠の昔から君のことを知っているような……」

「たぶん知っているのかもしれないわ」と彼女は言った。「私はいつも形而上学や宗教に興味をもってたけど、真剣に勉強する気はなかったと思う。でも、そういうものは、心の働きにすぎないといつも思っていたわ」

「あるいは、その逆でもある。もし心というものが、もっとずっと大きな存在の働きを反映しているとしたら？」

「例えば？」

「例えば、すべてのもの。もし我々がみな一体だったら、つまり本当に我々は一つのものだったら、我々の間を隔てるものは何もない。あるとしたら、それは一種の〝夢〟にしかすぎない。我々は離れた別個のものだという〝考え〟がそこにあるだけだ。我々が個々の意識をもっているのではなくて、宇宙の心、被造物全体の意識を我々が個々に表現している。その意識が我々の目から光を放ち、言葉によって響き、行動によって輝き出ている。大海からコップ一杯の水を汲み出して、それを単に一杯の水だと思っているようなものだ」

彼女は彼の目を覗《のぞ》き込んだ。「大海はコップの水のことを知っているけど、コップの水は海がどれだけ大きいか分からない」

「あるいは、ほかのコップに入っている水も、同じ大海なんだ」と彼は言いながら、彼女と深くつながっていることを感じた。

「もしこのことをずっと拡大して考えれば」と彼女は言った。「不可解に思えていた沢山《たくさん》のことが、だんだん分かってくるわね。イエスが他人を自分のように扱いなさいと言ったこと、誰かを少しでも恨んでいる時は教会へ行くべきでないと言ったこと、それからローマの支配者に抵抗するときも、悪に対して悪をもってしてはいけないと言ったことも」

「それに」とポールは付け加えた。「このことは、時間も空間も存在しないという意味かもしれない。この二つは、活動する宇宙の心、神の心の中の〝考え〟にすぎないのかも。すべては皆一つで、すべてのものは互いにつながっている。すべては愛から発し、すべては愛に帰る。時間は一本の直線ではなく、アメリカの先住民が言うように、一つの続いた円環である。彼らは、我々みたいに半狂乱になって死を恐れることはない。なぜなら、死はその円の一部にすぎず、円全体は永久に回転していることを知っているからだ。だから叡知の女神は、自分の言葉は〝いつくしみの教え〟だと言った。なぜなら、いつくしみとは、その『一つのもの』が自分自身を愛する方法だからだ。つまり、言葉で『我々は皆一つ』と言うことはすごく簡単だけど、このことを、その言葉が含むすべてのことを本当によく考えてみると、実に驚くほど深い意味であることが分かる。このことは、あらゆる宗教の元々の教えの神髄にあるし、古代のすべての教えと、すべての土着文化が培ってきた生き方と、彼らの生への理解の核心にある。これは、すべての異なる宗教を輝かす共通の光だ。これは、世界の宗教教典を照らし、そこから、一つの教団が他の教団を支配しようとして作り上げた教義ではなく、真理そのものを我々に選び出させてくれるものだ」

彼女は肘をついて体を前方に乗り出して言った。「ユダヤ教の祈りにこういうのがあるわ――『イスラエルよ聞け。我らの神、主は一つにまします』どれだけの人が、この祈りの意味するところに気がついているのかしら？　それは、単に『神は一つであり、それがわれわれの神である』という意味より、はるかに深い意味をもっている。いちばん深い意味では、すべてのものは一つだと言っているんだわ」

「僕は、ユダヤ教の神秘家たちは、それを理解していたんだと思う」とポールは言った。「それは、キリスト教の神秘家たちが『私と神は一体である』とか『私があなたがたを愛したように、あなたがたも互いに愛し合いなさい』とか、『あなたがたの律法に〝私は言う、あなたがたは神々である〟と書いてあるではないか』というイエスの言葉を読んで、同じことを理解したのと一緒だ。これは文字通り、私たち一人一人が神の一部であり、神が彼自身を見ているという意味だ」

「あるいは、彼女自身ね」と、メアリーは歯を見せて微笑みながら言った。

「そのいずれでもいいというのは、素晴らしいことだと思う」とポールは言った。「性別を越えて、頭による理解を越えて、だ。我々は、心によってのみそれを知ることができる」

「愛の中でね」と彼女は優しい声で言った。

「そうだ」と彼は言いながら、心がときめくのを感じていた。「完全に、すべてを愛に捧げたときに」

彼女は窓の外を見た。「もしあなたに起こったことが本当ならば、私もそれを経験したいわ。結局、それが私が心理学をやっている理由なんだから。世界を救うために私のできる一番いい方法が、それなのだと思う。いっときに一人ずつを救うの」

彼は、心の中からこみ上げてくるものと戦っていた。そして、とうとうこらえ切れなくなって言った。「僕は君と一緒にいたい」

彼女は恥ずかしそうな顔をした。まるで、急いで言い過ぎたと感じているようだった。

「あなた、これからどうするつもり?」と、話題を変えて彼女は訊《き》いた。

「まず、君を連れてジョシュアに会いに行く」と彼は言った。「それから、君が授業を受けているあいだ、僕のアパートの建物の荷物置き場へ行かなきゃならない。住む場所が見つかるまで、僕のものを預かっておいてもらう手続きをする。そのあとは新聞を買って、仕事を見つけるために何本か電話をかける。それから多分、兄さんに電話して、しばらくのあいだ金を貸してもらえないか頼んでみる。兄さんはデンバーにいて、本屋をやってるんだ。とにかく、何をするにしても、その前に住む場所を見つけて、仕事につかなくちゃ。昨夜はソファー・ベッドを使わせてくれてありがとう。でも、君の好意を利用することはしたくない」

彼女は、テーブルの向こうから手を伸ばして、彼の手の上に置いた。「あなた本当に、二、三日ここにいていいのよ。もしそうしたいなら」

「それは本当にありがたいと思う」と、彼は言葉を選びながら言った。彼は本当は、彼女のところへ引越して来て一緒に住みたいと言いたかった。彼女と結婚するという幻想さえ抱いていた。しかし、セックスのない一夜を二人で過ごした今、急ぎすぎてこの関係を壊してしまうことを恐れていた。

「ソファーの上で、という意味だけど」と、彼女は彼の心を察したかのように付け加えた。

「わかってるよ」と彼は言い、空いている手を彼女の手の上に置いた。お互いの近さが、ほとんど苦しくなるほどの一時がそこにあった。それから、二人は手を離して朝食にもどった。

一時間後、正午になるちょっと前、二人はマディソン街を歩いていた。三十四丁目の通りまで行って、そこでマンハッタンを東西に横切るつもりだった。その通りに、メアリーが行きたいと言った本屋があった。四十二丁目にさしかかったところで、メアリーは右側を指差して、数ブロック行けばタイムズ・スクウェアだと言った。そして、ここ数年でこの街がずいぶん変わったことを話題にした。

四十二丁目のところで、二人は赤信号で止まった。そこは三日前、ポールがトラックに轢《ひ》かれそうな小さい女の子を助けた、その場所だった。「ここから、すべてが始まったんだ」とポールは言いながら、メアリーの方を見た。

彼女は、そこにはいなかった。

その代わり、彼の助けた小さい女の子がそこにいて、母親の腕の中でしくしく泣いていた。

また、彼が車道の上を横に飛んだと言った、あの頭の薄い男がそこにいた。

世界が、片側に傾いた。

第十六章　再度の帰還

ポールは、自分の回りに立って集まっている一団の人々を見上げた。頭がズキズキと鋭く痛んだ。彼は仰向けになって路上に横たわり、頭は歩道の縁石の上に載っていた。彼は頭を少し下に傾けて自分の手を見た。手は、擦りむけて血が流れていた。そして、彼の顔の片側が鞭で打たれたようにジンジンと痛んでいた。目の前の女性は泣きながら、小さい娘を抱きしめていた。そして、黄褐色のコートを着た男がポールの顔を覗《のぞ》き込み、手で彼の手首を握って脈拍を調べているようだった。「君、大丈夫か？」とその男は言った。

「分からない」とポールは言った。その声は、彼の頭の中で妙な感じに聞こえた。まるで自分がヘッドフォンをかぶっていて、その声が拡大されたように聞こえた。その重苦しい感じを振り払おうとして、彼は自分の頭を横に動かした。と、頭のてっぺんに目が眩《くら》むほどの激痛が走った。

「ああ君、動かないで」とその男は言った。「誰かが九一一番に電話したから、救急車はもうここへ来るころだ。目を見せてくれないか?」彼は、ポールの顔の真ん前に自分の顔を突き出し、目を覗き込んだ。「瞳孔は両方とも同じサイズだ。これはいい印だ。つまり、君は脳震盪《のうしんとう》を起こしていない。少なくとも後頭部についてはだ」

「あなたは医者ですか?」

「軍隊で衛生兵だった」とその男は言った。「ベトナムでだ」

「何が起こったんですか?」

泣いていた女性が彼の方に顔を突き出して言った。「あなたは英雄よ。私の娘の命を救ってくれたんだから」

「ええ?」

「あなたは娘を押しのけて、トラックに跳ねられたの」と彼女は言った。「ああ神様、あなたが生きていてよかった」

「トラックが僕を跳ねた?」

「空中を三メートルも跳ばされたぞ」と男が言った。「君は運がよかった。体を潰《つぶ》されたかもしれなかったんだ」

ポールは、サイレンの音に気がついた。そして、救急車は、マンハッタンの交通渋滞の中ではサイレンを鳴らして進んでも、赤信号の中をすり抜けていく以外は、いつも自家用車やタクシーに無視されることを思い出した。

「ちょっと、後ろにさがって！」という大声が聞こえた。ポールが声のする方を見ると、一人の警官が人ごみの中を進んできた。「どうだ。大丈夫か？」と彼は言った。

「脈拍は安定しているし、瞳孔は両方とも同じ大きさです」と、黄褐色のコートの男が言った。「物を目で追えるし、全身の統制もできるようだ。まだ彼を動かしていない。私はベトナムで衛生兵だった」

「ありがとう」と警官は言い、片膝をついてポールの顔を覗き込んだ。「あなたの名前は？」

「ポール・アブラーだ」彼は起き上がろうとしたが、警官は彼の胸に手を置いて言った。

「じっとしていなさい、救急車が来るまでは。住所はどこ？」

「まだどこか分からない」とポールは言った。「つまり……」

「今、どこにいるか分かる？」

「ニューヨークの……」

「今日は何曜日？」

「土曜日」

警官はコートの男の方を不安げにチラリと見て、それからポールに向き直った。「今は何月？」

「二月」

警官は顔を上げて、黄褐色のコートの男に言った。「跳ねたトラックはどこかな?」

男は「あそこ」と言って、ポールが体を起こさないと見れない方向を指差した。

警官は立ち上がった。「この人を見ててくれないか。そして救急隊員がいいと言うまでは、彼を起こさないで」

「わかりました」と男は言い、ポールの頭の置かれた歩道の縁石に腰を下ろした。警官は事情聴取をしにドライバーの方に歩いていった。

「僕は大丈夫だと思う」とポールは言った。「頭は痛むし、体は擦りむいているけど、大丈夫だと思う」

「ゆっくりしてな」と男は言った。

「メアリーはどこかな?」

「誰?」

「僕と一緒にいた女性だ。メアリー・ロビンズという」

男は頭を横に振った。「君のそばには誰もいなかったよ。いたとしても、もうどこかへ行ってしまったんだろう」

ポールが右の膝を上げると、片方の尻の深い部分で打撲の痛みがした。右側の肩と腕にも、同じように打ち身をした時のような痛みがした。

「静かにしてなよ」と男は言った。その後ろで、近くまで来たサイレンの音が止まった。

●――訳者から一言

この最終章には、大きなどんでん返しがある。こういう変化が起こると、読者は前後関係を見失わないかという心配が残る。そこで、これまでの話の筋をたどり直してみると……

主人公のポールは、この小説の冒頭でトリビューン紙を解雇され、同じ日に、小さい女の子を助けようとして交通事故に遭っている。だが、彼自身の心の中には、交通事故には遭わずに、何か神秘的な力に助けられて、過去へ大旅行し、ノアやジョシュアなどの霊人から数々の宗教的教えを受けたという実感があるのだ。メアリーは、ポールの行きつけのレストランでアルバイトをしている学生で、二人は互いに好意をもっていたが、まだ恋愛関係にはいたっていない。前二章に、そういう関係を連想させる記述があるのは、実はポールの心の中だけの出来事に過ぎなかったということが分かる。リッチは、ポールのアパートの隣人であり親友だ。主人公は、彼との間にも誤解にもとづく深刻な対立があったように描かれてきたが、これもポールの幻想だったということだ。

つまり、この小説の第二章から十五章までの、英文にして二二〇頁分、和文で二七二頁分の記述は、主人公がトラックに跳ねられて意識を失ってから、再び意識を回復するまでの「長くて数分間」に、交通事故の衝撃で混乱する脳内で起こった〝幻覚〟ということになる。

それでは、この小説全体の価値がないではないか？「叡知」が「幻覚」であれば、わざわざそれを理解しようとする努力は無意味ではないか？――こんな不満を持たれた読者がおられたら、もう少し結論を待っていただきたい。とにかくこれは小説であり、小説内の出来事は作者の創作であることは、読者も初めから同意されているはずだ。問題は、小説が創作の中に人生の「真実」を描いているかどうかである。

では、この物語の中の何が一体真実なのか？ポールの心の中の出来事は、まったく根も葉もない幻覚なのか。それとも、心の中の出来事の方が、人間にとってより確かな〝真実〟であり、この〝実人生〟での出来事は、それをなぞる〝コピー〟に過ぎないのか。この問いへの答えを、著者は読者に迫っているようだ。

ポールは、自分の上げた足を車道にもどした。「打撲はいろいろしているけど、骨はどこも折れていないと思う」

「君はいま気が動転している」と男は言った。「今日が何曜日かさえわかってない。さあ、救急隊員が来た」


彼が、蛍光灯のついたアパートのロビーにヨロヨロと体を揺らせながら入っていくと、ビリーは目を見開いて言った。「まるでトラックに轢《ひ》かれたみたいじゃないか」

「その通りだ」と、ポールは歯を見せて笑いながら言った。

「本当にか？」

「ああ。まあ、とにかく跳ねられたことは確かだ」とポールは言いながら、エレベーターの方に歩いた。「午後は病院にいて、レントゲンやいろんな検査をした」

ビリーは頭を横に振った。「それは気の毒だった。私がスカイダイビングで背骨を折った時のことを話したかな？」

「ああ、聞いた」とポールが言った時、エレベーターの扉が開いた。

「君は治るさ、大丈夫」とビリーは言った。

「体はね」とポールは言い、扉が閉まった。「体は治るだろう」

リッチは紺色のタオル地のバスローブを着て、ドアの所で彼を迎えた。

「お客さんがいるのか?」とポールは言った。

「何があったんだ?」とリッチは言った。「賊にでも襲われたのか?」

「トラックに跳ねられた」とポールは言った。

「それじゃ、まさにここへ来るべきだ」とリッチは言って、ドアを引いて開けた。「この街でトラックに跳ねられたら、だれでも金儲けができる。そして、オレがその半分をいただく!」

ポールは、リッチの部屋の見慣れた光景の中に足を踏み入れた。黒いレザーとガラス、金ピカの飾りつけ。マリファナとシャンプーと革の匂い。署名入りのダリのリトグラフが何枚も壁面を覆い、床のカーペットは卵の殻のように真っ白だった。大画面のテレビが居間の向こう側の隅——つまり、バルコニーの見える窓の近くを占領していて、その隣にある椅子には、驚くほど美しい金髪の女性が腰かけていた。彼女は、大きな竜の模様を刺繍《ししゅう》した絹のバスローブを一枚着ているだけだった。髪は濡れていて、見たところ二十歳そこそこの年齢だ。

彼女はポールを上から下まで素早く見ると、歯と目をしっかり使ってプロの笑みを浮かべた。「ハーイ。私はシェリルよ」

「やあ、僕はポールだ」と彼は言って、リッチの方を向いた。「本当に邪魔したくないんだ」

「大丈夫だよ、ポール」とリッチは言った。その声には、古い親友か賢い兄貴のような響きがあった。「午後は休みをとったし、あと三十分は着替えなくていいんだ。ウォッカ・トニックはどうだ？」

「ああ、ありがたい」とポールは言った。

「病院で痛み止めの薬をもらったかな？」とリッチは、テレビの脇の収納式バーで飲料を混ぜながら言った。「薬と酒が混ざることで、君が死んじゃったら大変だ。君の相続人に訴えられて、トラック会社を訴訟して儲けた金を全部すっちゃうからね」

「タイレノールだけさ」とポールは言った。

「じゃあ、一杯だけだ」とリッチは言った。「その薬はアルコールと混ざると、とんでもなく肝臓に悪い」こう言って、彼はポールに冷たいグラスを渡した。「さあ、そのトラックのことを教えてくれ。それは大会社のか、それとも保険にも入ってない地方のトンマな会社か？」

「実は、そのことで君に話があるんじゃないんだ」とポールは言った。「僕は、その車の真ん前に跳び出した。車の信号は青だった。だから運転手は悪くない」

「そんなことは問題じゃない」とリッチは言った。「ただ、訴えると脅せばいい。ヤツらは裁判で勝つためのコストを考えて、数百万ドルの和解金を出す。君は二十万ドルぐらいいるかな？」

ポールは、まずい方向に会話が進んでいると感じた。奇妙なことに、もしこれが昨日だったら、自分はこの機会に跳びついただろうと思った。金があれば、仕事探しの役に立った。しかし今となっては、そのことはあまり重要でなく、むしろ嫌な気持がした。多分、それは事故のショックのせいだろう、と彼は思った。また明日になれば、考えが変わるかもしれない。「そのことは後で話すことにして、ここに来たのは仕事を探しているからで、君だったら何か働き口を知っているかもしれないと思って……」

「トリビューンの仕事はどうしたんだ？」

「一時帰休だ。まずい相手を怒らせてしまった。だから、人件費節減で利益を上げるために、解雇者リストに僕の名前が載った」

リッチは、賢人のような仕草でうなずいた。「今、そういうことがいっぱい起こっている。オレの父親が言ってたが、当時は、人のクビを切った会社は仕事ができなくなった。部下をやめさせた上司は、犯罪人扱いされた。でも今は、雇い人は使い捨てさ」

「だから僕も使い捨てにされた。リッチ、僕はとても有能なライターだ。それに、どうやって情報を取ればいいか知っている。君は……」

リッチは手を上げてポールの言葉をさえぎった。「大将、ちょっと待てよ」彼は携帯電話を取り出して、ソファーの隣にあった革張りの椅子に腰かけた。「まあ座れよ」と彼はポールに言いながら電話をかけた。ポールはソファーに座った。

「ボブ！」彼は電話機に向かって生き生きとした、心のこもった声で話し始めた。「リッチだよ！　どんな調子だい？」

「いやぁ、オレも同じだ。ところでボブ、君が雇ったあのドジな調査員のことを覚えてるだろう？　ロクな報告書をまとめることができなかった、あの男だよ？」

「それでね、ここにそういう仕事がちゃんとできる男がいるんだ。きっとすごく役に立つと思うよ。きちんと調査ができて、いい文章を書けるような男を見つけるのは、今どきなかなか難しいだろう？　それに報告書がうまく書けるか書けないかで、法廷での結果も違ってくる。もちろん君は聡明な雄弁家だよ。でも、この男はトリビューン紙の記者だった。ジャーナリズム学校の卒業だ。文句ない経歴だよ。それにオレが個人的に知っている。いい友だちだ。やる気十分なんだ。言ってる意味が分かるだろう？　頂上を目指している男だ。それで、いい調査員を見つけるのにオレたちはずいぶん苦労してるって話してたんだ。オレたちが雇った調査員たちは、皆んな鍵穴を覗いたり、ゴミ箱を探したりするのは得意だったけど、企業活動に関してはお粗末なものだった。どうやって調べればいいか分からなかった。経営者とどうつき合い、会議室でどうすればいいか分かっちゃいなかった。それに、いくらがんばってもいい報告書が書けなかったから、法廷で陪審を説得して、おばあさんにネコ一匹取りもどさせることができなかった。言ってる意味が分かるだろう？」

「それはね、彼がトリビューンよりもっと刺激があって、もっと金になる仕事をしたいからだと思うよ。意味は分かるだろう？　今だったら彼をつかまえられると思う。今は何をやろうかなぁと考えている段階だと思う。言ってる意味が分かるだろう？　給料を払うとしたら、調査員の会社に払っている四分の一ぐらいで足りる。それで、仕事の質は二倍になりフルタイムで使える」

リッチはここで受話器を手でふさぎ、ポールに言った。「トリビューンでいくらもらってたんだ？」

「年に三万七千ドルだ」

リッチはウィンクした。「何って安い！」彼は受話器から手を放した。「よく聞け、ボブ。たまたま知ったことなんだが、いまオレたちが年に九万ドルと諸手当てを約束すれば、明日の朝には、彼は事務所で仕事の準備ができている。もし必要なら、この費用の一〇パーセントをオレの分から回してもいい。でも、君が調査の担当だ。この男はオレの友だちだ。しかし、もっと重要なのは、彼がオレたちをスターにしてくれるってことだ。意味は分かるだろう？　つまり、彼はとても腕のいい、経験豊かな調査報道の記者だ。それに、鋭い勘をもっている」

ポールは、自分がポカンと口を開けていることに気づき、口を閉じた。シェリルがにっこり微笑んでいた。彼はグラスを手に取ると、その中味を一口大きく飲み込んだ。グラスの中の氷が前歯に当たった。臀部の痛みはだんだん引いていった。

「そうだ、それでいい。オレが彼を連れていく。もし彼が不要なら、その日の分の五百ドルを払えばいい。相談料の名目で。だって面接に来るために仕事を休まなきゃならないだろう？　言ってる意味が分かるだろう？　明日は金曜日だ。仕事のある日だ。もし雇うことになれば、週末にかけて彼に何か仕事をしてもらえるかもしれない。よし、オレは賛成だ。オレたちに必要なのは、まさにこれだったんだ」

リッチは電話を切り、シェリルの方を横目で見ながら勝ち誇ったような顔をした。そしてポールに言った。「これでいいかな？」

「いいどころじゃない！」とポールは言った。「ほんとにそれでいいのか？」

「いいと思うよ」とリッチは言った。「オレたちは本当に問題を抱えてたんだ。できる男は一時間に二百ドルも取る。それじゃ、年に四十万ドルにもなる。でももちろん、そのほとんどは調査員の会社のものになる。彼らはたぶん年間十五万から二十万ドルもらう。君は今年中に、そのくらいの額は簡単に稼げるはずだ。もしオレが言ったように君が優秀ならばね」

「何の仕事だ？」

「ありていに言ってしまえば、企業スパイだ。君は企業の内部に入って、どこかに汚点が隠れてないかを調べる。先週君が教えてくれた、ロンドンのあの会社に対してやったのと同じようなことさ」

「その記事で僕はやめさせられた」

「オレは警告したぞ。今の時代に新聞の世界でうまくやっていくには、妥協しなきゃいけない」

「僕もそれが分かった」

リッチが立ち上がったので、ポールはそれが帰る合図だとわかった。そこで彼も立ち上がって、ドアの方に向かおうとした。するとリッチが肩に手を置いて引き止めた。「明日の朝八時半に事務所のロビーで会おう。オレが上まで連れていくから」

「わかった」とポールは言った。

「それで、事故で本当にケガしてないんだな？　病院の診断書をもらったのか？」

「僕は長くて数分間、気絶していた」とポールは言った。「それでずいぶんおかしな夢を見た。それに尻の片側に紫や黄色のアザができた。でも大丈夫だ」

「ケガしたところを、誰かにポラロイドで何枚か撮ってもらえよ」とリッチは言った。「何かなくなったものは？　気絶してる間に、誰もポケットから盗《と》らなかったか？　何かが飛び出して、誰かがそれを持ち去ったとか？　事故に遭った人は、大抵そういう目にあうんだ」

「僕の手帳だけだ」とポールは言った。「いつもダイヤモンドとか運んでいるわけじゃないから」

「でも、君はケガをさせられた。写真に撮っておけよ。うちの事務所のレターヘッド付きの便箋でちょっと何か書けば、ヤツラは金を受け取ってくれと頼みにくるに決まってるさ。たとえそれが四万ドルでも、五万ドルでも、何もないよりはましさ」

「考えとくよ」とポールは言った。

「おーい。友だちのオレの好意に、それはないだろう。ここはニューヨークの町だ。バスが自動車にぶつかれば、あるいは電柱にぶつかっても、皆んながそのバスに飛び乗り、床に転がって首を押さえるんだぜ」

「わかってるよ、リッチ」

「同じことだよ、折り合っていけよ。うんと金儲けすればいいんだよ」

ポールはドアを引き開けて、部屋の外へ出た。「わかったよ」

「よし、それでいい」というリッチの声を残して、ドアは彼の後ろで閉まった。ポールは、自分のアパートの部屋のドアをしばらく見つめながら、テレビにするか、寝るか、あるいはいい本でも読むかと考えたが、その代わりに体を翻してエレベーターのところまで歩いていき、「下」と書いたボタンを押した。


彼がレストランに入っていくと、メアリーはコーヒー・ポットを持って、彼の前をテーブルからテーブルへと活発に歩いていた。彼女は彼の方をチラリと見、彼の顔の片側のすり傷に気がついてもう一度見て、「ケンカでもしたの?」と言った。

「トラックとね、あそこのマディソン街で」と、彼は遠ざかっていく彼女の背中に向かって、胸をドキドキさせながら言った。彼女は、肩越しに笑顔を見せて、そのまま歩き続けた。店内には、客は半分もいなかった。夕食時の混雑はまだ始まっていなかった。

彼のお気に入りの窓際の席は、まだ空いていた。彼はそこへ腰かけ、コートを隣の席の椅子の背にかけた。街頭では、冷たい夕方の空気の中を、目的をもって歩く人々の流れが切れ目なく続いていた。彼は、その流れに目を凝らしながら、目の前にある現実の中に自分を引きもどそうとしていた。そうすれば、自分の見たメアリーの夢が、彼女の脇で眠ったことが、彼女の髪の匂いが、あの夜の囁き声が、昼の感覚が、忘れられると思った。彼女がテーブルの前に来た。手には注文書を持っている。「遅いお昼にします、それとも早い夕食かしら？」

「両方かもしれない。どう、元気だった？」

彼女は、額にかかった一筋の髪を掻《か》きあげた。「まあまあね。ばかみたいに勉強だけしてるけど……」彼女はジーンズをはき、胸に「Geronimo《ジェロニモ》」という文字の下に「No Fear」（恐れ知らず）と書いた茶色のＴシャツを着ていた。

「異常心理学？」

彼女は首を少しかしげて眉をひそめた。「あなたに、そんなこと言ったかしら？」

「いやぁ、当てずっぽうさ」と彼は言った。

「ちょっと妙なことがあるの」と彼女は言ってから、言葉を濁らせた。

「妙なこと？」

「ちょっとお財布取ってくるわ。奥にあるから……」彼女はくるりと向きを変えると、調理場に向かって歩いていった。ポールは胸に熱く抑え切れないものを感じながら、彼女の後姿を見つめた。あれは本当に、現実に起こったことのように感じられた。彼は彼女を求めた。そして、ジョシュアが与えてくれた使命に向かって進んでいこうと望んだのだ。ある大企業から別の大企業へ移り、前よりはるかに良い収入が得られたとしても、あれほどの使命感と目的意識を感じることはなかっただろう。ジョシュアの仕事を引き受け、福音をひろめて〝世界を救おう〟と決意したことは、それほど彼を燃え立たせたのだ。それなのに今は……

メアリーは調理場からもどってきて、その手には螺線《らせん》式の留め金のついた緑色の手帳を持っていた。それは、ポールが取材の際にノートをとるために使っていた手帳と、よく似ていた。彼女は、同僚のウェイトレスのダイアナに何かを言ってから、彼の前の椅子を引いてその上に座った。彼女の顔は真面目だった。まるでそれは、心配事か気まずいことでもあったかのようだった。

「どう言ったらいいか分からないけれど、なぜって、これはきっと、すごく変に聞こえるでしょうから……」と彼女は言って、持ってきた手帳を彼の前に置いた。そして、彼の手が手帳をつかむまで、最後の「ら…」の音を引きずるように延ばした。

ポールは、手帳の表紙の端に描かれたイタズラ書きを見て、それが一週間前、自分がトリビューン紙の事務所で電話待ちの間に描いた落書きであることに気がついた。彼は、メアリーの声の中に叡知の女神の声を聞いた。だから、その手帳の表紙をめくる自分の手が、どうか震えないでほしいと思った。表紙をめくった第一頁には、確かに自分の筆跡で「叡知の学校の教え……」と書いてあった。

メアリーは言った。「裏表紙には、あなたの名前が書いてあるわ」彼女が手帳を裏返すと、そこには「ポール・アブラー」とあり、それに添えて彼の上手な楷書体で、トリビューン紙での彼の電話番号が記されていた。

彼は、まるで熱いものに触ったかのように、その表紙から手を放し、両手をテーブルの上に置いた。「中身を少しでも読んだ？」

彼女は、テーブルの上にある自分の手に目を落として、まるで祈るように両手の指を組み合わせた。「ええ。悪いことだとはわかったけど、読んだわ」そして、顔を上げて彼を見た。「書いてあることは、素晴らしかったわ。読んでいる間、『これは知ってる』という奇妙な感じがしたわ。何か、ずっと昔はすべて知ってたことだけど、いつか忘れてしまって……生まれたときからそれは知っていたけど、成長する過程で脇に押しやってきたことのように……」彼女は手を伸ばして、指先を彼の手の甲に触れた。彼は体に電気が走ったように感じた。「あなたがこういうことに興味があったなんて、私知らなかったわ」

「僕には仕事ができた」と彼は言い、それ以上の説明はいらないと思った。彼女が手を引いたので、彼は寂しく感じた。そして付け加えて言った。「君はさっき、すごく変な話って言ったけど？」

「この手帳がどうやって手に入ったかということよ」と彼女は言った。「これは今朝、私のアパートの部屋で見つけたの。ソファーの下に半分隠れ、半分見えていたわ。どうしてそこにあったのか、全然わからないわ。神様に誓って言うけど、この店で見つけたのを私が家に持って帰ったとか、そんなんじゃないのよ。そんなことは絶対していない。ただ、そこにあったの」

「君のネコのアイゴーと一緒に？」

彼女は目を丸く見開いてから、それを細めた。「あなた、私を尾行してたわけじゃないでしょうね？　何かのイタズラのつもり？」彼女は椅子の上で姿勢を正した。「あなた、勝手に私のアパートに入ってこれを置いたの？」

「いや、とんでもない」とポールは口ごもって言った。「多分、僕がここに置いていったのを君が取って、無意識にポケットか何かに入れていたのが、そこで落ちたのかも……」彼は、横をキョロキョロ見ながら、彼女を納得させる何かいい言葉がないか必死に探した。彼は自分が嘘をついた時は、それが誰にでもすぐ分かるだろうといつも感じた。窓の外の雑踏の中に、彼は八番街の角でゴミ箱をあさっているホームレスの男がいるのに気がついた。「ジム！」と彼は声を出して言った。

メアリーが窓の外を見て言った。「あのホームレスの人？」

「そう。僕の知ってる男だと思う」

「あの人、ここによく来るわ」と彼女は言った。その声は悲しそうだった。「私、あの人に一度トイレを使わせて、クビにされそうになったわ」

「知ってるよ」とポールは言った。そして立ち上がった。「一緒に来てくれないか」

彼女も立ち上がったが、混乱して心配そうな表情だった。「何が起こったというの？」

「僕ら、ジムに話をしなくちゃいけない」

「気でも違ったの？」

「そうかもしれない」こう言うと、彼は彼女の腕を優しく取った。「すべて大丈夫だ。僕はストーカーとかそういう種類の男じゃない。でも、ジムなら、どうやってあの手帳が君のアパートにあったか知ってるかもしれないんだ」

彼女は、ダイアナの方を横目でうかがった。ダイアナは、メアリーの分のテーブルの世話もするために、いつもの倍の速さで動き回っていた。「私、仕事にもどらなくちゃ、本当に。交替の時間まで三十分しかないのよ。仕事を続けるためには、時間を無駄に使えないわ。あなたには自分の手帳が戻ったんだから、それがどうして私のアパートにあったか分かったら、あとで教えてちょうだい」

彼女は彼の腕から逃れ、部屋の反対側のテーブルに向かって歩き出した。手には注文書をしっかり握っていた。

ポールは何と言っていいか分からず、彼女の後姿を見ていたが、思い直したように自分の手帳をつかむと、体を一回転させ、ドアから外へ跳び出していった。コートは椅子の背にかけたままだった。ジムは、中身が詰まったゴミ箱を掘り返していた。それはメッシュの新型の箱で、街燈の柱に鎖で結びつけられていた。そこから缶を取り出して麻袋に入れていた。

「ジム？」とポールは言った。

男は動きを止め、姿勢を真っ直ぐにしてポールの方に向き直った。「知り合いだったかな？」と彼は言った。

「ジョシュアをご存知ですか？」

ジムはにっこりと笑った。「もちろんんだ」

「それからマットやピート、サロメ、そしてマークにホワンは？」

「あんたはわたしの家族のことを言ってるね」とジムは言った。彼は、右に少し頭をかしげた。「あんたは誰だい？　いい格好してるけど、殴り合いをしたばかりのようだけど？」

「ジョシュアは人を治すことができるだろう？」

「本当に、あんたは誰だい？」

「僕はポールという名前だ。ジョシュアのことは別の時間と場所で知っている」

「で、その別の時間と場所って何だい？」

ポールは、しばらく自分の頭の中で言葉を捜し、そして言った。「叡知は自分の家を建て、その七つの柱を立てた」

ジムは後ずさりして、ポールを上から下まで眺めた。「彼は、あんたが来るのを待てと言っていた。しかし、予想してた人とは違うなあ」

「僕も自分のかつての予想とは違う」とポールは言った。「僕をジョシュアの所へ連れていってくれないかな、トンネルの中へ？」

ジムはゆっくりとうなずいた。「この仕事はなあ、始めるのは簡単だけど、やめることはほとんど不可能だぞ」

「なぜです？」

「あんたは〝一つのもの〟から離れられるか？」

「いや、絶対に」とポールは信念をもって言った。

「でもね、あんたはわたしらがカルトみたいなものじゃないって知らなきゃいけない。ジョシュアだって一人の人間さ。彼が言うのは、誰かが何か見えない存在とか、隠れた存在とか、何かの秘密の教師団から奥義を伝授されたなんて言った時は、そいつらから背を向けて逃げるべきだということさ。なぜって、そういうのは詐欺師連中がいつも使う手で、ヤツらはそうやって人を従わせ、崇拝させ、感心させようとするのさ。ジョシュアは、まったく隠し事をしない。彼の生活はそこにあるままで、誰にでも見える。彼は誰の質問にも答えるし、秘密もなく、背後に隠れた教師もいない。それは、モーセや、ムハンマドや釈迦なんかと同じさ。もしあんたが、わたしらをカルトのように考えて、この世でたった一人の人間が秘密の教師団を知っていて、そいつらがどこにいるのか、あるいは何が秘密なのかを知っていると考えるなら、きっとがっかりするだろうよ」

「分かります」とポールは言った。「〝一つのもの〟というのはジョシュアではない。それはすべてのこと、すべての人を指す。あなたも、私も」と言って彼は、信号のところで道路を横切っていく一人のビジネスマンを指差した。「あの男だってそうです。あの人自身がそれに気がついていなくても……」

ジムはうなずいた。「そうだ。あんたは分かっている。じゃあ、これから行こうか？」

ポールは目を落として、一度プレスした自分のジーンズとワイシャツを見、そこから二ブロック離れた自分のアパートの建物を見上げ、それからレストランの方に視線を向けた。世界は燃え上がり、危機状態にある、と彼は思った。その中心にあるのが霊的な断絶なのだ。今ここを人々が歩き回っているが、その答えがここにある。

彼は、息を一回深く吸い込んだ。車の排気ガスと、焼きたてのパンと、通行人の吸うタバコの煙の臭いがした。コートを着ていない彼は、外気の冷たさに身震いした。彼は、ポケットに五十ドルしかもっていなかった。が、彼には、自分が訓練の最初の関門を通過したことが分かった。

彼はジョシュアの仲間になり、秘密を世界に伝える準備ができていただろうか？　彼の生命を、世界救済のために捧げる準備ができていただろうか？

彼は自分が、ピューリッツァー賞を受賞する様子を想像してみた。が、今ではそれは自分に関係がないことだと気がついた。生命全体——人類のすべてと、それ以外の地上の生き物すべての生存がかかっているのだ。

「いいかな？」とジムは言った。

「はい」とポールは言った。「だけど、一緒に連れていきたい人がいる」

「多ければ多いほどいいいさ」

「二十四時間後に、ここでもう一度会えないだろうか？　明日の同じ時間、同じ場所で？」

ジムはにっこり笑った。「いいとも」

「約束だよ？」

「大丈夫だ」とジムは言った。彼は手を伸ばして、ポールの腕を優しくつかんだ。「あんたがいい友だちだって感じがする」

「それ以上です」とポールは言い、ジムの手にしばらく自分の手を重ねた。

レストランにもどったポールは、メニューを眺めてから、それを砂糖入れとナプキン立ての間に滑り込ませた。メアリーがテーブルまでやって来た。心配そうだが、優しい表情をしている。「それで、あの人、手帳のこと何か知っていたの？」と彼女は訊《き》いた。

ポールは一瞬びっくりした。手帳のことをほとんど忘れていた。「知っていたと言うこともできるね」と彼は言った。「でも、これは長い話になる」

「ポール。手帳があったのは私のアパートなのよ。どんな長い話になっても、あなたは話す義務があると思わない？」

ポールは微笑んだ。「その通りさ。仕事のあと、何か予定ある？」

彼女は、警戒と好奇心が混じったような表情をした。

ポールは急いで言い足した。「夕食をしながら話をする方がステキかと思っただけさ」

彼女はにっこり笑った。顔全体に溢れるような、暖かい微笑だった。「あなたが私にご馳走してくれるの？　それは大きな変化だわ」彼女は自分の首の後ろに手を回し、ポニーテールをつかむと、それを胸の側に持ってきて撫でた。「私、家まで歩いて帰って、ネコに食事をあげようと思っていたの」彼女は手を伸ばしてポールの腕に触れ、それからすぐ手を引いた。「それを最初にしないと、あのネコはウチの家具をビリビリにしちゃうから」

彼の心臓の鼓動は速まった。「送っていってもいいかな？」

「あら、ここから四十ブロックくらいあるのよ。そんな距離を送ってもらうなんて悪いわ」

ポールは、かつて何が起こったかを彼女にどう言おうかと考えながら、心が沈んでいくのを感じた。何て説明すれば、気がおかしくなったと思われないですむだろうか？　何か方法があるに違いなかった。最善の方法は、恐らく真実を語ることだろう。最初の出来事から始めて……。

「でも、もちろん」とメアリーはつけ加えた。彼女の目は輝いていた。「本当に面白い話があるなら、別だけど」

〈完〉

謝辞

トム・ハートマン

まず初めに、私に生命を与えてくださった創造者に、それからこの世界に私を生み出し、育ててくれた両親に感謝いたします。また、私の妻、ルイーズや兄弟たち、そして子供たちがいなければ、私が今日まだ生きていたかどうか分かりません。私は皆を愛し、感謝いたします。

本書に関しては、特に故オグ・マンディーノ氏に心から謝意を表したい。彼は小説の形で、偉大なる精神世界の真理を描き出す手法を開発した。オグ、貴方がどこにいようと、私のこの謝辞を聞いて貴方が微笑み、私が貴方の伝統を尊びそれを引き継いでいることを知ってほしい。

歴史から明らかなように、紀元一世紀のユダヤ教の一派の中では、イエスと共に生き、人生を歩んだ一団の男女（聖書研究者が「エルサレム教会」と呼ぶペテロ、ヨハネ、サロメ、マリアなどの弟子たち）と、十字架刑以前のイエスには会ったことがないパウロの教えに従う者たちの間に、大きな溝があった。パウロの教えを信じる者がこの争いに勝ち、後にローマ帝国と合流し、今日「ローマ・カトリック教会」として知られる教団になった。しかし、ペテロと彼のグループは、大変な努力をしてエルサレム教会の教えや歴史を護り、そしてイエスの述べたそのままの言葉を守り伝えてきた。私は、過去五十年にわたり、ナグ・ハマディで発見された『トマスによる福音書』など初期のエルサレム教会の著作を、英語で読めるように労苦を惜しまず努力してくれた多くの人々に、また、あれほどの叡知と知識を後世に伝えようと写本し、ローマの征服者から護ってきた古代のエルサレム教会の人々に、深く感謝している。

歴史の教えるように、紀元三世紀と四世紀には、イエスの直弟子によって生まれたエルサレム教会の信者たちは、当時は国教となっていた新興の〝パウロ派〟のローマ・カトリック教会によって迫害された。たくさんのエルサレム教会の信者が投獄され、あるいは殺された。しかし、何人かは、イエスのそのままの言葉をいくつも密かに保持し続けることができた。彼らはその言葉を文字の形で注意深く二十代にわたって伝えてきた。そして、現代の聖書学者の研究によって、それは今『トマスによる福音書』として読むことができる。何とありがたいことだろう。

本書でジョシュアが語る言葉のほとんどは、『トマスによる福音書』『マタイによる福音書』『マルコによる福音書』からの直接の引用である。最後の『マルコによる福音書』は、初期キリスト教の福音書中では最古のものであり、イエスの直接の信者によるエルサレム教会の強い影響下で作られたと考えられている。

本書で「叡知の女神」が語る言葉はすべて、「旧約聖書」という名で知られる資料中の『ヨブ記』『箴言』『伝道の書』『雅歌』からの引用である。これらの書は、聖書中では珍しく「神」が女性の声で語っている。

私は、何年にもわたりこの叡知を共に学んだ人たち、特にヒレル・ザイトリン、ハル・クーイン、そしてゴットフリート・ミュラーの諸氏に感謝している。しかし、その教えの解釈と表現の責任は、良い意味でも悪い意味でも、私一人にある。

本書は、一九九九年二月のある日の午後、ニール・ドナルド・ウォルシュ氏との会話の中から生まれた。彼は、この本を書くことを勧めてくれたので、翌日、妻のルイーズと私は小説の荒筋についてブレーン・ストーミングをやってみた。ニールと彼の妻、ナンシー・ウォルシュさんの二人からは、私の初期の原稿に対して編集上の素晴らしい助言をもらった。この二人は、私がこれまで一緒に仕事をした編集者の中では、最高の目をもっていた。この二人とルイーズがいなければ、本書は存在しなかったろう。だから、私はこの三人には、本書をアイデアの世界から引き出し、本のページの上に定着する仕事を助けてくれた人として、深く感謝している。ハンプトン・ローズ社のボブ・フリードマン氏にも、本書発行に際して数々の愛念をいただいた。

スコット・バーグ、アン・ロバーツ、ジュリー・カスティグリア、ティム・キング、ケリス・ハートマン、ジーン・ヒューストン、ジェリー・シュナイダーマン、ロブ・コール、タミー・ナイ、ハル・クーイン、ジル・ギャツビー、そしてグウィン・フィッシャーの各氏には、本書の初期の原稿を読んで激励していただいた。

マーガレット・モートン氏にはお会いしたことはないが、彼女の素晴らしい著作、*The Tunnel*（Yale University Press）にある文章と写真は、私の想像力を刺激してくれた。この本は、ニューヨークのジュリアーニ市長がホームレス対策に本腰を入れる前に、マンハッタンの街の下に住んでいた人々を描いたものである。*Honest To Jesus*（イエスに誠実に）などの作品があるロバート・ファンク氏は、その調査や著書によって、私に多くのことを教えて下さった。また、エレーヌ・ペイゲルス氏も、その著作や、この地、バーモントのトリニティー大学での講義を通して、私を啓発してくださった。私はまた、ヒュー・マッグレガー・ロス氏の実に衝撃的な本、*Jesus Untouched by the Church*（教会に汚されないイエス、William Sessions in York, England）を読んで、多くのことを学んだ。読者には、これらの本をお勧めする。

ジェリー・シュナイダーマン氏はこの二十年以上、私の親友として、マンハッタンで最も風変わりな場所や隠れ家の案内をしてくれた。

そして、スティーブン・コリック、ビル・グラッドストーン、ジュリー・カスティグリア、マイケル・カーランド、ジェリー・グロスの各氏には、私の心と魂の中にある音、光景、感情、そして知識を、本書の形で市場に持ちきたすことを助けてくれたことを、深く、深く感謝するものである。

●訳者あとがき

本書は、トム・ハートマンの小説 *The Greatest Spiritual Secret of the Century* の全訳である。私は宗教家であるから、自らの信仰を人々に伝えるという仕事ではなく、他人の書いた小説の翻訳をすることには当初戸惑いがあった。しかし、その〝他人〟が、自らの信仰とかなり近いものを別の角度から、別の方法によって表現することに成功しているとしたら、その作品を日本の読者に紹介することは意味のあることだと考えた。「信仰」というと大げさに聞こえるなら、「世界観」と言ってもいいだろう。

ある人とある人とが世界観を共有する場合、その二人は互いに似たような境遇に生まれ、似たような文化的環境で育ったというケースが多いかもしれない。しかし、トムと私の場合はそれに該当しない。彼は、アメリカ北東部の伝統的メソジスト派の文化的環境で育ち、青年時代はヒッピーとして西海岸のサンフランシスコ近辺で生活したこともあるが、私は、東京の宗教家の家に生まれ、東京で育ち、学校も小学校から大学まで、家から歩いて行ける同じ学校の敷地へ通った。だから、そういう二人の世界観が似る場合は、その世界観に普遍性があることを示しているのだと思う。もちろん私の〝世界観〟は、生長の家の創始者である祖父と父のそれを受け継いでいるのだから、このことは、本当は「二人」に共通な世界観などではなく、「日米」あるいは「世界」に共通な世界観がある、ということを示している。

しかし、その普遍性を具体的に表現するに際しては、著者はキリスト教や西洋文化の枠組みを通して行わざるをえないから、そういう枠組みに慣れない人は、彼の表現に対してどうしても〝外国的〟あるいは〝異文化的〟な印象をもってしまうだろう。もっとはっきり言えば、「分かりにくい」と感じることがあるに違いない。

本書の翻訳に際してもっとも気を遣ったのは、その点である。この「分かりにくさ」を補うために、表現を無理に〝日本風〟に直してしまったり、「訳註」を該当箇所に挿入する方法もあるが、本書では「訳者から一言」という解説の頁を設け、物語のあちこちに一頁ずつ挿入する形をとった。全部で十九頁分ある。アメリカの読者には不要でも日本の読者には必要と感じることや、物語の背後にある時代的、宗教的背景を明らかにし、さらには著者の考え方を明確にするためである。これは変則的な方法であり、小説の筋を追って読む人の注意を逸らし、かえって邪魔に感じられる場合もあるだろう。そんな時は、一度この頁を飛ばして通読し、二回目に解説を読みながら、より深い理解を得るという方法をお勧めする。

さて、個人的な話題にもどれば、私がトムと知り合ったのは、一九九一年の湾岸戦争後の電子会議室上だった。当時はインターネットが現在のように発達しておらず、ホームページなどというものも存在しなかったから、彼との出逢いは米大手コンピューター・ネットワーク上の「フォーラム」という電子的仮想空間だった。顔を見たわけではなく、議論を通じて互いに横文字の名前を認知したという程度にすぎない。そこは、ジャーナリストやジャーナリズムに関心のある人々の集まるフォーラムだったから、私は「日本の元新聞記者」として発言し、彼もジャーナリストを名乗っていた。トムと実際に顔を合わせたのは、それから約五年後の一九九六年春だった。ルイーズ夫人と娘のケリス嬢を連れて別の用事で来日し、成田に着いた直後の時差ボケの難を押して、私宅に来てくれた。それ以来、コンピューターを通じた交友が続いている。

その間、トムは十冊の本を出版した。そのうちの一冊 *The Prophet's Way*（預言者の道）を読んで、私は「神」や「信仰」に対する著者の真剣な生き方を知った。また、*The Last Hours of Ancient Sunlight*（邦訳、『ウエティコ　神の目を見よ』太陽出版刊）では、環境問題を文明論的にとらえるユニークな視点に感銘した。

今回、初めて小説に挑戦した彼は、「神とは何か」の問題に取り組んでいる。その論旨は、生長の家創始者・谷口雅春先生の『神を審判《さば》く』とも共通するところが多く、舞台は私がかつて住んだニューヨーク市でもあることから、若い読者に読んでもらいたいと思い翻訳を思い立った。もちろん、前に書いたように、彼の世界観に共感したことが前提である。この小説の目指していることはきわめて真面目だが、「恋」や「戦い」もあり、推理小説に似た〝謎解き〟の面白さと、ストーリー展開の意外性も楽しんで頂けると思う。

この物語は、始まったところから〝宇宙的〟とも言えるような一回転をして、また始まりにもどる。こういう手法は小説や映画では珍しくないが、それが効果的に使われていると思う。主人公のみならず、読者もデジャヴーのような不思議な感覚を体験するだろうが、ではこの先、主人公がメアリーと胸襟を開いて語り合い、彼女を自分の伴侶とすることができるかどうかは不明である。いや、不明である方がいいのかもしれない。ラブストーリーは、この作品全体のテーマを考えると、あくまで脇役といえるからだ。

この作品の中で著者が訴えるテーマは「すべては一つ」であり、「他者」や「他人」というものは本当の意味では存在しないということである。この「すべて」の中には、もちろん恋人も入るが、人類の中の親しい人々だけではなく、都会に棲むホームレスも、裁判で自分を訴える人も、〝敵〟として戦っている相手も、ネコもミミズも含まれる。生きとし生けるものが「一つのもの」の意識を表現しており、その「一つのもの」が神である――と著者は訴える。だからイエスは、この自覚に立って「わたしの兄弟であるこれらの最も小さい者のひとりにしたのは、すなわち、わたしにしたのである」（『マタイによる福音書』第二五章四〇節）と語った。

著者の訴えるもう一点は、この真理の言葉は、太古の昔から人類の叡知として、数多くの神話や伝説、文化、そして宗教の教えの中で伝えられてきた。が、やがて人間の無知や支配欲によって曲げられ、組織的な宗教は大衆支配の道具になり下がったということである。この「組織的な宗教」とは、もちろん伝統的キリスト教だけを意味しているのではなく、ユダヤ教や東洋の宗教の一部も指している。しかし、著者がアメリカ人であることを考えれば、この考え方の中には、キリスト教文化、特にカトリック教会に対する痛烈な批判が含まれていると考えねばならない。

学校の教科書では、よく宗教を「東」と「西」に分け、「東洋の宗教の特徴は……」とか「西洋の宗教の考え方は……」などと説明されることがあるが、著者は、この古い分類から離れ、宗教には「信者の支配」を意図したものと、「信者の覚醒」を意図したものがあると言っているようだ。冷戦終結後の現在、〝イスラム社会〟と〝ユダヤ＝キリスト教社会〟との対立を唱える学者や思想家は多くいるが、この考え方も古い分類に縛られていると思われる。日本のオウム真理教(自ら仏教を標榜した)やアフガニスタンのタリバーンの例を見れば、現実には〝東洋の宗教〟にも人々の支配を意図したものが数多くある。また、〝西洋の宗教〟にも同じような特徴をもつものがあり、またその一方で、人々を覚醒に導くものもある。そのことを、本作品は有力に物語っているのではないだろうか。

最後に、生長の家の信者である読者に一言――。本書はあくまでも小説であり、個人の創作物である。だから、本書に描かれている考え方は、生長の家の教義と完全に一致しているとは言えない。しかし、「神」に対する考え方を含めた相当な部分で、著者の思想は生長の家の教義と共通している。さらに、著者の「組織的な宗教」に対する批判的分析は、生長の家を含めた宗教運動一般に対する〝警告〟として読むことができる。そういう様々な〝栄養〟を汲み取りながら、そして時には〝カラシ〟も味わいながら、楽しんで読んでいただければ幸いである。世界中には、〝知られざる同志〟がまだ数多くいるに違いない。

二〇〇二年三月六日

谷口　雅宣

◎著者紹介――**トム・ハートマン**(Thom Hartmann)＝一九五一年生まれ。作家、ジャーナリスト、心理療法家。一九六〇年代末より世界各地の秘教的伝統や先住民の文化に触れ、そこで得た多くの宗教的体験を通して、古代の精神文明・宗教思想の再評価と、個人と世界の霊的変容の必要性を訴える。この分野の著作には本書をはじめ『ウェティコ　神の目を見よ』(太陽出版)、『*The Prophet's Way*』(預言者の道)』がある。また、子どもたちの注意欠陥障害(ADD)に関する知識の普及と家族の援助に二十年以上尽力し、著書『*Attention Deficit Disorder*』は全米ベストセラーとなった。アメリカ・バーモント州在住。
ウェッブ・サイト(英文) http://www.thomhartmann.com/

◎訳者紹介――**谷口雅宣**(たにぐち・まさのぶ)＝一九五一年生まれ。青山学院大学法学部公法学科卒。米国コロンビア大学修士課程修了(国際関係論)。その後、産経新聞記者として横浜勤務を経て生長の家副総裁就任。現在、国内各都市で開催される生長の家講習会の講師等をしている。著書に『心でつくる世界』『ちょっと私的に考える』『神を演じる前に』(いずれも生長の家刊)、『小閑雑感 Part 1』(世界聖典普及協会刊)、翻訳書に『もう手足がなくたって』(日本教文社刊)などがある。
「谷口雅宣のウェッブ・サイト」(http://homepage2.nifty.com/masanobu-taniguchi/)
電子メール＝masanobu.taniguchi@nifty.ne.jp

叡《えい》知《ち》の学《がっ》校《こう》

初版発行——平成一四年四月二五日

著者——トム・ハートマン
訳者——谷口雅宣（たにぐち・まさのぶ）

発行者——岸　重人
発行所——株式会社　日本教文社
東京都港区赤坂九—六—四四　〒一〇七—八六七四
電話　〇三（三四〇一）九一一一（代表）
〇三（三四〇一）九一一四（編集）
FAX　〇三（三四〇一）九一一八（編集）
〇三（三四〇一）九一三九（営業）
頒布所——財団法人　世界聖典普及協会
東京都港区赤坂九—六—三三　〒一〇七—八六九一
電話　〇三（三四〇三）一五〇一（代表）
振替＝〇〇一一〇—七—一二〇五四九
印刷・製本——光明社
装幀——清水良洋
装画——藤田美千香

THE GREATEST SPIRITUAL SECRET
OF THE CENTURY
by Thom Hartmann

ISBN4-531-08133-1　Printed in Japan

＊本書の本文用紙は70％再生紙を使用しています。

● 日本教文社のホームページ　http://www.kyobunsha.co.jp/